MONA HERBST

Die Spiegelspringer – Im Bann der Geschichten

Weitere Titel der Autorin:

Cassandra Carpers fabelhaftes Café – Magische Cupcakes aller Art

Cassandra Carpers fabelhaftes Café – Zeitreise mit Zuckerguss

Mona Herbst

Die Spiegelspringer

Im Bann der Geschichten

Boje

Die Bastei Lübbe AG verfolgt eine nachhaltige Buchproduktion. Wir verwenden Papier aus nachhaltiger Forstwirtschaft und verzichten darauf, Bücher einzeln in Folie zu verpacken. Wir stellen unsere Bücher in Deutschland und Europa (EU) her und arbeiten mit den Druckereien kontinuierlich an einer positiven Ökobilanz.

FSC www.fsc.org MIX Papier aus verantwortungsvollen Quellen FSC® C014496

Originalausgabe

Umschlagillustration und Titelvignette: Alexandra Helm
Satz und Innenlayout: two-up, Düsseldorf
Gesetzt aus der Caslon
Druck und Einband: GGP Media GmbH, Pößneck

Printed in Germany
ISBN 978-3-414-82630-5

1 3 5 4 2

Sie finden uns im Internet unter: luebbe.de
Besuchen Sie auch die bunte Welt der BuchstabenBande:
buchstabenbande.com

1

An dem Tag, an dem Mrs Merlowski die zweite Katze in einer Woche zulief, lernte Galina, dass nichts einfach so passiert. Für alles gibt es einen Grund.

Seit Galina und ihr Bruder Domingo bei Tante Serafina wohnten, und das waren nun schon genau viereinhalb Tage, verbrachte Galina den Nachmittag im Garten. Der Garten war nicht groß. Es gab eine kleine, verwilderte Rasenfläche, auf der im Sommer Klee und Disteln blühten. Dazu einen alten Sandkasten, in dem Galina und Domingo früher gespielt hatten, und einen ausladenden Kirschbaum, in dessen Zweige ein Baumhaus gebaut war. Wenn man es so nennen konnte. Eigentlich war das Baumhaus nur eine Plattform aus Brettern mit maroden Seitenwänden und einem Stück Segeltuch darüber.

Galina liebte das Baumhaus mit derselben Kraft, mit der sie Tante Serafina hasste. Jeden Tag, nachdem sie und Domingo ihren Privatunterricht in Tante Serafinas Wohnzimmer abgesessen hatten, verschwand Domingo, um durch fremde Gärten zu streunen. Galina kletterte dann mit einem Buch und einer Decke in das alte Baumhaus. Domingo nannte sie, weil sie nicht mitkam, Feigling. Galina nannte sich selbst deswegen vernünftig. Manchmal klug und manchmal, was etwas seltener vorkam, Langweilerin.

An dem Tag mit der zweiten Katze hatten Domingo und Galina am Morgen gestritten, weil Domingo sagte, er würde es keinen Tag länger bei Tante Serafina aushalten. Und Galina hatte entgegnet: »Bald kommen Mum und Dad zurück, so wie immer. Stell dich nicht so an.«

Daraufhin hatte Domingo einen Wutanfall bekommen, was oft vorkam.

Es war die Woche vor dem 31. Oktober, die Woche vor Halloween. Diese Zeit im Jahr verbrachten sie immer – solange sie denken konnten – bei Tante Serafina. Daran war nicht zu rütteln.

Und nun saß Galina in ihrem Baumhaus über dem verwilderten Garten, mit einem Buch auf den Knien, das sie heute jedoch nicht einmal aufklappte. Sie ließ ihren Blick über den Garten schweifen und entdeckte Mrs Merlowski im Nachbargarten. Die ältere Dame schlenderte zwischen ihren Beeten umher und zupfte welke Blätter von den Rosensträuchern. Als sie zupfend und schlendernd den Gartenzaun erreicht hatte, legte Mrs Merlowski den Kopf in den Nacken und spähte zu Galina hinauf.

»Na, fleißig am Lesen?«, fragte sie.

Galina rutschte bis zur Kante der Plattform. »Nein. Ich denke nach«, sagte sie.

»Das ist gut«, erwiderte Mrs Merlowski und nickte. »Nachdenken ist eine sinnvolle Sache. Ich selbst denke den ganzen Tag über die unterschiedlichsten Dinge nach.«

»Worüber denn, Mrs Merlowski?«, wollte Galina von der Nachbarin wissen.

»Heute habe ich darüber nachgedacht, ob es möglich ist, einen Sandkuchen zu backen, der tatsächlich nach Sand schmeckt und trotzdem lecker ist.«

»Hmmm«, machte Galina.

»Und ich habe über die Katzen nachgedacht«, fügte Mrs Merlowski hinzu.

Sie trug eine grüne, viel zu große Latzhose, in der jede Menge Gartengerätschaften verschwinden konnten. In die Taschen dieser Hose stopfte sie nun ihre Hände. Es sah aus, als hätte sie in jeder Tasche ein Karnickel.

»Über die Katze«, verbesserte Galina, doch Mrs Merlowski schüttelte den Kopf.

»Nein, nein«, sagte sie. »Seit heute Morgen sind es zwei.«

»Wo ist sie hergekommen, diese zweite Katze?« Galina lehnte sich so weit nach vorne, dass sie kurz Angst bekam, kopfüber aus dem Baumhaus zu fallen.

Mrs Merlowski wiegte nachdenklich den Kopf. »Ich kann es natürlich nicht sicher sagen. Aber meine Vermutung ist, dass die Katzen von da drüben kommen.« Sie zog eine

Hand aus der Hosentasche und deutete auf die andere Seite von Tante Serafinas Garten. »Sie kommen aus der Villa.«

»Aus der Villa?«, wiederholte Galina ungläubig. Mrs Merlowski nickte.

Genau auf der anderen Seite von Tante Serafinas Garten befand sich ein weitläufiges Grundstück. Der Rasen war gepflegt und die Hecken geschnitten. Manche hatten die Form von Kugeln oder Tieren. Es gab Rosenbeete und riesige Oleander, die im Sommer einen intensiven Duft verströmten. Im Gegensatz dazu sah das Haus halb verfallen aus. Es versteckte sich hinter einigen Essigbäumen, wie ein geducktes Tier. Galina hatte sich oft vorgestellt, wie das Haus früher ausgesehen haben mochte, mit den verschnörkelten Türmchen, den kleinen Balkonen, über die Kletterrosen rankten, und den Außentreppen, die sich um das Haus wanden.

»Haben Sie Madame Laurent nach den Katzen gefragt?«, wollte Galina wissen.

Madame Laurent wohnte in der Villa. Doch Galina hatte sie bis jetzt erst zwei oder drei Mal gesehen. Sie verließ so gut wie nie das Haus.

Mrs Merlowski schnaubte unwillig. »Nein, das habe ich natürlich nicht!«

Galinas Mutter hatte erzählt, dass Tante Serafina, Mrs Merlowski und Madame Laurent einmal gute Freundinnen gewesen waren. Aber das war lange her, ein böser Streit hatte sie auseinandergebracht, und seither hatten sie kein einziges Wort mehr miteinander gewechselt. Obwohl sie Nachbarinnen waren.

»Ich würde keinen Fuß mehr in Madame Laurents Garten setzen«, sagte Mrs Merlowski düster. »Und ganz ehrlich, Kindchen, das solltest du auch nicht!«, fügte sie nach einer kleinen Pause hinzu.

»Kann ich die Katzen sehen?« Galina setzte sich auf und ließ ihre Füße über die Kante baumeln.

»Das ist keine so gute Idee. Sie sind sehr scheu. Die eine habe ich ins obere Stockwerk gesperrt und die andere ins untere. Sie können sich nicht leiden. Sind sich spinnefeind.«

»Wie sehen sie denn aus?«, fragte Galina.

Mrs Merlowski kam noch einen Schritt näher an den Zaun und senkte ihre Stimme.

»Nun«, begann sie zögernd, »das ist ja das Seltsame. Die erste Katze, du hältst mich wahrscheinlich für verrückt, die erste Katze sieht aus wie der gestiefelte Kater.«

»Sie meinen, sie trägt Stiefel?«, hakte Galina nach.

Mrs Merlowski kratzte sich am Hinterkopf. Ihre Hand versank in einer Wolke aus stahlgrauen kleinen Löckchen. »So kann man es sagen.«

Galina versuchte ein Gesicht zu machen, als würde sie Mrs Merlowski nicht für verrückt halten. Es gelang ihr nicht.

»Du hältst mich doch für verrückt«, sagte Mrs Merlowski prompt.

»Oh nein!« Galina ließ sich vom Baumhaus plumpsen

und landete direkt vor Mrs Merlowski auf den Knien. Sie rappelte sich auf und klopfte sich Erde und Laub von der Hose. »Oh nein. Es ist nur ungewöhnlich.«

»Das kann man wohl sagen.« Mrs Merlowski seufzte und machte ein bekümmertes Gesicht.

»Und die zweite Katze?«, fragte Galina gespannt. Insgeheim freute sie sich, dass sie nun auch etwas zu erzählen hatte, wenn Domingo nach Hause kam.

»Ja, die zweite Katze, die kam heute frühmorgens«, sagte die Nachbarin ausweichend. »Kratzte einfach an meiner Küchentür.«

»Wie sieht sie aus?«

»Gestreift«, sagte Mrs Merlowski.

»Sie meinen getigert«, verbesserte Galina sie.

»Wenn ich sage gestreift, dann meine ich auch gestreift. Ich habe in der Literatur nachgesehen …«

»Sie haben Katzenbücher?«

»Keine Katzenbücher! Ich sagte, Literatur! Und ich denke, ich weiß, wer sie ist!«

»Und? Wer ist sie?«

Mrs Merlowski holte tief Luft und schien mit sich zu ringen. Gerade als sie den Mund aufmachte, um zu antworten, hörte man die Sirene eines Krankenwagens näher kommen. Sie drehten sich beide um und sahen den hohen Kastenwagen in die Straße einbiegen. Statt an ihnen vorbeizufahren, hielt er mit quietschenden Bremsen direkt bei ihnen. Erschrocken sah das Mädchen dem Mann mit dem dunklen, gewellten Haar in die Augen. Er ließ die Fensterscheibe herunter und beugte sich ein wenig in ihre Richtung.

»Madame Laurent?«, fragte der Mann.

»Merlowski«, schnarrte Mrs Merlowski. »Madame Laurent wohnt dort.« Sie machte mit dem Kinn eine Bewegung Richtung Villa, und der Mann stieg aus dem Rettungswagen. Er trug die grüne Uniform eines Sanitäters und ging mit kurzen eiligen Schritten auf das Haus zu. Ihm folgte eine sehr blonde Frau mit einem riesigen Koffer. Er war so riesig, dass Galina überlegte, ob darin noch ein Mensch saß.

»Du glaubst es nicht«, murmelte Mrs Merlowski. Sie zog ein Stofftaschentuch aus ihrer Latzhose und schnäuzte lautstark hinein.

»Was?«, fragte Galina.

»Wie bitte«, mahnte Mrs Merlowski. »Das heißt: wie bitte.«

»Wie bitte?«, antwortete Galina folgsam. Noch immer hatte sie die Augen auf die Essigbäume gerichtet und versuchte, einen Blick auf die Eingangstür zu erhaschen. Die Sanitäter waren im Haus verschwunden. Man sah und hörte nichts.

»Am besten gehst du rein«, sagte Mrs Merlowski. »Du willst doch nicht, dass die Leute dich für neugierig halten.«

Galina nickte wieder folgsam und fragte sich, wieso Mrs Merlowski stehen blieb. Als hätte sie alle Zeit der Welt und wäre furchtbar neugierig.

»Außerdem dämmert es schon«, erklärte Mrs Merlowski.

»Für mich als Kind war das immer das Zeichen, dass ich nach Hause musste.«

Diese Regel gab es bei Tante Serafina glücklicherweise nicht! Galina hörte das Krächzen eines Raben und hob den Blick gen Himmel. Zwei schwarze Silhouetten segelten dort oben wie Fische, die in einem grauen Meer schwimmen. Tatsächlich neigte sich der Tag dem Ende entgegen. Nasskalter Nebel schlich sich zwischen die Essigbäume und umarmte die Baumstämme. Die schwarzen Schatten glitten sanft über die Häuserwände. Galinas Blick schweifte wieder zurück zur Fassade der heruntergekommenen Villa. Je dunkler es wurde, desto gespenstischer wirkte das zuckende Blaulicht des Rettungswagens, das die Front des alten Gebäudes beleuchtete.

Mrs Merlowski hatte inzwischen anscheinend komplett vergessen, dass sie Galina hatte ins Haus schicken wollen. Wie gebannt beobachteten sie beide die Eingangstür der Villa. Sie wurde gerade von innen geöffnet, und die sehr blonde Frau kam heraus. Sie ging mit schnellen Schritten zurück zum Rettungswagen, ihre Haut wirkte von all den zuckenden Lichtblitzen ungesund bläulich. Mit viel Gerumpel zog sie eine Trage aus dem Wagen und schob das widerspenstige Teil über den Weg zur Villa. Mrs Merlowski murmelte etwas vor sich hin. Etwas darüber, dass sie es schon immer gewusst hatte. Und dass man nur hoffen konnte. Galina bekam kalte Füße.

Dann ging die Tür der Villa wieder auf, und die Trage

wurde mit viel Geschepper über den gepflasterten Weg zurück zum Wagen geschoben. Darauf lag, halb aufgerichtet, eine kleine Gestalt. Um ihren Kopf war ein blütenweißer Verband gewickelt, aus dem ein Dutt aus dünnen weißen Haaren herausragte. Einige Haare hatten sich gelöst und umwehten den riesigen Verband. Eine goldene Rettungsfolie bedeckte die alte Dame bis zur Brust, aber auch darunter schien alles, was Madame Laurent trug, zu glitzern. Ein langer, golddurchwirkter Schal flatterte hinter der Trage her, und die Schuhe, die unter der Folie hervorguckten, waren schwarze Lederstiefelchen mit aufwendigen goldenen Ornamenten. Selbst die Ärmel der schwarzen Jacke waren mit glitzernden Steinchen besetzt und funkelten bläulich im zuckenden Licht des Rettungswagens.

Mrs Merlowski schnappte nach Luft und beugte sich sehr schnell über den Zaun, um Galina die Hände auf die Augen zu legen. Anscheinend wollte sie verhindern, dass Galina sich erschreckte. Aber der kurze Augenblick hatte schon gereicht, dass diese das Gesicht von Madame Laurent gesehen hatte.

»Geh nach Hause, Mäuschen«, sagte Mrs Merlowski. »Madame Laurent ist schon wieder die Treppe hinuntergefallen.«

»Schon wieder«, wiederholte Galina, während sie durch die faltigen Finger linste. So konnte sie trotzdem erkennen, dass die Frau auf der Trage ein riesiges blaues Auge hatte und ihre Wange blutverschmiert war.

»Ja, schon wieder. Das letzte Mal musste ich wochenlang ihre Katzen füttern!«

Durch die Ritzen zwischen den Fingern konnte Galina sehen, dass Madame Laurent ihnen einen drohenden Blick zuwarf.

»Ich fasse es nicht«, murmelte Mrs Merlowski, und die Finger verrutschten nun so, dass Galina sehr gut sehen konnte, was die alte Dame aus der Villa machte. Sie hob nämlich eine Hand. Vielleicht um zu winken. Vielleicht war es aber auch eine Art Stopp-Zeichen, so als wollte sie alle daran hindern, näher zu ihr zu treten. Dabei rutschte der Ärmel ihrer flattrigen Jacke bis zum Ellbogen zurück, und man sah ganz deutlich einige rote entzündete Kratzer in der hellen Haut.

Erst als sich die Türen des Rettungswagens hinter der Trage schlossen, nahm Mrs Merlowski ihr wieder die Hände von den Augen. Sie seufzte. »Ja, ja, das Alter«, sagte sie, als würde das alles erklären.

»Darf ich Ihnen mit den Katzen helfen?« Galina blieb ausnahmsweise beharrlich. Nichts liebte sie mehr, als sich um Tiere zu kümmern. Schon seit Jahren wünschte sie sich einen kleinen Hund, aber ihre Eltern hatten ihr das nie erlaubt. Vielleicht hatte ja Madame Laurent einen kleinen Hund, den sie mit zu Tante Serafina nehmen und dann einfach behalten könnte.

»Nein«, antwortete Mrs Merlowski energisch.

Enttäuscht presste Galina die Lippen aufeinander.

»Madame Laurent hat überhaupt keine Haustiere, mein Schätzchen«, sagte Mrs Merlowski schließlich freundlich. »Sie hat kein Herz für Tiere. Außerdem hat sie eine sehr schlimme Tierhaarallergie. Besonders gegen Katzen. Und gegen Hunde. Und sie fängt fürchterlich zu niesen an, wenn sie eine Schildkröte sieht.«

Ungläubig starrte Galina sie an.

»Sie bringt es nicht einmal fertig, ihre Zimmerpflanzen am Leben zu halten. Tiere wären bei ihr nicht gut aufgehoben.« Damit drehte sich die alte Dame um und ging zielstrebig in ihr Haus zurück.

»Ich dachte, Sie hätten damals ihre Katzen gefüttert?«, sagte Galina, mehr zu sich selbst.

Dann erlosch das Blaulicht, und der Rettungswagen fuhr rumpelnd los.

Die Geschichte von Madame Laurent und dem Rettungswagen erzählte Galina zuerst nicht beim Abendessen. Die Nachbarvilla oder ihre Bewohnerin zu erwähnen war meist keine gute Idee. Wie jeden Abend versammelten sie sich im Esszimmer. Der Tisch war dunkel und lang, und weil Tante Serafina immer sehr sparsam war, war der Raum nicht gut beleuchtet. Domingo saß auf seinem Stuhl, rutschte hin und her und kaute lautstark an einem Stück Brot.

»Domingo«, mahnte Tante Serafina. »Muss ich dich daran erinnern, was wir ausgemacht haben?«

»Nein, Tante Serafina«, antwortete Domingo.

Sein Blick glitt von seinem Teller zu Galina und danach zum Fenster, als gäbe es dort etwas zu sehen. Dabei hibbelte er so auf seinem Stuhl herum, dass er mit dem Fuß Galinas Schienbein erwischte. Sie verzog den Mund, sagte aber nichts.

»Seid ihr mit euren Aufgaben fertig?«

»Ja, Tante Serafina«, antworteten Domingo und Galina im Chor, doch Domingo verdrehte dabei die Augen.

Galina wusste genau, dass Domingo keineswegs mit seinen Aufgaben fertig war. Er würde sie nachher in aller Eile von Galina abschreiben und dann um neun Uhr so tun, als hätte er sie selbst gemacht. Jeden Tag um neun Uhr abends mussten Galina und Domingo in Tante Serafinas Bibliothek ihre Aufgaben vorzeigen. Während Tante Serafina sie korrigierte, durften sie sich ein Buch zum Lesen aus den Regalen nehmen. Aber nur aus den zwei untersten. Alle anderen waren für die Kinder verboten.

»Hast du gesehen, was mit Madame Laurent passiert ist?«, platzte Galina da heraus. Das war eine ihrer Eigenarten, über die sie sich selbst fürchterlich ärgerte. Sie konnte nichts für sich behalten. Domingo verdrehte schon wieder die Augen.

Tante Serafina warf ihr einen kurzen Blick zu.

»Mrs Merlowski sagt, sie ist die Treppe hinuntergefallen.« Galina schob ihr Stück Brot auf dem Teller herum. Sie hatte keinen Hunger. Sie musste immerzu an Madame Laurent und die Katzen denken.

»Spiel nicht mit dem Essen, Galina. Du solltest etwas mehr Respekt davor haben«, bemerkte Tante Serafina. »Und du, Domingo, stopf das Essen nicht so in dich hinein. Haben eure Eltern euch keine Tischmanieren gelehrt?«

Sie runzelte die Stirn, und Galina vermisste mit einem Mal ihre Eltern so stark, dass ihr das Herz wehtat. Was hatte ihre Mutter beim Abschied gesagt? »Nur eine Woche, Mäuschen, nur eine klitzekleine, kurze Woche. So wie immer. Du weißt doch, dass wir zu dieser Zeit immer etwas in einem anderen … Land zu erledigen haben.«

Wenn Galina wissen wollte, welches Land das sei, bekam sie nie eine Antwort.

»Was soll schon mit Madame Laurent passiert sein?«, fügte Tante Serafina nach einer Weile hinzu. »Sie müsste längst in einem Heim sein.«

Galina hatte nicht den Eindruck, dass Madame Laurent so alt war, dass sie in ein Heim gehörte. Aber das sagte sie nicht. Tante Serafina zu widersprechen war ebenfalls keine gute Idee.

»Alle paar Wochen stößt ihr etwas zu. Es ist eine Zumutung für die Nachbarn. Diese Aufregung. Dieser Lärm!« Tante Serafina schüttelte den Kopf.

»Vielleicht braucht sie Hilfe«, bemerkte Galina zaghaft.

»Ich bin nicht die Heilsarmee, Kindchen«, erwiderte Serafina und schnaubte durch die Nase. »Mein eigenes Leben ist anstrengend genug. Da kann ich mich nicht auch noch um die Nachbarn kümmern.«

»Ich dachte ja nur …« Galina senkte den Blick.

Sie spürte erneut den Fuß ihres Bruders. Diesmal sanfter. Als sie ihn ansah, zwinkerte er ihr zu.

»Doofe Alte«, formten seine Lippen lautlos, und Galina musste grinsen.

Später, als Domingo und Galina in ihren Betten lagen, brannte Galina darauf, ihrem Bruder die Geschichte von den Katzen zu erzählen. Nachdem sie während des restlichen Abendessens, des Korrigierens der Aufgaben, des Zähneputzens und Haarekämmens über die Katzen nachgedacht hatte, war sie zu dem Schluss gekommen, dass Mrs Merlowski verrückt sein musste.

Die Geschwister bewohnten zusammen das oberste Zimmer im Haus. Es hatte vier Dachschrägen, unter die sich ihre Betten schmiegten. Eigentlich wäre das Zimmer sehr gemütlich gewesen – wenn es sich nicht in Tante Serafinas Haus befunden hätte. Von den Fenstern aus konnte man sowohl die Villa als auch Mrs Merlowskis Haus sehen. Bevor Galina ins Bett schlüpfte, blickte sie noch einmal zu der Villa hinüber. Alles war dunkel. Sie konnte nur die düstere Silhouette des Daches und einige Zweige der Essigbäume gegen den Himmel erkennen. Mrs Merlowskis Haus dagegen war hell erleuchtet, und ab und zu konnte Galina sogar Mrs Merlowskis Schatten sehen, der sich im oberen Stockwerk bewegte.

Als Tante Serafina das Licht in ihrem Zimmer ausgemacht hatte und ihre Schritte auf der Treppe verklungen waren, drehte sich Galina auf die Seite und sah zu Domingo hinüber.

»Ich muss dir etwas erzählen«, flüsterte sie so leise wie möglich, denn sie hatte Angst, dass Tante Serafina sie hören konnte. Tante Serafina hatte ihre Ohren überall.

»Ich muss dir auch etwas erzählen«, flüsterte Domingo zurück.

»Mrs Merlowski ist sehr seltsam«, begann Galina, doch Domingo hatte schon seine Taschenlampe, die er immer unter der Matratze versteckte, eingeschaltet und hüpfte über den kalten Boden zu ihr hinüber.

»Mach Platz.« Er setzte sich mit untergeschlagenen Beinen ans Fußende ihres Bettes. »Schau, was ich heute gefunden habe.«

Domingos Augen leuchteten. Sie leuchteten immer, wenn er etwas Verbotenes getan hatte. Er führte ein Notizbuch der verbotenen Dinge. Wenn ihre Eltern da waren, beschränkten sich seine Einträge auf wenige Stichpunkte wie:

– Heute einen Kaugummi runtergeschluckt!
– In der Schule von Marvin abgeschrieben!
– Mr Larsons Hund Gassi geführt. (Galinas Mutter mochte weder Mr Larson noch seinen Hund, der ziemlich bissig war.)

Die Zeiten bei Tante Serafina waren da um einiges ergiebiger, denn bei ihr war so ziemlich alles verboten. Das Grundstück verlassen. Schokolade naschen. Zu viele Fragen stellen. Überhaupt Fragen stellen. Und so war es für Domingo ein Leichtes, sein Notizbuch weiter zu füllen.

Nun lag auf seiner ausgestreckten Hand ein goldener Würfel. Selbst für Domingo war dies ein ganz besonderer Fund. Galina nahm den Würfel. Er fühlte sich warm an. Als sie ihn hin- und herdrehte, sah sie, dass in das Gold seltsame Zeichen eingeprägt waren. Eines sah aus wie ein Auge.

»Wo hast du den her?«, wollte sie wissen.

»Aus Madame Laurents Villa!«, erwiderte Domingo stolz.

Galinas Herz begann laut zu pochen. »Du machst Witze!«, sagte sie laut, und Domingo hielt ihr sofort den Mund zu.

Die Geschwister lauschten einen Moment in die Stille.

»Du machst Witze«, wiederholte Galina im Flüsterton.

Ihr Bruder schüttelte den Kopf, sodass seine wilden schwarzen Locken flogen. »Du hast doch mitbekommen, dass Madame Laurent von den Sanitätern abtransportiert wurde«, wisperte er. »Ich habe währenddessen in einem von den Essigbäumen gesessen.«

»Du hast Nerven!« Galina drehte den Würfel in ihrer Hand hin und her. Er glänzte verführerisch.

»Und als sie weg waren, bin ich rein.«

»Wie bist du reingekommen?«, wollte Galina wissen.

»Ein Kellerfenster stand offen. Wahrscheinlich wollte Madame Laurent lüften, wegen dem Rauch, und dann hat sie es vergessen.«

»Welcher Rauch?«, fragte Galina atemlos.

»Als ich reinging, stank es überall nach Rauch. Ich bin die Treppen hoch, und der Rauch wurde dichter. Überall lagen Dinge herum. Ein zerbrochenes Tischchen, Scherben von einer Blumenvase, und auch zwei der hundert Spiegel waren zerbrochen.«

»Hundert Spiegel?«

»Ja.« Domingo flüsterte nun so leise, dass Galina ihn kaum verstehen konnte. Sie rückte näher, bis ihre Köpfe sich beinahe berührten. »Die ganze Villa ist voller Spiegel. Von oben bis unten. Und den Würfel habe ich in den Scherben gefunden. In den Spiegelscherben!«

Chronikender Spiegelwelt

Es gibt nur wenige Personen, die die Spiegelwelt betreten haben und zurückgekehrt sind. Die Spiegelwelt ist voller Versuchungen. Man vergisst die Zeit. Man vergisst, weswegen man da ist, und man vergisst, wohin man wollte. In der Spiegelwelt darf man nur dreizehn Tage verweilen. Am vierzehnten Tag vergisst man seinen Namen und die Lieben, die man in seiner eigenen Welt zurückgelassen hat. Wenn man Pech hat, ist man auf ewig in den Spiegeln gefangen.

Dies gilt für Menschen, die in der wirklichen Welt geboren sind. Menschen aus der wirklichen Welt, der Welt, wie du sie kennst, verirren sich selten in die Spiegel. Ihre eigene Eitelkeit hindert sie daran, denn sie sehen nur sich selbst. Sie können nur ihr eigenes Gesicht im Spiegel erkennen und nicht, dass der Spiegel ein Portal ist. Eine Tür, durch die man hindurchschlüpfen kann. Und je eitler ein Mensch ist, desto unmöglicher ist es ihm, durch diese Welten zu wandern. Er wird immer nur sich selbst sehen und sonst nichts.

Dann aber gibt es Spiegelspringer, manche nennen sie auch Geschichtenspringer. Sie sind überall zu Hause. Sie bewegen sich flink durch alle Welten. Hüpfen von Spiegelwelt zu Spiegelwelt, von Geschichte zu Geschichte, und ab und zu statten sie sogar der Menschenwelt, unserer Welt, einen Besuch ab. Geschichtenspringer sind oft kleine Personen mit Sommersprossen und lockigem Haar, in seltenen Fällen kann es aber auch glatt sein. Zwischen den Schulterblättern haben sie manchmal kleine Flügel, die man normalerweise nicht sehen kann, weil sie sie mit einem Umhang oder einer großen Jacke verdecken. Oft tragen sie Pfeil und Bogen bei sich. Oder ein gebogenes Horn.

Man sagt, sie haben kein klares Spiegelbild, und das ist der Grund, weswegen sie springen können.

Es kann sein, dass du so eine Person schon mal in einem Traum gesehen hast. Oder du dachtest, es ist ein Traum, dabei ist der Geschichtenspringer durch den Spiegel geschlüpft, der in deinem Zimmer hängt. Das ist möglich, solange der Spiegel einen goldenen Rahmen hat und nicht zerbrochen ist.

Aber die meisten, denen dies passiert, drehen sich nach einem kurzen Blinzeln einfach auf die andere Seite, um weiterzuschlafen, während der Geschichtenspringer eine kurze Verschnaufpause einlegt, sich im Zimmer umsieht und vielleicht irgendein Teil in seinem Umhang verschwinden lässt. Etwas Glitzerndes, Kleines, denn Geschichtenspringer sind wie freundliche Elstern.

2

Der nächste Tag war einer dieser nebeligen Oktobertage, die einem schlecht gelaunt ins Gemüt kriechen. Galina hatte unruhig geschlafen. In ihren Träumen waren Spiegel vorgekommen, die allesamt zerbrochen waren, und ein Berg goldener Würfel, die immer wieder ins Rutschen gerieten und am Schluss durchs ganze Haus kullerten, alle Möbelstücke umwarfen und Madame Laurent unter sich begruben.

In der Morgendämmerung wachte Galina auf, mit klopfendem Herzen und kaltem Schweiß auf der Stirn. Sie zog sich schnell die dicken Wollsocken an, die ihre Mutter ihr mitgegeben hatte. *Du weißt doch, wie wenig Tante Serafina heizt. Da ist es wichtig, dass du deine Füße warm hältst!*

Ihr Bruder schlief noch. Er lag auf dem Bauch und hatte sein Kissen im Arm. Sein Mund stand leicht offen, und sie hörte seinen Atem. Auf dem Nachtkästchen lag der geheimnisvolle goldene Würfel. Das Zeichen, das wie ein Auge aussah, blickte nach oben und schien sich das Zimmer anzusehen. Galina fröstelte und setzte sich auf Domingos Bett.

»Ich habe ganz schlecht geschlafen«, flüsterte sie.

»Mmh«, machte Domingo, der offensichtlich gar nicht schlecht geschlafen hatte und gerne noch weitergeschlafen hätte.

»Du hättest nicht in die Villa gehen dürfen«, wisperte sie weiter. »Du weißt doch, dass wir weder ins Haus von Mrs Merlowski noch in die Villa von Madame Laurent gehen dürfen!«

»Nicht einmal, wenn sie uns bitten«, bestätigte Domingo und schlug die Augen auf, die wieder begeistert leuchteten. Mit einem unguten Gefühl im Bauch zog Galina die Füße an und steckte sie unter die Bettdecke ihres Bruders. Nach kurzem Zögern setzte er hinzu: »Sie hätte mich auch nie gebeten, hereinzukommen.«

Da war sich Galina auch sicher. Als ihr Blick wieder zu dem goldenen Würfel schweifte, sah sie Madame Laurent vor sich. Das Blut im Gesicht und das blaue Auge. Und die Hand, die sie wie als Stopp-Zeichen erhoben hatte. Jetzt kam es ihr so vor, als wäre diese Geste genau an sie gerichtet gewesen. Was natürlich unlogisch war, denn Mrs Merlowski hatte ihr ja die Augen zugehalten. Doch gerade jetzt hatte sie auch den Eindruck, dass der Würfel genau sie anblickte und das goldene Auge ihr zublinzelte.

»Der Würfel muss zurück«, flüsterte Galina.

»Spinnst du?«, fragte Domingo und zog sich die Bettdecke über den Kopf. »Ich habe keine Lust, noch einmal in das Haus einzusteigen!«, hörte sie ihn darunter dumpf sagen. »Das war richtig gruselig.«

Besorgt zog Galina ihm die Bettdecke vom Kopf.

»Es sah aus, als hätte dort ein Kampf stattgefunden. Mit wilden Bestien.«

»Quatsch«, antwortete Galina mit gerunzelter Stirn. »Sie hat ja nicht einmal Haustiere.«

»Sie hat garantiert Haustiere«, erwiderte Domingo.

»Hat sie nicht. Hat Mrs Merlowski mir gesagt.«

»In der Küche stehen Fressnäpfe«, erzählte Domingo ihr. »Goldene Fressnäpfe!«

»Echt?«, fragte Galina.

»Natürlich. Wieso sollte sie Fressnäpfe haben, wenn sie keine Tiere hat?«

Eine Weile betrachteten beide den Würfel, und für eine Sekunde hatte Galina den Eindruck, er hätte sich bewegt. Als wäre der Würfel am liebsten weitergerollt, um sich mit seinem Auge einen anderen Teil des Zimmers anzusehen.

Was für ein Unsinn!

»Der Würfel muss zurück. Das machst du heute gleich nach unserem Unterricht!«, beharrte Galina.

»Nein«, antwortete Domingo und zog sich wieder die Bettdecke übers Gesicht. »Das Haus ist unheimlich. Ich will nicht noch mal da reingehen«, gestand er dumpf unter der Decke.

»Das hättest du dir vorher überlegen müssen.«

Domingo warf die Bettdecke zurück und setzte sich auf. »Ich hatte ständig das Gefühl, dass in dem Haus etwas lauert. Etwas wirklich Ekelhaftes.« Er machte mit beiden Armen eine Bewegung, als wolle er etwas Riesiges umfangen. »Etwas echt Großes und Bissiges.«

»Dann verstehe ich nicht«, antwortete Galina mit lehrerhafter Stimme, »wieso du nicht einfach wieder hinausgelaufen bist.«

»Weil er mit mir mitwollte!«

»Wer?«

»Der Würfel. Er wollte nicht in dem Haus bleiben! Ich konnte nicht anders, ich musste mich bücken, ihn aufheben, und erst dann konnte ich hinauslaufen.«

»Du redest so einen Unsinn!«, erwiderte Galina und verdrehte die Augen. »Manchmal kann ich überhaupt nicht glauben, dass wir Zwillinge sind!«

»Galina! Domingo!«, hörten sie ihre Tante von unten rufen.

»Der Würfel muss zurück!«, zischte Galina ihrem Bruder zu. »Ob du dich fürchtest oder nicht!«

Normalerweise waren Galinas und Domingos Tage von ihrer Tante Serafina bis ins letzte Detail durchgeplant. Doch dieser Tag begann mit einer Überraschung. Tante Serafina hatte außer Haus zu tun, die beiden Kinder sollten alleine in der Küche frühstücken und danach ihre Haushaltspflichten erledigen. Tante Serafina hatte sich einen langen schwarzen Wollmantel angezogen, der mit schwarzen und roten Ornamenten bestickt war, und einen alten Hut aufgesetzt, der einen penetranten Geruch nach Mottenkugeln ausdünstete.

»Im Kühlschrank stehen noch Reste vom Mittagessen«, sagte sie zu Galina. »Die wärmt ihr euch auf. Ich muss einige Einkäufe machen.«

»Du bleibst über Mittag weg?«, fragte Domingo mit vollem Mund, was ihm einen tadelnden Blick der Tante einbrachte.

»Sprich nicht mit vollem Mund! Kau anständig, und trink einen Schluck, bevor du wieder sprichst!«, fauchte sie ihn an.

Domingo schluckte und nickte, statt zu sprechen. Den bitteren Tee von Tante Serafina entsorgten sie regelmäßig im Spülbecken, ihn zu trinken kam einfach nicht infrage.

»Und nach dem Essen wird abgespült, abgetrocknet und der Tisch abgewischt. Die Geschirrtücher werden zum Trocknen aufgehängt. Und lasst das Spülwasser ablaufen, nicht wie letztes Mal!« Tante Serafinas Blick verfinsterte sich. »Und wenn Mrs Merlowski klingelt ...« – Mrs Merlowski klingelte nie bei ihnen –, »dann unterhaltet euch nicht mit diesem schwatzhaften Wesen! Sagt ihr, ich hätte Erledigungen zu machen!« Sie unterbrach sich selbst. »Nein, sagt ihr gar nichts! Macht die Tür nicht auf und lasst sie klingeln, so viel sie will.«

Sprachlos nickte Galina und warf Domingo einen Blick zu. Der schaufelte weiter seinen Haferbrei in sich hinein, ohne den Blick zu heben. »Ja, Tante Serafina«, sagten sie gehorsam und wie aus einem Mund.

Noch immer hing der Geruch von Mottenkugeln und Lavendel in der Küche. Domingo aß schweigend, obwohl er sich jetzt hätte beschweren können, dass der Brei nicht süß genug war. Als er fertig war, schütteten sie beide ihren Tee in den Ausguss, Galina spülte, und Domingo trocknete das Geschirr ab.

Dabei sah Galina aus dem Fenster, hinüber zu der Villa, die im morgendlichen Dunst kaum zu sehen war. Gründlich wischte sie den Tisch ab, und als die Geschwister sich danach einen Blick zuwarfen, nickte Domingo nur.

Galina wartete in der Diele, und während Domingo sich die Schuhe anzog, hielt sie nachdenklich den Würfel in der Hand. Er fühlte sich ein wenig kühl an, die Symbole wirkten wie Verzierungen. Kein Grund, Angst davor zu haben.

Draußen roch es nach Kohlenrauch und Abgasen, und während Galina hinter ihrem Bruder herging, versuchte sie, nicht darüber nachzudenken, was sie erwartete. Sie kletterten über den Gartenzaun und wateten durch das raschelnde Laub auf die Villa zu, die gespenstisch aus dem dichten Morgennebel auftauchte.

»Hier«, sagte Domingo und zeigte auf ein schmales Fenster im Keller, das nur angelehnt war.

Er kletterte hindurch. Sie rutschte hinter ihm her und landete mit einem lauten Knall auf dem Fußboden.

»Pscht!« Erschrocken sahen sie sich um und lauschten, aber es war nichts zu hören.

Auch das Haus schien zu lauschen. Galina krallte ihre Hand in Domingos Arm. »Was, wenn wir den Würfel einfach hier ablegen?«, fragte sie leise.

Doch sie ahnte, dass das Unsinn war. Der Würfel musste wieder dorthin, wo er hergekommen war. Zu den Scherben unter dem Spiegel.

Einen kurzen Moment sahen sich die Geschwister in die Augen, dann durchquerten sie hintereinander den Keller. Domingo ging voran. Die Kellerräume waren duster, und Galina wunderte sich, dass Domingo sich hier so gut zurechtfand. An den Wänden waren mit weißen Leintüchern verhängte Bilder gestapelt. Galina vermutete, dass es Bilder waren, weil sie das von ihren Eltern kannte. Bilder, die ihre Mutter nicht mehr ansehen wollte, trug sie auf den Dachboden und breitete Tücher darüber, damit sie nicht verstaubten. Im Vorbeigehen zog Galina eines der Tücher ein Stück zur Seite.

»Domingo«, rief sie leise. »Sieh mal, das sind auch Spiegel.«

Ihr Bruder blieb stehen und drehte sich zu ihr herum.

»Kaputte Spiegel«, ergänzte Galina nachdenklich.

Sie zog das Tuch ganz hinunter. Dahinter entdeckte sie fünf goldene Spiegel: einen runden, einen ovalen, einen quadratischen und zwei rechteckige, die allesamt zersprungen waren.

»Komisch«, murmelte sie. »Warum behält Madame Laurent kaputte Spiegel?«

»Wahrscheinlich sind sie wertvoll«, sagte Domingo. »Komm jetzt. Mir ist kalt!«

Sorgfältig breitete Galina das Tuch wieder über die Spiegel und beeilte sich dann, ihrem Bruder zu folgen. Er stieg vor ihr eine enge Stiege nach oben und stieß an ihrem Ende eine Tür auf. Zögerliches Tageslicht fiel durch den Spalt.

»Hier lang«, sagte Domingo und schob einen dicken Samtvorhang zur Seite.

Es roch nach Schwefel. Nur ganz leicht, doch Galina kannte den Geruch aus dem Chemieunterricht. Sie rümpfte die Nase. Die Geschwister schlüpften durch den Vorhang hindurch und standen in einer großen Eingangshalle.

»Da staunst du, was?«, flüsterte Domingo. »Und oben wird es noch besser.«

Sämtliche Wände der Halle hingen voller goldener Spiegel. Überall standen Spiegel. Und selbst an der Decke waren welche befestigt. Der Anblick war so verwirrend, dass Galina kurz schwindelig wurde. War dort zwischen den Spiegeln wirklich ein Gang? Oder war es nur eine Spiegelung? Und wo befand sie sich? Ihr eigenes Spiegelbild wurde hundertfach zurückgeworfen.

»Das ist doch verrückt!«, sagte Galina.

»Finde ich auch. Die Alte hat nicht alle Tassen im Schrank. Ich wollte dir nichts davon erzählen, aber ich beobachte sie schon seit ein paar Tagen. Von den Essigbäumen aus. Da hat man einen prima Blick in ihre Fenster.«

»Und was tut sie so den ganzen Tag?«, wollte Galina wissen.

»Du wirst es nicht glauben, aber sie bewacht den ganzen Tag die Spiegel. Siehst du den Stuhl da drüben?« Domingo deutete auf einen umgefallenen Klappstuhl, der in der Mitte der Halle lag. »Auf dem sitzt sie den ganzen Tag. Und ich glaube, sie hat dabei ein Gewehr in der Hand.«

»Du spinnst!«

»Oben gibt es auch so einen Klappstuhl«, behauptete Domingo. »Vormittags sitzt sie oben und nachmittags sitzt sie unten.«

Galina tippte sich mit dem Finger an die Stirn und durchquerte die Halle. Der Stuhl lag in einer kleinen Lache dunkler Flüssigkeit.

Ist das etwa Blut?, dachte Galina und schauderte.

»Dann glaubst du es eben nicht!«, sagte Domingo beleidigt.

»Ich glaube, du übertreibst!«, erwiderte Galina im Tonfall ihrer Mutter.

In der Mitte der Halle führte eine breite Treppe nach oben. Auf der Treppe lag eine zerbrochene goldene Vase und ein kleiner schwarzer Pelzhut. Galina vermutete, dass er Madame Laurent gehörte.

»Und wo hast du den Würfel gefunden?«

Domingo deutete nach oben.

»Du bist in der ganzen Villa herumgestreunt?!«, fragte Galina entsetzt. »Was, wenn sie dich erwischt hätte?«

»Ich werde nicht erwischt«, erklärte Domingo. »Und jetzt komm!«

Aus irgendeinem Grund bückte sich Galina nach dem Pelzhut und hob ihn auf. Vielleicht weil sie dazu erzogen worden war, ordentlich zu sein und nichts herumliegen zu lassen. Vor allen Dingen nichts von Wert. Das hatte ihr Vater immer gesagt. Und der kleine schwarze Pelzhut sah aus, als wäre er wertvoll.

Langsam gingen die beiden Kinder die Treppe nach oben, Stufe für Stufe. Und obwohl Domingo so tat, als hätte er das schon zigmal gemacht, spürte sie seine Angst nahezu körperlich.

»Was, wenn sie noch da sind?«, flüsterte Galina und drückte den Hut an sich.

»Wer?«, wisperte Domingo zurück.

»Diejenigen, die hier alles kaputt gemacht haben!«, antwortete sie.

Domingo blieb stehen. Sie lauschten. Aber man hörte nur das Haus atmen. Das Knacken der Balken und das Knarzen der Treppe. Das Kratzen eines Astes an der großen Fensterscheibe. Und das Knistern in den alten Heizungsrohren.

Du wirst dich doch nicht vor so etwas fürchten!, hatte ihre Mutter immer gesagt. *Vor den Geräuschen eines Hauses!*

Aber trotzdem kam es Galina genauso vor, wie Domingo es beschrieben hatte. Dass etwas in diesem Haus lauerte. Ein nervöses Tier, das bereit war, loszuspringen und sich zu verteidigen. Doch obwohl sie angestrengt horchten, konnten sie nichts Verdächtiges hören.

»Nun geh schon«, sagte Galina, obwohl sie selbst stehen geblieben war. »Lass es uns hinter uns bringen. Nicht, dass Tante Serafina noch vor uns wieder zu Hause ist.«

Domingo stieg weiter die Stufen hinauf, bis sie auf dem obersten Treppenabsatz angekommen waren. Schon hier war der Boden mit Spiegelscherben übersät. So, als wäre im Inneren des ersten Zimmers etwas explodiert und das Glas mit viel Wucht herausgeflogen.

»Wirf ihn von hier aus hinein«, flüsterte Galina.

»Wen?«

»Den Würfel.«

»Und was, wenn er kaputtgeht?«, fragte Domingo unschlüssig.

»Na gut, dann gehen wir hinein, mach schon. Leg ihn dorthin, wo du ihn herhast«, sagte Galina mit einer Stimme, die in ihren Ohren selbstsicher klang. »Was soll schon passieren?«

Bestimmter, als ihr zumute war, ging sie über die Galerie bis zum ersten Zimmer. Unter ihren Schuhsohlen knirschten die Scherben, und schon von der Tür aus sah sie, dass sich hier ein erstaunlich riesiger Saal befand, ein Spiegelsaal, mit den schönsten und prächtigsten Spiegeln, die Galina jemals gesehen hatte. Der größte von ihnen, ein riesiger, körperhoher Spiegel mit reich verziertem goldenen Rahmen, hing an der Wand direkt gegenüber der offen stehenden Tür. Er war komplett zersplittert. Die Scherben waren über den Perserteppich und das alte Parkett verteilt, waren hinausgeflogen bis in den Flur. Direkt neben dem kaputten Spiegel stand eine große Marmorkonsole mit reichlich goldenen Schnitzereien und einem ebenfalls mit goldenen Schnitzereien verzierten ovalen Spiegel. Galina sah sich selbst in dem Spiegel und Domingo, der halb schräg hinter ihr stand.

»Eigenartig«, wisperte Galina. Sie fühlte sich zu den Spiegeln hingezogen, selbst zu den zerbrochenen.

»Was?«

»Es sieht aus, als wäre der Spiegel explodiert. Findest du nicht auch?«, flüsterte sie ihrem Bruder zu und machte einen Schritt in das Zimmer hinein.

Er verdrehte die Augen und drückte sich an ihr vorbei. Da ertönte plötzlich ein lauter Schrei. Domingo brüllte ebenfalls los. Galina schnellte herum und sah auf einer weiteren Marmorkonsole ein seltsames Wesen kauern, das schrie, als wäre es von allen guten Geistern verlassen. Ein helles Gesicht sah sie aus einem dunklen Stoffberg heraus an. Eine Pfeilspitze wackelte in ihre Richtung, und nun erkannte Galina, dass das Wesen auf sie zielte.

In dem Moment wurde Galina bewusst, dass sie selbst schrie wie am Spieß.

»Wagt es nicht!«, brüllte das Wesen, und die Pfeilspitze schien sich nicht entscheiden zu können, auf wen genau sie sich richten wollte.

Es war ein Mädchen.

Ein Mädchen in einem großen braunen Umhang. Es hatte sich die Kapuze über den Kopf gezogen, und man sah nur eine wirre Menge dunkler Locken, die aus dieser Kapuze hervorquollen. Die Pfeilspitze wurde langsamer und richtete sich nun auf Domingo.

Der hatte sich beruhigt und sagte: »Hallo. Mein Name ist Domingo. Und das ist meine Schwester Galina.«

Es wurde plötzlich totenstill im Zimmer, man hörte nur das ruckartige Atmen des fremden Mädchens. Galina spürte, dass sie den schwarzen Pelzhut in ihren Händen nervös zerknüllt und ihn gegen ihre Brust gedrückt hatte, als könnte er ihr Schutz bieten.

»Jadis«, sagte das Mädchen höflich. Im nächsten Moment schrie sie jedoch die beiden an, als täte es ihr leid, sich vorgestellt zu haben: »Was tut ihr hier in diesem Haus?«

Erschrocken sah Domingo zu seiner Schwester.

»Wir sind Nachbarn«, erklärte Galina, weil sie den wahren Grund nicht sagen wollte.

Die Pfeilspitze richtete sich nun auf sie, und Galinas Herzschlag beschleunigte sich wieder. »Wir wollten uns um die Katzen kümmern«, redete sie weiter. »Madame Laurent hat uns gebeten, das zu tun.«

Das war natürlich eine dicke Lüge, aber das brachte Jadis dazu, die Pfeilspitze nun Richtung Boden zu lenken. »Die Futternäpfe sind unten. In der Küche«, sagte sie und stieg langsam von der Marmorkonsole hinab. Dabei ließ sie die Zwillinge nicht aus den Augen. Jetzt, wo sie nicht mehr auf der Konsole kauerte, sah sie wie ein normales Mädchen in einem dunklen Umhang aus.

»Wir haben die Katzen nicht gesehen«, sagte Galina hastig. »Wir dachten, vielleicht sind sie hier im ersten Stock.«

Jadis legte nun Pfeil und Bogen ab und seufzte.

»Miez, miez, miez«, fügte Galina vorsichtig hinzu und ging in die Hocke, als wollte sie dichter am Boden nach den Tieren suchen. Stattdessen sah sie nur Jadis' altertümliche Schnürstiefel, an denen noch Lehm klebte, und den Bogen, den sie neben sich an die Konsole gelehnt hatte.

»Hier oben sind keine Katzen«, erwiderte Jadis mürrisch. Sie schlug die Kapuze ihres Umhangs zurück, und die dunklen Locken quollen jetzt über Schulter und Rücken.

Da Domingo das fremde Mädchen nur anstarrte, erwiderte Galina mit trockenem Mund: »Gut zu wissen.«

Sie stand auf und ging einen kleinen Schritt rückwärts. Nichts wie weg hier! Doch die Glasscherben knirschten so laut unter ihren Füßen, dass sie erschrocken stehen blieb.

»Seit wann ist Madame Laurent weg?«, fragte Jadis.

»Seit gestern Abend«, antwortete Domingo plötzlich eifrig. »Ein Krankenwagen kam und hat sie abgeholt.«

Galina starrte auf Jadis' fingerlose Handschuhe. Sie waren aus weichem Leder und an manchen Stellen etwas abgenutzt.

»Danke, dass ihr euch darum gekümmert habt«, antwortete das Mädchen. Sie starrte dabei den zerbrochenen Spiegel an.

»Keine Ursache«, antwortete Domingo, und Galina schluckte schnell eine ehrliche Antwort hinunter.

»Dann füttern wir mal die Katzen«, schlug sie stattdessen eilig vor und packte ihren Bruder am Ärmel.

»Ihr braucht sie nicht zu füttern. Die sind alle weg.« Jadis' Stimme wurde ein Flüstern. »Ihr müsst mir helfen.«

»Helfen?«, fragte Domingo.

»Ich kann hier nicht weg«, erklärte sie, während sie nervös über ihre Schulter sah. »Und ich brauche von Madame Laurent noch ein paar Auskünfte.«

Dabei sah sie nun Galina mitten ins Gesicht. Sie hatte leuchtend grüne Augen, und auf ihrem Nasenrücken tummelten sich so viele Sommersprossen, dass man den Eindruck hatte, ein Maler hätte sie mit Farbe bespritzt.

»Auskünfte?«, echote Domingo.

»Den Code«, antwortete Jadis.

Die Kinder rannten, bis sie schwer atmend auf der Straße vor dem Garten der Villa zum Stehen kamen. Dort drehten sie sich um und blickten zu dem alten Haus zurück.

»Was sollen wir jetzt tun?«, fragte Galina.

»Nach Hause gehen.« Domingo kratzte sich am Kopf. Ein Windstoß pustete welkes Laub über die Straße, und Galina sehnte sich nach dem Baumhaus. Dort fühlte sie sich immer geschützt und so, als würde die Zeit stehen bleiben.

»Du willst nicht zu Madame Laurent ins Krankenhaus?«, wollte sie von Domingo wissen.

»Da lassen uns die doch gar nicht rein«, behauptete ihr Bruder.

»Aber wir können das Mädchen doch nicht einfach in der Villa auf uns warten lassen!«

»Vielleicht wollte sie uns nur verarschen«, überlegte Domingo. »Oder sie ist verrückt. Ich finde, sie sah verrückt aus!«

»Ich finde, sie sah aus, als hätte sie schreckliche Angst«, entgegnete Galina und stemmte ihre Hände in die Seiten.

Die Geschwister sahen sich in die Augen, wie sie es oft taten, wenn sie verschiedener Meinung waren. Meistens gab Galina nach. Ihr Bruder hatte einfach den größeren Dickkopf.

»Ich habe vergessen, den Würfel zurückzulegen«, bemerkte Domingo nach einer kleinen Pause nachdenklich.

»Dann werden wir jetzt umkehren und ihn zurückbringen«, erwiderte Galina und streckte die Hand nach dem Würfel aus.

Zögernd legte Domingo ihn in ihre Handfläche. Wieder hatte Galina das Gefühl, das Auge würde sie anstarren. Sie schloss schnell die Finger um den Würfel und steckte ihn in die Hosentasche.

»Nun komm schon!« Sie stieß ihren Bruder an.

Ein Motorengeräusch ließ die Kinder zusammenzucken. Sie kannten das Geräusch. Es war Tante Serafinas alter Mercedes. Er war so alt, dass sein Motor mehr wie ein Scheppern klang. Schnell huschten sie zurück in den Garten und duckten sich hinter die Hecke. Der Mercedes glitt an ihnen vorbei. Sie erkannten Tante Serafinas kantiges Profil, ihre Hakennase und den strengen Dutt am Hinterkopf.

»Du lenkst sie ab«, sagte Galina entschlossen, »und ich bringe den Würfel zurück.«

Als Galina zum zweiten Mal durch das Kellerfenster rutschte, kam sie schon etwas sanfter auf dem Boden auf. Sie rappelte sich hoch und klopfte sich den Staub von der Hose. Dann beeilte sie sich, durch den dunklen Keller zu laufen. Sie sah nicht nach links und rechts, weil sie Angst hatte, etwas wirklich Gruseliges zu entdecken. Ihr Nacken kribbelte, und ihre Hände waren schweißnass. Sie stolperte die Treppe nach oben und schob den Vorhang zur Seite.

Am liebsten wäre es ihr gewesen, wenn das Mädchen einfach verschwunden wäre. Einen klitzekleinen Moment überlegte sie, den Würfel einfach in der Halle abzulegen. Vielleicht sollte sie den Klappstuhl aufstellen und den Würfel darauflegen. Doch die dunkle Lache, die wie Blut aussah, hielt sie davon ab. Und der Gedanke, dass es nicht richtig war. Sie musste den Würfel genau dorthin bringen, wo er hergekommen war.

Mit schnellen Schritten lief sie durch die Eingangshalle und die geschwungene Treppe zum ersten Stock hinauf. Sie hatte das Gefühl, wenn sie es nicht schnell tat, würde sie es sich anders überlegen und im letzten Moment umkehren. Oben wandte sie sich nach links, und die ersten Scherben knackten unter ihren Stiefeln. Sie hielt einen Augenblick inne, bevor sie über die Türschwelle trat. In diesem Moment surrten mehrere Pfeile durch den Raum. Galina schrak zurück und drückte sich gegen die Wand.

»Runter!«, hörte sie Jadis brüllen.

Sie ließ sich zu Boden fallen und verbarg den Kopf unter ihren Armen. Wieder hörte sie das Zischen von Pfeilen und das Schnalzen von Jadis' Bogen. Das Mädchen schien unglaublich schnell schießen zu können. Dann folgte ein dumpfer Aufprall und danach nur noch Stille.

Als Galina vorsichtig den Kopf hob, lag direkt vor ihr ein riesiger schwarzer Wolf. Er trug ein Spitzenhäubchen und ein Nachthemd und war von mindestens zehn Pfeilen durchbohrt.

»So ein blöder Mist!«, sagte Jadis hinter ihr. »Ausgerechnet der Wolf! Ausgerechnet der! Warum konnte es nicht etwas anderes, Unbedeutendes sein?« Das Mädchen schlug sich die Hände vors Gesicht und fiel neben Galina auf die Knie.

Galina setzte sich zitternd auf. Sie glaubte, den heißen Atem des Wolfes auf ihrer Haut zu spüren. Doch seine gelben Augen blickten nur noch tot und starr.

»Was hat das zu bedeuten?«, flüsterte sie. Mehr brachte Galina nicht heraus, ihre Zunge klebte am Gaumen.

»Es bedeutet, dass ich Riesenärger bekomme. Wirklich großen Ärger! Wahrscheinlich nehmen sie mir den Bogen weg, und ich muss wieder mit einer Zwille arbeiten. Und ich sage dir, das willst du nicht erleben, solch einem Geschöpf mit einer Zwille gegenüberzutreten.«

Galina machte den Mund auf und wieder zu. Was war hier bloß los? Wo kam dieser Wolf plötzlich her? Der auch noch schwer nach Rotkäppchens Wolf aussah? Galina begann, an ihrem Verstand zu zweifeln.

»Ich kann auch mit Steinen verdammt gut schießen. Aber manche Geschöpfe lassen sich nicht mit Steinen töten. Verstehst du?«

Galina nickte fahrig.

»Deswegen bin ich ohne Bogen so gut wie tot. Eigentlich bin ich jetzt schon tot«, fuhr Jadis betrübt fort.

»Aber wo ist der Wolf hergekommen?«, fragte Galina.

Jadis deutete auf den zerbrochenen Spiegel. »Sie kommen aus den Spiegeln, wenn der Gehörnte sie betreten hat«, sagte sie leise und legte gleichzeitig den Zeigefinger der anderen Hand auf die Lippen, als hätte sie schon zu viel gesagt.

Galina folgte Jadis' ausgestreckter Hand mit den Augen.

Der zerbrochene Spiegel. In den Ecken hing noch Spiegelglas, aber in der Mitte gähnte ein riesiges schwarzes Loch. Eine Maus huschte daraus hervor und flitzte piepsend über den Boden davon. Der Maus folgte ein Eichhörnchen. Tannennadeln rieselten auf den Teppich, der vor dem Spiegel lag.

»Wir müssen den Spiegel verschließen«, erklärte Jadis verzweifelt, » und zwar schnell. Bevor die ganze Geschichte davonläuft!«

»Den Spiegel verschließen?«, fragte Galina mit weit aufgerissenen Augen.

»Ja.«

»Den zerbrochenen Spiegel?«, vergewisserte sich Galina. »Womit denn? Mit Brettern?«

Jadis sah sie an, als wäre sie von allen guten Geistern verlassen.

»Bretter helfen doch nicht gegen Magie! Schon verspiegeltes Glas ist ein schlechter Schutz, wie man sieht.«

Galina stellte sich neben Jadis und starrte auf den zerbrochenen Spiegel. Noch immer hatte Jadis den Bogen gespannt und zielte damit auf die dunkle Öffnung. Etwas waberte dahinter, ein feiner Nebel, der sich in weiter Ferne zu lichten schien.

In weiter Ferne?, dachte Galina verblüfft und kniff die Augen ganz fest zusammen. Hinter einem Spiegel lag der Raum, in dem er stand, sonst gar nichts. Vorsichtig öffnete sie die Augen wieder und beugte sich ein klein wenig nach vorne.

Der Nebel lichtete sich weiter, und sie konnte nach und nach mehr erkennen. Hohe dunkle Tannen säumten den Weg, und dichtes dunkelgrünes Moos wuchs in dicken Polstern zwischen den Stämmen. Ein mit Tannennadeln bedeckter Weg führte in sanften Bögen zwischen den Bäumen hindurch auf eine Lichtung.

Galina begann zu lächeln, so anheimelnd fühlte sich dieser Blick an. Als wäre sie schon hundertmal hier gewesen. Und zwar vor dem Schlafengehen! In ihrem geblümten Schlafanzug, gut eingepackt unter der dicken Decke ihres Bettes. Das sanfte Licht der Nachttischlampe hatte sich wie ein orangefarbener Kokon um alles gespannt, und aufmerksam hatten Domingo und sie an den Lippen ihrer Mutter …

Natürlich! Plötzlich wusste sie wieder, wo sie genau diesen Weg schon einmal gesehen hatte. In dem Märchenbuch ihrer Mutter! Das dicke mit dem Ledereinband und dem goldenen Lesebändchen!

Wenn man dem Weg folgte, kam man über kurz oder lang zu einem alten, windschiefen Holzhäuschen, und dort wohnte die liebe Großmutter, die immer darauf wartete, dass ihr in einem Körbchen Wein und Kuchen gebracht wurden. Der Blick in den Spiegel erinnerte Galina an das Bild im Märchenbuch. Sie war sich ganz sicher, dass sie etwas Rotes hinter einem der Baumstämme hatte verschwinden sehen. Wenn das mal nicht ein rotes Käppchen gewesen war!

Im nächsten Moment packte sie jemand sehr energisch am Handgelenk und riss sie zurück. Mit einem Quietschen fiel Galina zu Boden, sie sah jetzt keinen Wald mehr, sondern nur noch einen dunklen Himmel mit tausend Sternen.

»Sag mal, spinnst du?«, fauchte Jadis sie an.

Galina zwinkerte und rieb sich jammernd ihr Handgelenk. Der Sternenhimmel war verschwunden, sie sah nur noch den kaputten Spiegel vor sich. »Nein, wer hier spinnt, bist du! Wieso wirfst du mich einfach um?«

Jadis sah sie von oben herab an und kniff die Augen zusammen. »Okay. Von dir ist keine große Hilfe zu erwarten.«

»Was heißt hier Hilfe?«, fragte Galina beleidigt.

»Hast du den Code?«, stellte Jadis die Gegenfrage.

»Du meinst, seit wir hier vor zehn Minuten mit dir darüber gesprochen haben?«, fragte Galina spitz. »Nein. Natürlich nicht.«

»Okay. Wenn du mir eine Hilfe sein willst, dann besorg

uns den Code, bevor ich hier noch weitere Tiere erschießen muss.«

Erschrocken schnappte Galina nach Luft und rappelte sich auf. »Und wenn sie mich fragt, welchen Code ich meine?«, forschte sie nach.

»Sag ihr, dass ein Spiegel zerbrochen ist, dann wird sie wissen, welchen Code sie dir geben muss.« Jadis fuhr herum, als hätte sie etwas gehört. Ihre dunklen Locken schienen sich elektrisch aufgeladen zu haben und standen in alle Richtungen ab.

»Verdammt«, flüsterte sie heiser. »Jetzt mach schon! Hau ab! Ich habe nur noch drei Pfeile.«

»Was bedeutet das?«

»Lange werde ich hier nicht mehr durchhalten«, wisperte Jadis. »Also sieh zu, dass du in den nächsten Minuten wieder da bist.«

»Minuten?«, jammerte Galina. »Ich kann nicht in Minuten wieder da sein, schließlich muss ich erst einmal rausfinden, in welchem Krankenhaus Madame Laurent liegt. Und da meine Tante wieder da ist, kann es sein, dass ich erst morgen …«

Ein gewaltiger Windstoß pfiff aus dem Spiegel, das Zimmer war plötzlich erfüllt von Regentropfen und nassen Blättern. Jadis brüllte irgendetwas, das Galina nicht verstand. Die Zimmertür war zu weit weg, um durch sie zu fliehen, deswegen warf sich Galina einfach auf den Boden und robbte hinter einen großen Lehnsessel. Sie kniff die Augen so fest zusammen, dass sie regenbogenfarbene Kreise sah. Das Rauschen des Windes wurde ohrenbetäubend, dann war das gesamte Zimmer erfüllt von einem wilden Flattern. Federn segelten auf Galina herab, und sie hörte Jadis wild schreien, man hörte, dass jemand über die Scherben lief, es knirschte und schepperte, und plötzlich hatte Galina den Eindruck, es würde regnen.

Als es wieder still wurde, pochte Galinas Herz so stark gegen ihre Rippen, dass es schmerzte. Sie hatte das Gefühl, nach Luft schnappen zu müssen, aber sie bekam die Zähne nicht auseinander. Plötzlich hatte sie Angst, dass Jadis verschwunden sein könnte. Dass sie mit dem toten Wolf und den Glasscherben alleine war. Und vor allen Dingen mit einem seltsamen Spiegel, hinter dem etwas war, obwohl dort nichts sein dürfte. Sie horchte und horchte, aber es kam ihr so still vor, als gäbe es die Welt da draußen nicht mehr.

Steh auf und geh, sagte sie sich, aber eine ungekannte Kraft hielt sie hinter dem Sessel. Sie kauerte dort und konnte kaum die Augen öffnen. Als es neben ihr knirschte, als würde jemand auf die Scherben treten, kniff sie die Augen noch fester zusammen.

»Scheiße«, sagte Jadis neben ihr. »Ich kann mich echt eingraben.«

Galina atmete einmal tief durch und öffnete die Augen. Neben ihr hockte Jadis auf den Fersen, ihre Haare sahen aus, als wären sie explodiert, und ihre Stupsnase leuchtete weiß aus dem kleinen Gesicht.

»Was ist passiert?«, flüsterte Galina.

»Ich weiß es nicht. Ich hatte die Augen zu und habe alle meine Pfeile verschossen.«

»Blind?«, fragte Galina nach.

»Ja.«

»Geht das?«

Jadis verdrehte die Augen. »Natürlich geht das. Aber man trifft dann nicht.«

»Aha.«

»Wenn du irgendwem verrätst, dass ich blind geschossen habe, muss ich dich umbringen.«

»Ich sage kein Wort«, versprach Galina hastig, obwohl sie nicht wusste, wen das interessieren könnte. »Ist wieder etwas aus dem Spiegel gekommen?«

»Ich denke schon.« Jadis schlug die Hände vors Gesicht. »So ein Mist! Ich habe jetzt keinen einzigen Pfeil mehr.«

Wir haben noch die Pfeile, die im Wolf stecken, dachte Galina. Doch sie sagte nichts, weil sie Angst hatte, den Wolf anzurühren.

Eine Weile kauerten sie zu zweit schweigend hinter dem Sessel. Dann krabbelte Jadis dahinter hervor. Galina hörte sie in den Glasscherben wühlen und vor sich hin murmeln. Da es ansonsten still war, traute sie sich auch aus ihrem Versteck. Sie blieb aber wie Jadis auf allen vieren und sah dieser dabei zu, wie sie die Scherben von hier nach da kehrte und schließlich den Lehnsessel verrückte, um zu sehen, was darunter war.

»Was machst du da?«, fragte sie.

»Ich suche das Auge«, erklärte Jadis. »Das ist das Einzige, was uns noch retten kann.«

»Wieso?«

»*Das Auge in seiner Allwissenheit kann sämtliche Unbill fernhalten*«, leierte Jadis herunter. »*Das Auge ist in extremen Situationen die einzige Kraft, die auch alleine fähig ist, die Aufgaben eines Spiegelspringers zu übernehmen.*« Sie setzte sich auf die Fersen und hob einen Finger. »Ich habe noch kein Auge.«

Verständnislos sah Galina sie an, da sie ganz deutlich erkennen konnte, dass Jadis zwei Augen besaß.

»*Ein Auge erhält man erst, wenn man seine Abschlussprüfungen bestanden hat*«, leierte Jadis weiter herunter, als würde sie aus einem Buch vorlesen.

»Und die hast du nicht bestanden?«, wollte Galina wissen, statt zu fragen, was für eine Prüfung das sein mochte. Und wieso ihr die beiden Augen im Gesicht nicht reichten.

»Um zur Prüfung antreten zu können, benötige ich noch ein Betriebspraktikum. Was ich gerade mache. Machen wollte. Gemacht hätte …« Jadis redete sich immer mehr in ihre Verzweiflung. »Okay, ich hab's verbockt, und wenn ich nicht bald eine Lösung finde, wird es mit dem eigenen Auge sowieso nichts!«

Galina sah Jadis nur verständnislos an.

»Ich war abgelenkt, verstehst du? Und oberstes Gebot für einen Spiegelspringer ist, sich durch nichts und niemanden ablenken zu lassen!«

Dann krabbelte Jadis weiter, wirre Sätze vor sich hin murmelnd, in denen es hauptsächlich darum ging, dass sie sich sowieso nur noch in einen Fluss stürzen konnte, oder in eine besonders blöde Geschichte, oder zu ihrer Großmutter Elianka gehen. Was gleichbedeutend wäre mit sich in einen Fluss zu stürzen.

Galina tat die plötzlich so jämmerliche Jadis so leid, dass sie zu ihr hinüberrobbte und sagte: »Ich könnte dir suchen helfen! Wenn du mir beschreibst, wie das Auge aussieht!«

Jadis setzte sich wieder auf ihre Fersen. »Du weißt nicht, wie das goldene Auge aussieht?«

»Nein.«

»Dann gehst du jetzt am besten«, schlug Jadis vor und wischte die Scherben mit der Hand von der einen auf die andere Seite. »Ich hatte angenommen, es müsste vor dem zerbrochenen Spiegel liegen«, murmelte sie. »Madame Laurent hat bestimmt darauf geachtet, dass der Spiegel bewacht war, wenn sie es schon nicht konnte. Aber hier ist definitiv nichts. Das kann eigentlich nur heißen …« Sie legte einen Zeigefinger an die Lippen und warf Galina einen bohrenden Blick zu. »Es ist gestohlen worden!«

Galina schrak zusammen, und im selben Moment spürte sie den goldenen Würfel in ihrer Hosentasche. Er schien seltsam heiß zu werden. Galina hatte Angst, ihre Jeans würde gleich zu rauchen anfangen. »Ist es ein Würfel?«, flüsterte sie.

Jadis nickte. »Ja, ein Würfel. Man muss das Auge in Richtung des Spiegels drehen, dann ist er bewacht, und kein Geschöpf kann entkommen. Ich frage mich nur, wer ihn mitgenommen hat. Wenn ich recht überlege, kann es nur der Gehörnte gewesen sein. Oder einer seiner Handlanger.«

Galina schloss kurz die Augen. Sie würde doch keine Angst vor Jadis' Zorn haben. Oh doch. Sie hatte Angst vor Jadis' Zorn. Und das, obwohl das Mädchen alle seine Pfeile verschossen hatte.

»Was ist los?«, wollte Jadis wissen und stupste Galina an. »Du siehst aus, als hättest du den Gehörnten gesehen!«

»Es ist so ...«, begann Galina. Sie wühlte in der Hosentasche und holte den Würfel heraus. Jadis' Augen wurden groß.

»Du hast es gestohlen!«, sagte Jadis tonlos. Sie wurde noch blasser, als sie schon war, und ihr Haar schien Funken zu sprühen.

»Nein, nein!« Galina schüttelte den Kopf. »Ich wollte es nur zurückbringen! Mein Bruder Domingo hatte es mit nach Hause genommen!«

»Wo ist er?« Jadis sprang auf. »Ich bringe ihn um! Er hat den Tod verdient!«

Nun sprang auch Galina auf und hielt Jadis den Würfel auf der flachen Hand hin. »Er hat ihn nur ausgeliehen! Er wusste doch nicht, dass der Würfel ein Auge ist! Sonst hätte er ihn niemals mitgenommen! Niemals! Großes Ehrenwort!«

Jadis sah Galina schwer atmend an. Dann zuckte sie mit

den Schultern. »Ich habe auch einen Bruder. Und der ist genauso ein Trottel«, sagte sie dann. »Nun gib schon her!«

Sie nahm den Würfel und legte ihn vor dem zerbrochenen Spiegel auf den Boden. Das Auge schien den Spiegel zu fixieren, und der Spiegel begann, trübe zu werden. Die Mädchen atmeten auf.

»War's das?«, wollte Galina wissen.

»Wir haben etwas Zeit gewonnen«, erwiderte Jadis und nickte. »Aber nun brauchen wir den Code. Und wir müssen uns etwas für den Wolf einfallen lassen!«

Chroniken der Spiegelwelt

Wenn sich Madame Laurent an den Anfang ihrer Laufbahn als Meisterin erinnerte, konnte sie sich nur über sich selbst wundern. Wie gutgläubig sie gewesen war. Wie mutig und wie versessen darauf, es bis zur Meisterin zu bringen. Sie hatte nicht gewusst, was sie erwarten würde. Sie hatte gedacht, es wäre ein Leben voller Auszeichnungen. Dabei war es ein Leben voller Gefahren.

Sie erinnerte sich an ihren ersten Tag an der *Akademie für Spiegelspringer*. Sie war zwölf Jahre alt und hatte vor nichts Angst. Alleine war sie mit ihrem Köfferchen und ihrem Umhang zur Akademie aufgebrochen, um die Aufnahmeprüfung zu machen. Die anderen Spiegelspringerkinder hatten ihre Eltern dabei. Sie waren nervös, kicherten oder standen still und blass dicht neben ihren Müttern und Vätern. Es waren nur Jungen. Madame Laurent konnte kein einziges Mädchen entdecken.

Madame Laurent, damals noch nur Lorelei Laurent, hielt sich abseits, setzte sich auf ihr Köfferchen, stellte ihre Füße in den winzigen, ornamentverzierten Stiefelchen dicht nebeneinander und wartete. Dabei verzog sie keine Miene. Blickte nicht links und nicht rechts. Sie war alleine gekommen, weil sie schon immer eine sehr eigensinnige Person gewesen war und sich vorgenommen hatte, ohne Mutter und Vater die Aufnahmeprüfung zu machen. Sie war schließlich kein kleines Kind mehr. Nicht so ein kleines Kind wie der Junge, der wieder mit nach Hause wollte, weil er nicht während der Bannwoche in der Akademie sein wollte. Weil er auf keinen Fall dem Gehörnten begegnen wollte.

Als sie aufgerufen wurde, stolzierte sie geradewegs in den Saal und ließ das Köfferchen mit einem lauten Knall auf den Boden fallen.

Durch die Prüfungskommission ging ein Ruck. Es waren drei sehr alte Männer mit wirrem Haar. Auf ihren Namensschildern stand *Grimm, Grimm, Andersen.* Und dann war da noch eine alte Frau in einem hellblauen, hochgeschlossenen Kleid mit passender Haube, aus der sich ein paar Löckchen herauskringelten. Auf ihrem Schild stand *Austen.*

Die Männer sahen Lorelei Laurent düster an. Die Frau dagegen lächelte. Lorelei wusste, dass fast nur männliche Spiegelspringer aufgenommen wurden. Das ärgerte sie schon seit Jahren. Seit ihr ihre Mutter von dieser Ungerechtigkeit erzählt hatte.

»Lorelei Laurent«, sagte einer der Männer, auf dessen Namensschild Grimm stand. »Warum hast du dich an der Akademie beworben?« Seine Stimme schnarrte wie ein altes Türschloss.

»Ich will Meisterin der Spiegel werden.«

Die Männer warfen sich einen Blick zu und schüttelten die Köpfe. Die Frau zwinkerte ihr zu.

»Es gab noch nie eine Meisterin der Spiegel!«, donnerte der Mann, auf dessen Schild *Andersen* stand. Er beugte sich vor, als ob er sich Lorelei Laurent ganz genau ansehen wollte. »Dir ist bewusst, dass von den heutigen fünfundachtzig Bewerbern bereits vierunddreißig durchgefallen sind?«, fügte er dann hinzu.

Lorelei nickte. »Soviel ich weiß, sind lauter Jungen durchgefallen«, entgegnete sie ruhig.

Sie war nicht aufgeregt. Ein bisschen wütend vielleicht. Aber was nützte es schon, auf alte Männer wütend zu sein.

»Wir sollten mit der Prüfung beginnen«, schlug die Frau vor, bevor einer der Männer antworten konnte. »Du kennst deine Prüfungsaufgabe?«

»Ich muss aus drei Spiegeln den richtigen wählen, durch den Spiegel in den Saal der Spiegel gelangen und dort eine Bestätigung des Meisters der Spiegel einholen«, leierte Lorelei herunter.

Die anderen konnten nicht wissen, dass sie schon ungefähr hundert Mal im Saal der Spiegel gewesen war. Das erste Mal zufällig. Die anderen Male, weil die vielen Spiegel sie magisch anzogen. Aber sie hatte noch nie mit dem Meister der Spiegel gesprochen. Sie hatte ihn gesehen, ja, aber immer, wenn er ihr zu nahe kam, war sie schnell durch einen anderen Spiegel davongehüpft.

In ihrem Rücken konnte sie die Spiegel spüren.

»Die Aufnahmeprüfung ist gefährlich«, hatte ihre Mutter gesagt. »Wahrscheinlich bist du das einzige Mädchen. Wenn das Komitee boshaft ist, geben sie dir einen Spiegel, der der richtige ist, und zwei, in denen etwas wirklich Böses lauert.«

»Wie böse?«, wollte Lorelei wissen.

»Es könnte sein, dass du den Gehörnten triffst«, hatte ihre Mutter zur Antwort gegeben.

Lorelei wandte sich den Spiegeln zu.

»Viel Glück!«, sagten die drei Männer gleichzeitig.

Es hörte sich herablassend an.

Die Frau sagte nichts.

Lorelei musste nicht lange überlegen. Sie konnte genau spüren, welcher Spiegel der richtige war. Alle Spiegel sahen gleich aus. Wenn man sie nur ansah. Golden, oval, genau gleich groß. Sie ging näher heran. Es war der linke. Sie konnte dieses hohe Surren hören und einen feinen Lufthauch spüren, der sie anzuziehen schien. Lorelei kannte dieses Geräusch. Damit offenbarte sich der richtige Spiegel, dieser eine, den man suchte. Aber das Geräusch war so leise und zart, dass man es gut überhören konnte. Abwartend blieb sie einen Moment stehen und schloss die Augen. Hinter ihr räusperte sich einer der Männer. »Können wir uns nicht entscheiden?«, bemerkte er spöttisch.

Lorelei warf noch einen letzten Blick über die Schulter zurück. Sie sah, wie ihr die Frau leicht zunickte. Dann trat sie durch den Spiegel.

Zuerst war alles wie immer. Sie spürte den Sog, der sie erfasste, dann wurde sie im großen goldenen Spiegelsaal ausgespuckt, durch deren Fenster man Essigbäume sehen konnte. Sie landete elegant auf den Zehenspitzen. Die Spiegelscherben unter ihren Füßen machten kein Geräusch. Aber es waren Scherben. Das wunderte Lorelei. Die Scherben stammten von dem Spiegel an der gegenüberliegenden Wand, und Lorelei konnte sehen, dass sich in der Öffnung, die entstanden war, bunte Schmetterlinge bewegten. Sie wusste nicht, welche Geschichte sich hinter dem zerbrochenen Spiegel befand, aber es war eine Geschichte.

Das Licht im Saal schien zu flimmern. Es war so hell, dass sie im ersten Moment kaum etwas sehen konnte, nur bunte Kringel, die ihr vor den Augen flirrten. Dann gewöhnte sie sich an das Licht. Und sah ihn.

Der Gehörnte stand mit dem Rücken zu ihr über den Meister der Spiegel gebeugt mitten im Saal. Der Meister lag auf dem Boden. Seine Augen entdeckten Lorelei.

Mach, dass du verschwindest, schienen diese Augen ihr sagen zu wollen.

Doch Lorelei verschwand nicht. Der Gehörnte war riesig, er sah aus wie ein mächtiger schwarzer Ziegenbock, aufrecht auf zwei Beinen. Er trug Jacke und Hose, und sein röchelnder Atem roch nach Schwefel. Lorelei wusste, dass er den Meister töten würde. Und sie tat etwas sehr Gefährliches, sehr Törichtes, etwas, das man nie tun würde, wenn man auch nur eine Sekunde hätte, um darüber nachzudenken. Doch diese Zeit hatte Lorelei nicht.

Sie zog das Erste, was sie in der Tasche ihres Umhangs fand, heraus – es war ein Päckchen mit Schokoladenwürfeln, das ihre Mutter ihr am Morgen zugesteckt hatte –, zielte und warf es dem Gehörnten an den Hinterkopf.

Er stieß ein verärgertes Keuchen aus und fuhr herum.

Seine tiefroten Augen hefteten sich auf Lorelei. Seine gespaltenen Hufe klapperten über den Boden.

»Fang mich doch!«, sagte Lorelei leise.

Der Gehörnte kann einer Herausforderung nicht widerstehen.

Und dann begann die Jagd.

Der Gehörnte jagte Lorelei durch den Spiegel zurück in die Akademie – eigentlich ein schrecklicher Fehler während einer Aufnahmeprüfung! Denn nur mit einem Spiegelspringer ist es dem Teufel möglich, die Akademie zu betreten! Lorelei schlidderte durch den Raum, in dem Grimm und Grimm, Andersen und Mrs Austen wie angewurzelt saßen. Er jagte sie über deren Schreibtische und fünf Mal um die Schreibtische herum und dann in den rechten, ovalen Spiegel hinein. Lorelei konnte den Knall und das Klirren Tausender Scherben hören, als er hinter ihr durchbrach, und dachte: *Nun erwischt er mich. Nun bin ich tot!*

Er jagte sie in die *Unendliche Geschichte* und geradewegs in die Sümpfe der Traurigkeit, in denen das Pferd Artax versank. Sie schaffte es, den Gehörnten hineinzulocken, hüpfte von einem festen Grasbüschel zum nächsten, denn auch wenn der Gehörnte verschlagen und klug ist – wenn er töten will, vergisst er seinen Verstand.

Und der Gehörnte wollte töten. Er wollte dieses spindeldürre kleine Mädchen töten, das Mädchen, das ihm etwas an den Kopf geworfen hatte, genau in dem Moment, als er den Meister der Spiegel endlich in seinen Fängen hatte.

Der Gehörnte ist schwer. Viel schwerer als ein kleines Mädchen. Und gerade als Lorelei dachte, nun müsse sie aufgeben, blieb der Gehörnte im Sumpf stecken.

Sein wütendes Gebrüll konnte man bis ins Schloss der Kindlichen Kaiserin hören.

Als Lorelei durch den Spiegel in die Akademie zurückkehrte, triefte sie vor Schlamm. Sie landete auf Zehenspitzen in einer braunen Pfütze. Ihre Haare starrten vor Dreck. Der Meister der Spiegel war nun ebenfalls hier. Leichenblass saß er in einem Lehnstuhl, den ihm Mrs Austen hingeschoben hatte. Er verschloss die zerstörten Spiegel mit einem Auge. Seine Hände zitterten dabei. Und so hatte Lorelei Laurent dem Meister der Spiegel das Leben gerettet und wurde in die *Akademie für Spiegelspringer* aufgenommen. Ob es den Herren Grimm, Grimm und Andersen passte, oder nicht.

3

»Wir«, wiederholte Galina, und dieses Wort machte etwas in ihrer Brust.

Galina hatte keine richtigen Freundinnen, mit denen sie abhängen konnte. Ihre Eltern wollten nicht, dass sie Schulkameradinnen nach Hause einlud, und noch weniger wollten sie, dass sie selbst zu anderen Leuten ging. Und jetzt saß da plötzlich dieses schmale, lockige Mädchen vor ihr und sprach von ihnen beiden als »wir«.

Gut, sie hatte gesagt: »Wir brauchen den Code«, nicht »Lass uns Eis essen gehen«. Und »Wir müssen uns was für den Wolf einfallen lassen«, nicht »Welche Serie sehen wir uns als Nächstes zusammen an?«. Also nicht genau die Dinge, die Galina mit Freundinnen verband.

»Ich kann hier nicht weg«, stieß Jadis atemlos hervor. »Deswegen musst du das mit dem Code übernehmen.«

Galina nickte, auch wenn sie nicht wusste, wie sie herausfinden sollte, wo Madame Laurent war. Und wie sie Madame Laurent klarmachen sollte, dass sie Was-auch-immer-für-einen-Code herausrücken musste.

»Und ich werde …« Jadis schloss kurz die Augen. Ihre Nasenflügel zogen sich zusammen, als sie die Luft einsaugte. »Ich werde mich um den Wolf kümmern.«

Galina nickte.

»Nun geh schon!«, fauchte Jadis sie an. »Wir haben nicht ewig Zeit.«

Galina drehte sich um. Doch plötzlich schoss Jadis' Hand nach vorne und umklammerte eisern ihr Handgelenk. »Pscht.«

»Was ist los?«, flüsterte Galina.

Jadis antwortete nicht. Sie horchten beide in das leere Haus. Irgendwo knackte etwas.

»Das sind die Wasserleitungen«, wisperte Galina. »Wenn die Heizung sich erwärmt.«

Jadis schüttelte den Kopf. »Das meine ich nicht.«

Wieder knackte es irgendwo, dann klirrte es außerdem noch. Es klang so, als wäre ein Schlüsselbund auf Stein gefallen.

»Haustür«, brachte Jadis hervor.

Sie robbten beide an dem leblosen Wolf vorbei bis auf die Galerie. Unter Galinas Knien knirschten Glasscherben. Jadis kroch bis zum Geländer und lugte hinunter in die Eingangshalle. Auch Galina versuchte zu erkennen, was da unten geschah, aber sie hörte nur noch ihren hämmernden Herzschlag und ein Sausen in den Ohren, das alles übertönte. Von hier aus konnte man die Eingangshalle gut überblicken. Sie hatte einen rot-goldenen Fliesenboden, wie er auch im Haus ihrer Tante Serafina zu finden war. In der Mitte gab es symmetrische Muster in Rot und Gold, die von hier aus wie Blüten aussahen und die sich auf dem Boden ganz regelmäßig wiederholten. Direkt neben der Tür stand ein messingfarbener Schirmständer, in dem ein rot-goldener Schirm stand, fast so, als wäre er farblich passend zum Boden ausgesucht worden.

Jetzt hörte Galina es ganz deutlich. Von draußen war ein Klirren und Klappern zu hören, und jemand schien an der Tür zu rütteln. Fast meinte Galina, Jadis' Herzschlag zu spüren, der schnell und kräftig war wie bei einem kleinen Tier, das jederzeit zur Flucht bereit war.

Plötzlich wurde die Tür aufgestoßen, und Jadis holte zischend Luft.

»Ruhig«, flüsterte Galina. »Das ist …«

Erstaunt sah sie auf die beiden Gestalten in der Diele. In ein weites rot-grünes Wollcape gehüllt, stand eine Frau mit einem riesigen Deckelkorb in der Tür, den sie nur tragen konnte, weil ihr ein Junge dabei half. Ächzend stellten die beiden den übergroßen Korb auf den Boden. Ein Windstoß wirbelte ein paar rote Essigbaumblätter herein, und die Frau schloss hastig die Tür hinter sich.

»Am besten ziehst du dir die Schuhe aus, Schätzchen«, sagte Mrs Merlowski zu Domingo. »Wir wollen keinen Schmutz hereinbringen.«

»Aber die vielen Scherben«, wandte Domingo ein.

»Hm, ja, Schätzchen«, erwiderte Mrs Merlowski etwas

ratlos. »Da hast du wohl recht. Lass sie besser an. Wir wollen ja nicht, dass du dich verletzt!«

»Das ist unsere Nachbarin«, erklärte Galina und runzelte die Stirn. Was machte sie hier?

»Dann wollen wir mal sehen«, plauderte Mrs Merlowski munter weiter. »Wo sie wohl das Katzenfutter hingestellt hat? Manchmal frage ich mich, ob die gute Alte schon so vergesslich ist, dass sie …« Mrs Merlowski öffnete die Tür zur Küche und stieß einen erschrockenen Schrei aus. Jadis hielt sich die Ohren zu und kniff die Augen zusammen.

»Ich vermute nun doch stark, dass in ihrem Oberstübchen nicht mehr alles in Ordnung war. Sieh dir das an! Alle Küchenschränke offen! Alles herausgerissen! Die Haferflockendose umgekippt und ausgeschüttet!«

Mit verlegenem Gesichtsausdruck nahm Jadis die Hände von den Ohren. »Ich habe das Auge gesucht«, flüsterte sie Galina entschuldigend ins Ohr. »Was sollte ich machen?«

»Denkt nicht, ich weiß nicht, dass ihr da oben seid«, sagte Mrs Merlowski laut unten in der Diele. »Lass uns den Korb in die Küche tragen, und wenn diese faulen Mädchen dort oben endlich aufstehen würden und herunterkommen, dann könnten wir vielleicht gemeinsam …«

Jadis stieß einen erschrockenen Schrei aus und schlug die Hände vors Gesicht. »Eine hellsehende Drude!«

»Nein, Schätzchen«, antwortete Mrs Merlowski in tadelndem Tonfall, ohne den Blick zu heben. »Aber deine Locken dort oben sehen aus wie der Haufen Wolle, den ich vor meinem Lehnsessel stehen habe. Und wenn es nicht der Strickkorb von Madame Laurent ist, dann muss dort oben wohl ein lockiges Mädchen am Boden liegen und seine neugierige Nase über das Treppengeländer linsen lassen.«

Galina grinste.

»Und dich sehe ich auch!«, fuhr Mrs Merlowski tadelnd fort. »Also kommt schon zu uns herunter.«

Mit einem kurzen Blick auf den Wolf im Großmutterkostüm stand Jadis nun auf und wischte sich verlegen die Scherben von ihrer Kleidung.

»Wir wollen die Katzen füttern«, erklärte Domingo mit einem Blick auf seine Schwester, die nun mit Jadis langsam die Treppe hinunterstieg.

»Füttern kann ich sie alleine«, korrigierte Mrs Merlowski ihn. »Du solltest mir nur helfen, den schweren Korb zu tragen. Früher war das ja alles keine Schwierigkeit. Aber jetzt im Alter … kusch!«, stieß sie im nächsten Moment hervor, als Jadis kurz davor war, den Korb zu öffnen. »Lass ihn zu. Öffnet nichts, wovon ihr nicht sicher wisst, dass ihr das bändigen könnt, was sich darin befindet.«

Erschrocken hielt Galina die Luft an. »Ich dachte, es gibt hier keine Katzen«, sagte sie schließlich.

Etwas miaute direkt zu ihren Füßen, aber als sie den Blick senkte, sah sie kein Tier. Mrs Merlowski antwortete ihr nicht, sondern ging nun endgültig in die Küche. Man hörte, dass sie dort herumräumte, anscheinend wieder auf der Suche nach Katzenfutter.

Der große Korb wackelte ein wenig. Die drei Kinder starrten ihn mit gehörigem Sicherheitsabstand an.

»Himmel, was für ein Saustall«, sagte Mrs Merlowski, als sie wieder in die Diele kam und auf die Treppe zuging.

Jadis stellte sich ihr in den Weg. »Da oben ist nichts«, betonte sie.

Mrs Merlowski schob sie einfach auf die Seite. »Ich muss für Madame Laurent ein paar Sachen einpacken. Handtücher. Ein paar Schlüpfer …«

»Schlüpfer?«, fragte Domingo verständnislos.

»Und ein Buch zum Lesen.« Sie ignorierte seinen Einwand und stieg die Treppe hinauf. »Dinge, die man braucht, wenn man ein paar Tage im Krankenhaus ist.«

Im nächsten Moment erreichte sie das Ende der Treppe und stieß wie erwartet einen entsetzten Schrei aus. Dann begann Mrs Merlowski jedoch zu lachen.

»Da habt ihr mir ja einen Schreck eingejagt. Im ersten Moment dachte ich, hier würde ein toter Wolf mit einem Betthäubchen liegen.«

Jadis kniff die Augen zusammen. »Da liegt ja auch ein toter Wolf«, merkte sie an.

Mrs Merlowski ignorierte auch dies, stemmte die Hände in die Seiten und sah auf den Wolf hinab. »Mitten im Weg. Das ist ganz typisch. Ich hatte mal einen Hund, der hat sich auch immer mitten in den Weg gelegt. Grundsätzlich. Besonders in meiner kleinen Küche war das wirklich ein Problem.«

Ängstlich beobachtete Galina, wie Mrs Merlowski mit der Schuhspitze den Wolf anstupste. Die Zunge des Wolfes hing lang aus seinem Mund, und die gelben Augen starrten leblos.

»Wie oft bin ich über ihn gestolpert! Einmal hätte ich mir beinahe das Sprunggelenk gebrochen!« Energisch fügte sie an den Wolf gewandt hinzu: »Los, aus dem Weg, du faules Tier!« Dann drehte sie sich zu den Kindern um und hob den Zeigefinger. »Ihr dürft euch das nicht gefallen lassen. Er kann sich genauso gut woanders hinlegen!«

»Mrs Merlowski«, flüsterte Galina. »Ich glaube, der ist tot.«

Die alte Dame seufzte, hörte aber nicht auf, mit ihrer Fußspitze das Tier zu traktieren. »Er ist wehleidig. Weiter nichts. Er hat sich vermutlich erschreckt und stellt sich tot.« Dann fügte sie in scharfem Tonfall hinzu: »Es reicht jetzt!«

Die Zunge des Wolfes verschwand plötzlich im Maul, und die Augen schlossen sich. Erstaunt runzelte Galina die Stirn.

»Nun mach schon, steh auf! Leg dich aufs Sofa!«

Der Wolf hob nun den Kopf und stand auf. Er schüttelte sich und sah Mrs Merlowski vorwurfsvoll an. Dann sprang er mit einem Satz auf eine durchgesessene rote Samtcouch, die an einer Wand stand. Galina hatte sie zuvor gar nicht bemerkt. Mrs Merlowski pflückte ihm die Pfeile aus dem Fell und reichte sie Jadis. Selbst ihr blieb der Mund offen stehen.

»Du musst lernen, besser zu schießen«, sagte Mrs Merlowski freundlich. »Wölfe haben ein sehr dickes Fell. Da bleiben so Pfeile nur hängen wie Kletten, wenn man nicht vernünftig schießt.«

»Ich hatte in Schießen immer eine Fünf«, gab Jadis kleinlaut zu. »Ich habe immer Angst, dass ich jemandem etwas zuleide tue!«

»Aber ist das nicht Sinn der Sache?«, wollte Domingo wissen.

»Du!« Jadis baute sich vor Domingo auf und deutete mit dem Zeigefinger auf seine Brust. »Du sei mal ganz still! Du bist an diesem ganzen Unglück schuld! Hättest du nicht das Auge gestohlen, hätte der Wolf gar nicht ausbrechen können! Außerdem wäre es möglich gewesen, dass der Gehörnte zurückkommt.«

»Das ist immer noch möglich, Liebes«, sagte Mrs Merlowski und legte ihr Gesicht in lauter Falten. »Das Auge bietet nur begrenzten Schutz.« Sie kratzte sich wieder in ihrem Haufen stahlgrauer krauser Haare, als wäre sie selbst nicht sicher, woher sie das wusste. »Ich muss das irgendwo gelesen haben«, sagte sie dann mehr zu sich selbst. »Vielleicht beim Kreuzworträtseln. Was hält den Gehörnten in seiner Geschichte? Was bietet Schutz vor dem Gehörnten?« Sie schüttelte den Kopf und klatschte dann in die Hände. »Nun lassen wir erst mal den gestiefelten Kater in der Küche frei. Die Grinsekatze habe ich ja leider nicht erwischt. Macht sich ständig unsichtbar, das dumme Ding!«

Jadis riss entsetzt die Augen auf. »Die Grinsekatze?«, brachte sie tonlos hervor.

»Ja, die ist noch in meinem Badezimmer. Gott weiß wo.«

»Das heißt, der Gehörnte hat *Alice im Wunderland* zerstört?« Jadis brach schlagartig in Tränen aus. Sie schlug die Hände vors Gesicht.

Domingo sah Galina fragend an, doch Galina zuckte nur mit den Schultern. Sie verstand überhaupt nichts mehr. Vorsichtig legte sie einen Arm um Jadis. »Das ist doch nicht so schlimm!«, sagte sie tröstend.

»Das ist nicht schlimm, das ist eine Katastrophe!«, schluchzte Jadis. »Mit jeder Geschichte, die er zerstört, wird er mächtiger. Und *Alice im Wunderland* war meine Lieblingsgeschichte. Nun ist sie kaputt, und das Wunderland ist ödes Brachland. Niemand wird sich mehr darüber freuen können. Niemand. Man wird Alice vergessen und das Kaninchen und alle anderen auch!«

Mrs Merlowski seufzte und wandte sich um, um nach unten zu gehen. »Hilf mir, Domingo!« Sie winkte dem Jungen, damit er ihr folgte.

Hilfesuchend sah sich Domingo nach seiner Schwester um, aber die stand noch immer fassungslos vor dem Wolf und sah ihn halb fasziniert, halb ängstlich an.

»Soll ich dir was sagen?«, bemerkte Mrs Merlowski. »Manchmal komme ich mir vor wie in einem Traum. Mir liegen Worte auf der Zunge, die ich sagen will, aber ich habe keine Ahnung, wieso.« Sie schüttelte den Kopf. »Zum Beispiel jetzt. Ich habe ständig das Bedürfnis zu sagen, der Wolf muss zurück in seine Geschichte. Was für ein absolut eigenartiger Gedanke.«

»Das muss er auch«, antwortete Jadis dumpf und drückte die Pfeile an ihre Brust.

»Aha«, sagte Mrs Merlowski und sah sie erstaunt an. »Das ist ja ein Ding. Was für eine Geschichte eigentlich?«

»*Rotkäppchen*«, antwortete Jadis und verdrehte die Augen.

»*Rotkäppchen*«, wiederholte Mrs Merlowski. »Sieh mal einer an! Nun komm, mein Junge. Dieser gestiefelte Kater macht mich noch wahnsinnig! Den ganzen Tag springt er aufgeregt in der Wohnung herum, miaut und kreischt, und ich habe keine Ahnung, wieso. Er will nicht fressen und nicht trinken. Vielleicht hat er eine Verdauungsstörung. Bei Katzen keine seltene Angelegenheit.«

Galina drehte sich um und sah zu, wie Mrs Merlowski mit Domingo die Treppe hinunterging und dabei einfach weiterredete. »Ich bin schon so wirr im Kopf von seinem Geschrei, dass ich einfach die Tür aufgemacht habe, um ihn hinauszuwerfen. Aber hinaus wollte er auch nicht. Da versteh einer diese Katzen!«

»Ich glaube, sie ist komplett verrückt«, stellte Galina flüsternd fest und warf einen Blick auf Jadis, die angefangen hatte, ihre Pfeile in den Köcher einzusortieren und leise vor sich hin murmelte.

»Irgendetwas stimmt nicht mit ihr«, stimmte Jadis zu.

»Obwohl sie hin und wieder ziemlich vernünftige Dinge sagt.«

Das war Galina noch nicht aufgefallen.

»Sie hat recht, wenn sie sagt, dass der Wolf zurückmuss.«

»In die Geschichte«, setzte Galina vorsichtig hinzu, obwohl auch ihr dies sehr abwegig erschien.

»Ja. Und sei froh, dass wir ihn erkannt haben. Stell dir vor, wir würden den Wolf aus *Rotkäppchen* in die Geschichte von *Aschenputtel* setzen.«

Galina öffnete den Mund. Dann schloss sie ihn wieder, ohne etwas gesagt zu haben. Eine verrücktere Aussage konnte sie sich im Moment nicht vorstellen.

»Oder in *Die Sieben Geißlein!* Was hätte wohl der Wolf zu diesem Wolf gesagt?«

»Woher weißt du denn, dass es der Wolf aus *Rotkäppchen* ist?«

Jadis warf ihr einen schrägen Blick zu. »Ich habe Rotkäppchen gesehen. Es ist zwischen den Baumstämmen verschwunden. Hast du nicht den Wald erkannt? Das war doch eindeutig. Außerdem hat er die Klamotten von der Großmutter an!«

Ja. Das war eindeutig! Zumindest wenn man das Märchenbuch ihrer Mutter kannte.

»Nun komm schon!«, ermunterte Jadis den Wolf. »Steh auf!«

Der Wolf öffnete nur eines seiner gelben Augen und sah Jadis durchdringend an.

»Wir machen das so: Wenn der Wolf vor dem Spiegel steht, dann drehst du den Würfel in die andere Richtung.«

»Andere Richtung?«

»Damit das Auge den Spiegel nicht sehen kann«, erklärte Jadis. »Und dann hopp!«

Der Wolf schloss wieder die Augen.

»Hallo?«, fragte Jadis. »Geht's noch? Aufstehen! Zeit zu gehen!«

Das fand der Wolf nicht. Er ringelte sich gemütlich zusammen und reagierte einfach nicht. Energisch packte Jadis ihn am Fell und zog. Der Wolf jaulte auf und erhob sich nun doch. Fast sah es aus, als wäre er unglaublich beleidigt wegen dieser rüden Behandlung.

Galina drehte den Würfel in die andere Richtung. Etwas blinkte auf, so als hätte ihr das goldene Auge zugeblinzelt, dann sah es starr in die neue Richtung. Der Spiegel veränderte sich augenblicklich. Das Grau wurde durchsichtig, als würde sich der Nebel lichten. Die Fläche wurde grünlich und golden, und immer deutlicher traten die Konturen von Baumstämmen und Moospolstern in einem gemütlichen Wald hervor. Es war genau der Wald, den sie vorhin schon gesehen hatte. Ein Sonnenstrahl blinzelte durch die Äste und fiel direkt auf den Teppich vor dem Spiegel. Sprachlos hielt Galina ihre Hand in das Licht und sah sich den Schatten an.

»Kannst du mir mal helfen?«, fragte Jadis genervt. »So schaffen wir den nicht zurück in seine Geschichte!«

»'tschuldigung«, murmelte Galina. Als der Wolf sah, dass er wieder in seine Geschichte springen sollte, stellten sich ihm alle Haare im Nacken auf.

»Ich kann's ja verstehen«, erklärte Jadis. »So ein Wolf im Märchen hat echt ein Imageproblem.« Sie tätschelte ihm den Kopf, und der Wolf sah sie beleidigt an. »Jeder hält dich für einen gefräßigen, hinterhältigen Typen, der so bescheuert ist, dass er in seiner Gier eine alte kranke Frau frisst. Und ein kleines süßes Mädchen.« Jadis verschränkte die Arme vor der Brust. »Was soll ich dazu sagen? Ich habe mir das nicht ausgedacht.« Sie schüttelte den Kopf. »Aber einer muss der Bösewicht sein. Okay, keiner will ein dummer Bösewicht sein, der dann schnarchend auf den Jäger wartet, aber es gibt wirklich schlimmere Jobs!«

Die beiden sahen sich eine Weile reglos an, aber der Wolf hatte anscheinend keinerlei Lust auf eine Rückkehr.

»Also, hopp! Spring zurück! Geh wieder deinem Hobby nach!«

Der Wolf drehte sich unwillig von ihr weg und wollte wieder zurück auf das Sofa, aber Jadis versperrte ihm den Weg.

»Natürlich hat ein Wolf nicht nur schlechte Eigenschaften«, munterte Jadis ihn auf und packte wieder zu. »Es gibt wirklich schlimmere Arbeiten. Stell dir vor, du wärst die Regentrude und würdest den ganzen Tag nur schlafen! Oder die Pechmarie! Da ist deine Aufgabe doch wenigstens in großen Teilen der Geschichte spannend!«

Das fand der Wolf anscheinend nicht.

Jadis wandte sich an Galina: »Los, hilf mir, wir schieben ihn einfach hinein.«

Der Wolf sah starr auf den Spiegel und schien eher rückwärtsgehen zu wollen. Aber Jadis bückte sich rasch, packte die Vorderbeine des Wolfes und stellte sie in den Spiegel. Fasziniert beobachtete Galina, wie sich ein kleines Steinchen von dem Weg löste und ins Zimmer fiel.

»Kannst du mir endlich mal helfen«, meckerte Jadis, »statt hier Maulaffen feilzuhalten?«

»Wie denn helfen?«, fragte Galina mit weit aufgerissenen Augen.

»Du nimmst seine Hinterbeine und schiebst ihn mit mir hinein«, befahl das Mädchen.

Gehorsam bückte sich Galina, packte den Wolfspopo und hob ihn ächzend hoch. Auch Jadis packte jetzt zu.

»Es stimmt einfach nicht, was alle über dich sagen«, erklärte sie dabei stöhnend. »Du bist nicht dumm und gefräßig. Okay, vielleicht ein klein wenig gefräßig«, schränkte sie ihre Aussage ein. »Aber eben auch trickreich. Das muss man erst einmal hinbekommen, dass man so ein schlaues kleines Mädchen mit einem roten Käppchen dazu bringt, zu denken, man wäre die eigene Großmutter. So was kann auch nicht jeder. Zumindest …« Jadis stemmte sich mit ihrer Schulter gegen den Hintern des Wolfes und schob mit voller Kraft. »Zumindest wenn man so viele Haare im Gesicht hat wie du. Das ist echt eine Meisterleistung!«

Der Wolf ließ sich in den Spiegel fallen und blieb dort erst einmal auf dem Weg liegen, als wäre er gerade gestorben.

»Schnell. Dreh den Würfel um!«, flüsterte Jadis.

Vorwurfsvoll blickte der Wolf zurück zu den beiden Mädchen, und Galina kam sich richtig fies vor, als sie den Würfel umdrehte. Das Auge verengte sich ein wenig, als wäre es empört über den Anblick des Wolfes, der halb zusammengebrochen auf den Tannennadeln lag.

»Du schaffst das!«, rief Jadis dem Wolf aufmunternd hinterher. »Du kriegst das jetzt seit Jahrhunderten gebacken und wirst es auch in Zukunft bestens hinkriegen!«

Der Wolf begann seine Pfoten zu lecken und ignorierte Jadis. Dann schob sich ein grauer Schleier über den Spiegel, der sich immer mehr verdichtete.

»Unglaublich«, seufzte Galina fasziniert.

»Ja. Rotkäppchen muss dumm wie Bohnenstroh sein, wenn sie den Unterschied zwischen ihrer Großmutter und diesem haarigen Ungeheuer nicht erkennen kann«, stimmte Jadis zu. »Aber darum geht es jetzt nicht.«

In der Diele ertönte wildes Fauchen und Kreischen. Domingo schrie, Mrs Merlowski schrie, und dann sauste plötzlich ein Fellknäuel durch den Raum, riss eine Stehlampe um, warf ein Buch von einem kleinen Beistelltisch auf den Boden und sprang dann mit einem empörten Fauchen auf den großen dunklen Schrank, der gegenüber der Spiegelwand stand. Dort setzte sich der Kater auf die Hinterbeine, die in hüfthohen Stiefeln steckten, und blickte sich empört um.

Erschrocken hielt sich Galina die Ohren zu. Erst als sie sah, dass das Tier auf dem Schrank saß und nur auf sie herabstarrte, nahm sie die Hände runter.

»Mein Herr, der Graf, wird euch in den Kerker stecken, wenn ihm zu Ohren kommt, dass ihr mich so schlecht behandelt! Wisst ihr nicht, dass ich der Erste Minister bin?«, fauchte der Kater Galina an, die ihn nur mit offenem Mund anstarren konnte.

»Galina! Domingo!«, ertönte plötzlich ganz entfernt die Stimme ihrer Tante Serafina. Sie klang furchtbar genervt, und Galina sah auf ihre Uhr. Mist! Sie hatten die Zeit komplett vergessen! Es war schon nach Mittag, sie hatte ganz vergessen, etwas zu essen. Nun spürte sie plötzlich den Hunger.

»Wir müssen jetzt gehen!«, flüsterte Galina, während sie noch immer auf das Tier blickte.

»Galina! Domingo!«, rief Tante Serafina wieder, und obwohl die Fenster geschlossen waren, hörte Galina die Empörung in ihrer Stimme.

»Wir müssen jetzt sofort los«, erklärte das Mädchen und lief die Treppe hinunter in die Eingangshalle. Jadis folgte ihr.

»Das denke ich auch«, stimmte sie ihr zu. »Und zwar auf direktem Wege zu Madame Laurent! Ohne den Code und genaue Anweisungen schaffen wir das hier unmöglich! Ihr seht ja, was jetzt schon für ein Chaos herrscht!«

»Ja, geht nur, meine Lieben!«, flötete Mrs Merlowski aus der Küche. »Wir haben hier alles im Griff.«

Jadis warf ihr einen düsteren Blick zu. Anscheinend war sie überhaupt nicht dieser Meinung.

Chroniken der Spiegelwelt

Als Teufel hat man es nicht leicht.

Man wird gehasst, ausgetrickst, veralbert und verachtet. Natürlich wird man auch gefürchtet. Aber das ist nur ein kleiner Teil.

Es begann alles damit, dass der Gehörnte seine Geschichte satthatte. Nun denkst du, es gibt doch viele Geschichten über den Teufel. Damit hast du recht. Aber es gibt nur eine, in der er richtig zu Hause ist, und das ist Goethes *Faust*. Der Gehörnte liebte diese Geschichte. Er liebte es, den Gelehrten Faust ins Unglück zu stürzen und Gretchen zu vernichten. In dieser Geschichte wurde er nicht ausgetrickst, und er hatte einen wunderbaren Namen: Mephisto!

Der Name klang wie Musik in seinen Ohren.

Alle fürchteten ihn. Und am Ende triumphierte er.

Aber wie es so oft ist, wenn man ein Leben lange genug lebt – und der Gehörnte lebte schon sehr lange –, entdeckt man immer wieder etwas, das noch besser sein könnte.

Der Gehörnte kam auf den Pudel. Wie konnte es sein, dass er am Anfang der Geschichte die Gestalt eines Pudels annahm?

Einer verachtenswerten, jämmerlichen, keineswegs gefährlichen Kreatur?

Er beschloss, dagegen vorzugehen, berief den großen Rat der Spiegelwelt ein und stellte die Forderung, ein anderes Tier wählen zu dürfen.

Der Rat bestand aus zehn alten grauen Herren. Sie hatten Brillen auf der Nase und blätterten in ihren Büchern. Sie schlugen die Seiten hin und her.

Der Gehörnte forderte, ein Löwe sein zu dürfen, ein Wolf, ein Werwolf, ein Tiger, eine Harpyie. Er wollte ein Leopard sein, ein Grizzly, ein Hai.

Doch die alten Herren schüttelten bei jedem Vorschlag die Köpfe.

Ein Hai passte nicht in die Geschichte. Er gehörte ins Meer. Ein Löwe war zu auffällig. Jeder wusste doch, dass ein Löwe in einer Stadt nichts verloren hat, und Goethes *Faust* spielt in einer Stadt. Bei jedem Tier fiel dem Rat etwas anderes ein, und der Gehörnte wurde immer wütender.

Er forderte, ein Schäferhund sein zu dürfen, wenigstens das.

Doch die alten Herren hoben bedauernd ihre Hände. Nein, auch kein Schäferhund.

Einer der alten Herren beugte sich freundlich vor und tätschelte die Klaue des Gehörnten. »Pudel sind sehr beliebt in der Menschenwelt«, sagte er freundlich. »Pudel sind niedliche kleine Hunde. Du kannst dich glücklich schätzen, ein Pudel sein zu dürfen.«

Der Gehörnte schnaubte dem alten Herrn seinen heißen Atem

ins Gesicht. Mit einer Bewegung riss er sämtliche Bücher, die der Rat vor sich liegen hatte, in Stücke. Die alten Herren stoben in alle Richtungen auseinander, und der Gehörnte sprang mit einem Satz in einen der Spiegel, die im ganzen Raum wild durcheinanderhingen, und zerstörte die erste Geschichte.

Welche es war? Ich weiß es nicht. Denn von ihr hat man niemals wieder etwas gehört. Die Seiten ihres Buches sind leer. Ihre Kreaturen in alle Winde zerstreut. Heimatlos irren sie umher, denn nie wieder wird jemand von ihnen erzählen. Und nie wieder wird irgendjemand andächtig ihren Abenteuern lauschen.

4

»… in der Villa sind alle Spiegel versammelt, die zu den wichtigsten Geschichten führen. Aber es gibt auch andere Spiegel. Die können überall hängen, und jeder Spiegel flüstert seinem Schriftsteller die Geschichte ins Ohr. Der Teufel will das verhindern, und deswegen wurden die Spiegelspringer dazu ausgebildet, den Gehörnten zu jagen und die Geschichten zu schützen. Jeder Spiegel hat seinen eigenen Spiegelspringer. Nur Madame Laurent, die Meisterin, passt alleine auf die bedeutendsten Geschichten auf …«, beendete Galina ihre Erzählung. Sie atmete tief durch. Die Worte waren aus ihr herausgesprudelt, während sie mit Domingo nach Hause lief.

»Und das hat dir diese Jadis erzählt?«, fragte Domingo.

Sie blieben vor der Haustür stehen und traten sich gewissenhaft die Füße ab. Tante Serafina konnte Dreck nicht ausstehen. Wenn man mit dreckigen Stiefeln ins Haus ging, bekam man den Ärger seines Lebens. Galina öffnete die Tür, hängte ihre Jacke an den Haken und stellte die Stiefel fein säuberlich darunter.

»Ja, das hat sie«, flüsterte sie.

»Die hat dich verschaukelt!«, behauptete Domingo.

»Hat sie nicht. Ich glaube ihr!« Galina drehte sich wütend zu Domingo um. »Alles, was sie bis jetzt gesagt hat, war die Wahrheit! Denk an den Wolf. Und den gestiefelten Kater!«

»Was ist mit einem Kater?« Wie aus dem Nichts tauchte Tante Serafina in der Wohnzimmertür auf. Sie stemmte ihre Hände in die Seiten.

»Nichts, Tante Serafina«, sagte Galina brav. »Wir haben draußen nur einen Kater gesehen. Einen Streuner. Er ist weggelaufen.«

Serafina bedachte sie mit einem langen, forschenden Blick. »Habt ihr eure Aufgaben erledigt?«, wollte sie dann wissen.

»Wir haben es ...« Galina stockte.

»Ja?«, bohrte ihre Tante nach.

»Vergessen«, gab Galina niedergeschlagen zu. Domingo trat von einem Fuß auf den anderen.

»Vergessen!«, wiederholte Serafina empört. »Und zu Mittag gegessen habt ihr auch nicht. Es ist alles noch da! Ich muss noch einmal weg. Bis ich wiederkomme, habt ihr gegessen und eure Aufgaben gemacht.«

»Wo musst du denn hin, Tante Serafina?«, fragte Domingo.

»Ins Krankenhaus«, sagte Serafina knapp. Sie begann, in ihrer Handtasche zu wühlen.

»Zu Madame Laurent?«, platzte es aus Galina heraus.

»Das geht dich gar nichts an, junge Dame! Wer viel fragt, der viel irrt!«

»Entschuldige bitte!« Galina senkte den Blick und stieß Domingo an. »Wir müssen mit«, wisperte sie ihm zu. »Wir müssen zu Madame Laurent! Sie weiß etwas über diesen Code, den Jadis braucht!«

Tante Serafina blieb in der Diele stehen, während Domingo in die Küche ging. Etwas unschlüssig drückte Galina sich im Flur herum und beobachtete, wie sich ihre Tante die hohen Schnürstiefel band und dann nach ihrem langen grauen Mantel griff. Während sie ihn zuknöpfte, überlegte Galina in rasender Geschwindigkeit, wie sie es schaffen könnte, mitgenommen zu werden. Das war ihre Chance, ohne großen Aufwand zu Madame Laurent zu kommen! Ihre Tante zog den Mantel an, knöpfte ihn zu und rückte sich das dunkle Halstüchlein zurecht. Als sie ihren grauen Pelzhut aufsetzte, warf sie Galina einen Blick zu.

»Ich bin bald wieder da. Wenn ich zurückkomme, werde ich eure Aufgaben kontrollieren.« Sie klang etwas müde und abgelenkt, denn sie fing gar nicht an, ausführlich zu schimpfen, obwohl sich Galina überhaupt nicht in Bewegung setzte.

In ihrem Kopf ratterten die Gedanken. So wie ihre Tante gerade aussah, würde sie sich auf keine Diskussionen einlassen!

Als Serafina den Autoschlüssel vom Schlüsselbrett nahm, blieb sie kurz an der Tür stehen und sah durch das Fenster in den Garten. Galina stellte sich zu ihr. Gerade als sie sich beide vom Anblick der Villa abwenden wollten, ging dort die Eingangstür auf, und Mrs Merlowski kam heraus. An ihrem rechten Arm baumelte der Korb, in dem sich der gestiefelte Kater befunden hatte. Gerade als Mrs Merlowski die Eingangstür der Villa hinter sich schließen wollte, hörte man gedämpft etwas, das wie eine Explosion klang. Eine große Staubwolke quoll aus dem Haus und umhüllte für einen Augenblick Mrs Merlowski, die erschrocken die Tür zuknallte und sich von außen dagegenlehnte.

»Geh zu deinem Bruder, schmiert euch ein paar Brote für unterwegs, und packt eure Schulbücher ein. Ihr fahrt mit mir ins Krankenhaus«, sagte Tante Serafina mit ruhiger Stimme.

Sie drehte sich vom Fenster weg, während Galina noch immer sprachlos auf Mrs Merlowski starrte, die sich ihren Hut auf den Kopf drückte und dann eiligen Schrittes zu ihrem Haus marschierte. Als sie ihnen den Rücken zuwandte, konnte man sehen, dass er komplett mit grauem Staub bedeckt war.

»Nun geh schon!«, fauchte Tante Serafina sie an. »Oder willst du hier Wurzeln schlagen?«

»Nein«, murmelte Galina. Eilig holte sie ihre und die Schulsachen ihres Bruders, während Domingo die Brote machte.

Madame Laurent war in das Militärkrankenhaus auf der anderen Seite der Stadt gebracht worden. Es war ein uraltes Krankenhaus, gebaut aus roten Klinkersteinen. Der Nachmittag war so trüb, dass auf dem Dach hinter den weißen Sprossenfenstern nur die Spiegelungen des düsteren, grauen Novemberhimmels zu sehen waren. Das einzig Neue war ein angebautes Glashaus, in dem ein kleines Café untergebracht war. Im Gegensatz zum Rest des Gebäudes war es warm erleuchtet.

»Ihr bleibt im Café«, erklärte Tante Serafina und gab Galina ihre Geldbörse. »Nur ein Getränk. Macht eure Aufgaben. Ich bin bald wieder da!«

Domingo drückte seine Mappe gegen die Brust und schien schwer schockiert zu sein. »Wie beunruhigend«, murmelte er, als er hinter Galina das Café betrat.

»Was?«, fragte Galina, die sich noch einmal umdrehte, um zu sehen, was Tante Serafina machte. Sie blickte ihnen noch nach, also setzten sich die beiden Kinder brav an eines der kleinen Tischchen und legten dort ihre Mappen ab. Domingo holte sein Mathebuch heraus. Auch Galina holte ein Heft heraus, beobachtete aber aus den Augenwinkeln Tante Serafina.

»Du willst ihr jetzt aber nicht nachschleichen, oder?«, wollte Domingo wissen.

»Natürlich will ich das. Wir müssen den Code erfragen, schon vergessen?«

Domingo blickte sie interessiert an. Als er sah, dass Tante

Serafina sich umdrehte, schlug er sein Mathebuch zu. »Das hätte ich dir jetzt nicht zugetraut«, sagte er. »Cool.«

Galina nickte der Bedienung zu, steckte ihr Heft aber wieder in die Mappe und stand auf. »Was?«

»Dass du Dinge tust, die nicht erlaubt sind«, erklärte Domingo und lief neben Galina her.

Als sie aus dem Café traten, sahen sie gerade noch Tante Serafinas Mantel in einem Gang verschwinden und beeilten sich, ihr nachzukommen. *Station 2*, stand auf einem Schild. Als sie in den Gang einbogen, war Tante Serafina nicht mehr zu sehen. Sie sahen sich ratlos an.

»Wohin ist sie denn jetzt so schnell verschwunden?«, flüsterte Domingo.

Vor ihnen kam eine sehr kleine und äußerst stämmige Frau in einem blauen Kittel aus einem Zimmer. Sie hatte eine riesige schwarze Hornbrille auf der Nase und schob mit grimmiger Miene einen Putzwagen vor sich her.

»Frag schon«, wisperte Galina, die sich selbst nicht traute.

»Guten Tag«, sagte Domingo laut.

Die Reinigungskraft schob den Wagen weiter, als hätte sie nichts gehört.

»Können Sie uns sagen, in welchem Zimmer …«

»Nein«, erwiderte die Reinigungskraft und ging einfach weiter.

Aus einem der Zimmer tönten plötzlich erregte Frauenstimmen, sie schienen sich anzuschreien und Schimpfwörter an den Kopf zu werfen.

Die Reinigungskraft öffnete eine Tür, und das Geschrei wurde lauter. Doch dann verstummte es abrupt, als die Frau den Wagen hineinschob. Für einen kurzen Moment sah Galina den grauen Mantel ihrer Tante, und sie bedeutete Domingo, leise zu sein. Sie schlichen beide neben die Tür und sahen sich intensiv in die Augen.

»Du willst da jetzt hineingehen und sie nach dem Code fragen?«, erkundigte sich Domingo beeindruckt.

Galina nickte, obwohl sie sich nicht so sicher war.

Von drinnen hörte man gar nichts. Ein paarmal schien der Wischer der Reinigungskraft gegen etwas zu donnern, dann war es wieder still. Nach ein paar Minuten ging die Tür auf, und die schlecht gelaunte Frau kam heraus. Kaum hatte sich die Tür hinter ihr geschlossen, hörten die Kinder die Stimme von Tante Serafina. Sie drückten die Ohren gegen die Tür.

»Von Maja ist keine Hilfe zu erwarten, sie ist so verrückt wie am ersten Tag …«

Die Antwort von Madame Laurent hörten sie nicht, aber Tante Serafina sagte darauf: »Auch der Pudding, den du ihr ständig gibst, hilft überhaupt nichts! Ich dachte, das wäre ein todsicheres Rezept.«

»Damit das Rezept wirkt, müsste sie den Pudding essen!« Madame Laurents Stimme hörte sich wütend an, obwohl sie so schwach war. »Normalerweise beruhigt Schokoladenpudding geistige Verwirrung nach dem Kontakt mit zu viel schwarzer Magie schon nach ein paar Löffeln.«

Es wurde wieder still, und einen Wimpernschlag lang hatte Galina das Gefühl, jetzt wäre der richtige Moment, um hineinzugehen. Aber dann hörten sie erneut die Stimme von Madame Laurent. Sie klang müde. »Wen haben sie geschickt?«

»Ich weiß es nicht. Aber derjenige hat die Sache überhaupt nicht unter Kontrolle.«

Die beiden Kinder sahen sich mit großen Augen an.

Die Unterhaltung war jetzt so leise, dass sie nichts mehr verstehen konnten. Vorsichtig drückte Domingo die Klinke nach unten und schob die Tür gerade so weit auf, dass sie sich ein paar Zentimeter nach innen öffnete.

»Wie konnte das alles nur passieren?«, fragte ihre Tante nun resigniert, und man hörte, dass sich ein Stuhl verschob, so als hätte sie sich hingesetzt.

»Ich merke das seit Wochen«, sagte Madame Laurent bedrückt. »Man hört ihn in den Geschichten wüten, alles durcheinanderbringen. Ich bewache die Spiegel Tag und Nacht und das schon seit dem Sommer. Wahrscheinlich war ich einen Moment unachtsam. Bin kurz eingenickt, ich weiß es nicht. Es knallte, der Spiegel zersprang, und die Wucht seines Zorns hat mich nach hinten umkippen lassen …«

Eine Weile war es wieder still.

»Ich hatte gar keine Chance, ihn abzuwehren. Oder ihn daran zu hindern, in die nächste Geschichte zu fahren.«

Atemlos hörten die Kinder zu.

»Als der Spiegel aufging, habe ich für einen kurzen Moment geglaubt, einen Spiegelspringer zu sehen«, sagte Madame Laurent bedrückt. »Und ich war mir sicher, dass es Lovec war.«

Es wurde totenstill.

»Lovec?«, fragte Tante Serafina tonlos. »Alleine?«

»Du weißt, was das bedeutet«, sagte Madame Laurent.

»Das kann ich nicht glauben.«

»Er hat sie verloren«, sagte Madame Laurent.

»Du musst mir den Code geben«, sagte Tante Serafina, und vor Schreck kippte Galina aus der Hocke nach hinten gegen Domingo. Tante Serafina wusste von dem Code? Domingo drückte sich den Zeigefinger gegen die Lippen.

»Du weißt, dass du den Code nicht benutzen darfst«, sagte Madame Laurent streng.

Tante Serafina entgegnete nichts darauf.

»Ich habe ihn nicht«, stöhnte Madame Laurent. »In meinem Haus war es nicht sicher genug. Ich habe ihn Maja gegeben.«

»Um Himmels willen!«, stieß Tante Serafina hervor. »Wieso denn das?«

Madame Laurent kam nicht mehr dazu, darauf eine Antwort zu geben. Denn nun drangen verschiedene Alarmtöne aus dem Zimmer, ein Stuhl fiel um, und Tante Serafina schrie auf: »Ein Arzt!«

Im selben Moment blinkte über der Tür ein rotes Licht.

Als wäre ein Schwarm wilder Hornissen hinter ihnen her, rannten die beiden Kinder durch den Gang des Krankenhauses. Dabei stießen sie gegen den Wagen der stämmigen Reinigungskraft, dass es nur so schepperte, und donnerten gegen eine Schwingtür. Erst kurz vor dem Café wurden sie langsamer, schnappten nach Luft.

»Was hat Tante Serafina damit zu tun?«, fragte Domingo.

»Wer ist Maja?«, fragte Galina und ließ sich im Café auf einen Stuhl fallen.

»Vielleicht heißt Mrs Merlowski mit Vornamen Maja?«, erwiderte Domingo.

»Aber wenn Mrs Merlowski den Code hat, wieso gibt sie ihn dann nicht Jadis?«, entgegnete Galina. »Es muss eine andere Maja sein.«

Domingo hob eine Augenbraue. »Vielleicht hat sie vergessen, dass sie den Code hat«, überlegte er.

So verrückt, wie Mrs Merlowski ist, wäre das kein Wunder, dachte Galina.

Die Kinder öffneten schnell ihre Bücher. Keinen Moment zu früh, denn im selben Augenblick betrat Tante Serafina das Café.

»Wir gehen!«, sagte sie knapp und drehte sich noch in der Tür wieder um.

»Na bravo«, flüsterte Domingo. »Ihre Laune ist im Keller. Das bedeutet nichts Gutes!«

Zu Hause verschwand Tante Serafina sofort in ihrem Büro. Sie verzichtete sogar darauf, die Aufgaben zu kontrollieren, sondern sagte nur, sie sollten sich doch zum Abendbrot das

Mittagessen aus dem Kühlschrank nehmen. Inzwischen wunderten sich die Zwillinge schon gar nicht mehr darüber, heute war einfach nichts wie sonst.

»Ich gehe zu Mrs Merlowski«, sagte Galina entschlossen.

»Und ich?«, wollte Domingo wissen.

»Du warnst mich, wenn Tante Serafina wieder rauskommt.« Galina zog schnell ihre Jacke an und schlüpfte in ihre Stiefel.

»Und wie soll ich dich warnen?«

»Lass dir etwas einfallen!«

Als Galina leise die Haustür hinter sich zuzog, fröstelte sie. Sie schlang die Arme um sich und lief über den Plattenweg zu Mrs Merlowskis Gartenzaun. Sie warf einen sehnsüchtigen Blick auf ihr Baumhaus. Würde sie jemals wieder dort oben sitzen und lesen? Gerade wollte sie über den Zaun steigen, da entdeckte sie ein kleines, eingewachsenes Gartentor. Vielleicht hatten sich Tante Serafina und Mrs Merlowski immer besucht, als sie noch beste Freundinnen waren. Sie drückte die Klinke hinunter, und das Tor sprang mit einem Schnarren auf. Schnell lief Galina zum Haus hinüber und drückte auf die Klingel. Es gab einen schrecklichen, schrillen Ton, und sofort hörte Galina eilige Schritte.

»Ich werde auf keinen Fall weitere Katzen aufnehmen!«, sagte Mrs Merlowski, noch bevor sie die Tür öffnete. »Ach, du bist es nur!« Die alte Dame sah erleichtert aus. »Ich dachte schon, es kommen noch mehr von diesen seltsamen Katzen vorbei! Aber du darfst natürlich hereinkommen. Ich backe gerade Pfannkuchen. Es geht nichts über einen ordentlichen Pfannkuchen zum Abendbrot.«

Galina lief sofort das Wasser im Mund zusammen, und sie beeilte sich, Schuhe und Jacke auszuziehen und Mrs Merlowski in die Küche zu folgen. Hier im Haus war es wirklich sehr gemütlich. In einem offenen Kamin knisterte ein Feuer. Überall hingen Bilder wild durcheinander. Auf dem Fußboden lag ein riesiges dunkelbraunes Fell. Es sah aus wie ein Bärenfell.

»Das ist ein Bärenfell«, sagte Mrs Merlowski prompt, als sie Galinas Blick bemerkte. »Es stammt aus *Ayla und der Clan der Bären*. Das war vielleicht ein Aufwand, es mit nach Hause zu nehmen. Aber Geschenke darf man nicht ablehnen. Das ist unhöflich.« Sie hob mahnend den Zeigefinger.

»Aha«, machte Galina.

Mrs Merlowski besaß auch einen alten Holzofen, auf dem sie kochte, und ein Regal, an dem ungefähr hundert Kochlöffel baumelten. Darüber waren bunte Tassen und Teller wild durcheinandergestapelt. Alles sah aus wie in einem zu groß geratenen Puppenhaus. Galina wünschte sich sofort inbrünstig, sie könne hier bleiben, wo es so warm und gemütlich war.

»Ich muss Sie etwas fragen, Mrs Merlowski«, setzte sie an. »Hat Ihnen Madame Laurent irgendetwas gegeben? In letzter Zeit?«

Mrs Merlowski rührte eine Weile gedankenverloren in der Teigschüssel.

»Nein«, sagte sie schließlich. »Madame Laurent hat mir nichts gegeben.«

Galina ließ sich enttäuscht auf einen Stuhl sinken. »Wirklich nicht?«, bohrte sie nach.

Mrs Merlowski drehte sich um und kippte Öl in eine riesige gusseiserne Pfanne. Es zischte und fauchte. »Doch! Jetzt, wo du es sagst. Sie hat mir einmal im Herbst Tulpenzwiebeln gegeben. Das muss um das Jahr 2000 gewesen sein. Aber die Zwiebeln wurden von Wühlmäusen gefressen. Die sind eine echte Plage in meinem Garten.«

»Ich denke eher an einen Zettel mit Zahlen, einen Brief. Irgendetwas in der Art!«, sagte Galina ungeduldig.

»Ach so, hmmm.« Mit einem Schöpflöffel gab die alte Frau eine Portion Teig in die Pfanne.

Galina hatte das Gefühl, dass sie gar nicht richtig bei der Sache war. Warum musste Mrs Merlowski so verwirrt sein! »Denken Sie nach, bitte!«

Mrs Merlowski schüttelte den Kopf, warf den Pfannkuchen in die Luft und fing ihn geschickt wieder auf. »Der erste Pfannkuchen ist fertig. Marmelade oder Schokocreme?«

»Schokocreme«, erwiderte Galina. »Und der Name Lovec? Sagt Ihnen der irgendetwas?«

»Lovec, Lovec …« Mrs Merlowski stellte den Pfannkuchen vor Galina auf den Tisch, die sofort zu futtern begann. »Ich hatte einmal ein Abführmittel mit einem ähnlichen Namen. Es hieß …«

»Mrs Merlowski!«, unterbrach Galina sie.

»Schon gut! Ich überlege ja. In meinem Alter ist das nicht so einfach«, sagte Mrs Merlowski zerknirscht. »Aber vielleicht steht der Name in diesem kleinen Telefonbuch!«

Ihr Gesicht hellte sich auf, und sie eilte aus der Küche in den Flur. Dort hörte Galina, wie sie Türen und Schubladen aufriss. Etwas, das sich wie ein Stapel Bücher anhörte, fiel zu Boden. Galina seufzte und steckte sich noch einen riesigen Bissen Pfannkuchen in den Mund. Der war wirklich köstlich.

»Ich kann es nicht finden«, sagte Mrs Merlowski niedergeschlagen, als sie mit leeren Händen zurückkam.

Da klopfte jemand energisch an die Tür, und Mrs Merlowski wischte sich die Hände an einem Handtuch ab.

»Schon gut, schon gut!«, rief sie. Der Besucher schien äußerst ungeduldig zu sein.

»Ich weiß nicht, was alle Welt plötzlich von mir will«, hörte Galina Mrs Merlowski an der Tür sagen. »Einen Code! Was will ich mit einem Code!«

»Lorelei hat dich vor ein paar Tagen angerufen«, hörte sie Tante Serafina ungehalten antworten. Galina glitt von ihrem Stuhl und verzog sich eilig in die Speisekammer, die direkt neben der Küche lag. Mit klopfendem Herzen verbarg sie sich so hinter der Tür, dass sie alles verstehen konnte, aber nicht gesehen werden würde, selbst wenn jemand den Kopf hereinsteckte.

»Sie hat dir Zahlen genannt und gesagt, du sollst sie aufschreiben! Kannst du dich denn an gar nichts erinnern?«

»Ah, Lorelei.« Mrs Merlowskis Stimme klang glücklich.

»Jetzt weiß ich es wieder! Aber sie hat mir gesagt, ich darf es niemandem geben. Nur einem Spiegelspringer. Und du bist keine Spiegelspringerin, meine Liebe.«

Die Speisekammer war ziemlich chaotisch. Auf dem Boden standen jede Menge leere Futternäpfe. In einem Regal waren lauter Schüsselchen mit Rosenmuster aufgereiht, in jedem sah Galina eine Art Schokopudding. Es sah aus, als hätte Mrs Merlowski für eine ganze Schulklasse Pudding gemacht. Hatte Tante Serafina nicht vorhin etwas von Schokopudding gesagt? Dass er nicht wirkte?

Tante Serafina schnaubte empört. »Willst du damit sagen, du kannst dich jetzt wieder erinnern?«

»Nein. Ich erinnere mich kein bisschen«, antwortete Mrs Merlowski würdevoll. »Aber manchmal sage ich etwas, ohne zu wissen, weshalb.«

»Du bist verrückt, meine Liebe«, seufzte Tante Serafina.

»Ja, manchmal scheinen meine Worte höchst eigenartig zu sein«, stimmte Mrs Merlowski zu, aber sie klang dabei sehr heiter. »Ich bin mir sicher, dass es mir eines Tages wie Schuppen von den Augen fällt, und dann verstehe ich sie!«

»Isst du denn wenigstens das Essen, das Lorelei dir bringt?«

»Natürlich, ich bin ja nicht unhöflich.«

»Der Pudding ist sehr lecker, findest du nicht auch?«

»Ja. Ich habe schon lange nichts Besseres gegessen. Schokopudding ist meine Leibspeise«, stimmte Mrs Merlowski zu.

Bevor Tante Serafina in die Küche kam, entschloss sich Galina, hinauszuschleichen. Schließlich hatte sie Jadis versprochen, ihr den Code zu bringen. Nun hatte sie den Code nicht, aber trotzdem das Gefühl, ihr erzählen zu müssen, was sie gehört hatte. Außerdem hatte Jadis bestimmt Hunger! Sie griff nach zwei Schüsselchen Schokopudding – es waren so viele da, dass es bestimmt nicht auffiel, wenn zwei fehlten. Sie huschte aus der Speisekammer und durch die Küchentür in den Garten. Draußen war es dunkel geworden, und leichter Regen hing wie ein Schleier in der Luft. Sie stahl sich durch das Törchen zurück in Tante Serafinas Garten. In der Küche brannte Licht, aber Galina konnte nicht erkennen, ob Domingo noch am Küchentisch saß. Als sie bei dem Gartentürchen angekommen war, das von Tante Serafinas Garten in den von Madame Laurent führte, zögerte sie einen Moment. Ein bisschen hatte sie Angst vor dem, was sie dort erwartete.

Sie atmete tief durch, ging durch das Törchen und näherte sich Schritt für Schritt der hell erleuchteten Villa. Eine Weile horchte sie an der Eingangstür auf Geräusche. Alles war still. Als sie von Weitem Tante Serafinas Stimme hörte, die aus Mrs Merlowskis Haus trat, drückte sie eilig die Tür auf und schlüpfte in das alte Gebäude. Sie hatte sich schon gedacht, dass Mrs Merlowski nicht abgeschlossen hatte.

»Hallo?«, rief sie in die leere Eingangshalle hinein. »Jadis, bist du da?«

»Pscht«, hörte sie von oben, und sie sah den wuscheligen

Kopf kurz auftauchen und dann wieder verschwinden. »Verrate ihnen meinen Namen nicht!«

Galina rannte in den ersten Stock. Jadis hatte sich neben die Tür gekauert und schon wieder ihren Bogen auf die Spiegel angelegt.

»Wem soll ich deinen Namen nicht verraten?«, flüsterte sie, als sie sich neben Jadis kniete.

»Niemandem«, sagte Jadis und äugte in das Schüsselchen, das Galina vor ihr abgestellt hatte. »Was ist das?«

»Schokopudding.«

Jadis seufzte. »Und der Code?«

Eilig berichtete Galina Jadis von ihrem Besuch im Krankenhaus und dass Mrs Merlowski sich an nichts erinnern konnte. Jadis stöhnte.

»Sie ist nicht mehr richtig im Kopf«, erklärte Galina. »Madame Laurent hat anscheinend angerufen und sie gebeten, sich den Code zu notieren.«

»Und?«

»Sie weiß nicht mehr, wo sie ihn notiert hat.«

»Dann geh und such das Blatt, das sie verwendet hat«, herrschte Jadis sie an.

Eine Weile schwiegen sie. Jadis sah mürrisch aus, aber auch ein wenig so, als würde sie gleich in Tränen ausbrechen.

»Woher weiß Tante Serafina von dem Code? Obwohl sie ja anscheinend keine Spiegelspringerin ist? Und wen haben sie verloren, für den sie den Code brauchen?«, fragte Galina jetzt.

Jadis senkte die Stimme. »Wir brauchen den Code, um die Spiegelspringer zu befreien.«

»Lovec?«, flüsterte Galina zurück.

»Nein. Die beiden anderen«, wisperte Jadis.

»Und die sind wo?«

»In einer Geschichte. Das Allerwichtigste ist, diese beiden Spiegelspringer zu befreien«, antwortete Jadis. »Wir haben nicht mehr viel Zeit. Wenn sie zu lange in der Geschichte bleiben, fallen sie dem Vergessen anheim.«

»Anheim«, wiederholte Galina, weil sie so ein seltsames Wort noch nie gehört hatte.

»Dann gibt es sie nicht mehr.« Jadis ließ ihre Hände durch die Luft tanzen, als würden sich die Spiegelspringer in Luft auflösen. »Dann sterben sie den einzig wahren Tod.«

Galina starrte Jadis nur an.

»Tot ist nur der, der vergessen ist«, erklärte Jadis ihr. »Hast du einen Löffel dabei?«

Sprachlos schüttelte Galina den Kopf.

»Schade.«

»Wofür brauchst du den?«

Jadis verdrehte die Augen. »Für den Pudding.«

»Guck doch mal in der Küche«, erwiderte Galina trocken.

Ohne Code brauchte sich Jadis nie mehr in der Akademie blicken zu lassen, hatte das Mädchen Galina verraten, nachdem sie beide Puddingschüsseln geleert hatte. Danach war sie zu Mrs Merlowski aufgebrochen, um dort das gesamte Haus zu durchsuchen und den Code zu finden.

Galina saß unterdessen mit Pfeil und Bogen bewaffnet auf dem Boden der Eingangshalle und starrte die Spiegel an. Jetzt verstand sie, weshalb Jadis alles hell erleuchtet hatte. Es war auch so schon gruselig genug, hier alleine zu sitzen. Ihr Blick huschte von einem Spiegel zum nächsten, und sie versuchte zu erkennen, ob in den Spiegeln etwas los war.

»Es kündigt sich an. Es knirscht. Und reibt. Und knackt. Ein fernes Brausen«, hatte Jadis gesagt. »Dann musst du den Pfeil anlegen und auf das Zentrum des Spiegels zielen. Und sofort schießen, wenn es kracht.«

Jadis war vielleicht fünf Minuten weg, und Galina hatte es bestimmt schon hundert Mal knirschen gehört. Knirschen und knacken, wie die alten Balken im Haus. Wie die alten Wasserleitungen. Wie der Wasserboiler von Tante Serafina. Sie hatte angelegt und die Augen weit aufgerissen, das hatte ihr Jadis auch empfohlen. Bloß nicht die Augen schließen! Immer wachsam sein.

Jetzt war es wieder totenstill.

In dem klitzekleinen Spiegel neben dem, der zersplittert war, waberte hin und wieder etwas Grünes herum. Da es so ruhig war, beobachtete Galina ihn eine Weile. Das Bild wurde klarer, und bald erkannte sie in dem Wald eine große alte Linde, so dick, dass sie fünf Männer nicht umspannen konnten. Und am Fuße der Linde stand ein Brunnen.

Galina musste unweigerlich daran denken, dass ihre

Mutter Domingo und ihr am Abend oft vorgelesen hatte, aus dem dicken, alten Märchenbuch, und plötzlich kam ihr die Linde bekannt vor. ›*In den alten Zeiten, wo das Wünschen noch geholfen hat, lebte ein König, dessen Töchter waren alle schön, aber die jüngste war so schön, dass die Sonne selber, die doch so vieles gesehen hat, sich verwunderte, sooft sie ihr ins Gesicht schien. Nahe bei dem Schlosse des Königs lag ein großer dunkler Wald, und in dem Walde unter einer alten Linde war ein Brunnen, wenn nun der Tag recht heiß war, so ging das Königskind hinaus in den Wald und setzte sich an den Rand des kühlen Brunnens – und wenn es Langeweile hatte, so nahm es eine goldene Kugel, warf sie in die Höhe und fing sie wieder, und das war ihr liebstes Spielwerk*‹, hörte sie die Stimme ihrer Mutter in ihrer Erinnerung. Plötzlich vermisste sie ihre Mutter so sehr, mit so einer Kraft, dass sie das Gefühl hatte, ihr würde die Luft wegbleiben. Nichts wünschte sie sich plötzlich so sehnlich, wie in ihrem Bett zu liegen und der Stimme ihrer Mutter zu lauschen.

Vielleicht hatte sie jetzt ein bisschen geschnieft. Auf jeden Fall war sie nicht so aufmerksam gewesen, wie sie hätte sein sollen.

Sonst hätte sie schon längst das Brausen und Sausen hinter dem großen Spiegel gehört.

Jadis fand Mrs Merlowski in der Vorratskammer, vor den vielen Schüsseln mit Pudding. Die alte Dame kratzte sich gerade am Hinterkopf und blickte etwas ratlos auf die

Sammlung an Nachspeisen. »Was denkt sich Lorelei denn nur dabei«, sagte sie zu sich selbst.

Jadis räusperte sich hinter ihr. Sie war durch die Küchentür in Mrs Merlowskis Haus geschlüpft. Seit sie den Pudding gegessen hatte, ging es ihr deutlich besser. Ihr Kopf fühlte sich wie aufgeräumt an. Ihr fielen sogar plötzlich Dinge ein, die sie vor längerer Zeit auswendig gelernt hatte, und kurz dachte sie, dass sich nun alles zum Guten wenden würde.

Die alte Dame fuhr herum.

»Ich bin es nur!«, sagte Jadis schnell und hob beruhigend die Hände. »Wir haben ein Problem!«

»Ein Problem?«, wiederholte Mrs Merlowski und kniff die Augen zusammen. »Eine neue Katze? Etwa ein Tiger? Aus dem *Dschungelbuch?*«

Jadis schüttelte den Kopf. Gott sei Dank nicht! Gott sei Dank hatte der Gehörnte den Spiegel, der der Zugang zum *Dschungelbuch* war, noch nicht entdeckt. Nicht auszudenken, wenn der Tiger Shir Khan oder die Schlange Kaa entwischen würden. Ganz zu schweigen von dem Schaden, wenn der Gehörnte die Geschichte ganz vernichten würde. Jadis strich sich die Locken aus der Stirn.

»Sie müssen nun ganz feste nachdenken, Mrs Merlowski«, sagte sie.

Mrs Merlowski nickte ernst. »Wenn ich ganz feste nachdenke, setze ich mich auf den Boden und halte mir die Ohren zu«, sagte sie. »Manchmal hilft das. Dann höre ich nicht, was die Geschichten flüstern.«

»Dann tun wir das jetzt!«, beschloss Jadis.

Sie konnte die Geschichten auch flüstern hören. Aber bei ihr war es normalerweise wie das entfernte Rauschen des Meeres. Im Moment hörte es sich jedoch eher wie ein entsetztes Zischen an. Was vermutlich daran lag, dass der Gehörnte in einer Geschichte wütete und sie zerstörte. Bei dem Gedanken wurde Jadis ganz bang ums Herz.

Sie packte Mrs Merlowskis Hand und zog sie zu sich herunter. Sie setzten sich einander gegenüber und schlugen die Beine unter. Mrs Merlowski presste ihre Hände ganz fest auf die Ohren, und Jadis sah sie sehr gespannt an. Eine ganze Weile saßen sie so da, während Jadis vor Spannung kaum still sitzen konnte.

Dann nahm Mrs Merlowski die Hände von den Ohren. »Entschuldige. Über was soll ich eigentlich nachdenken?«, fragte sie Jadis.

»Über den Code!«, rief Jadis verzweifelt. »Den Code, den Ihnen Madame Laurent gegeben hat. Wo haben Sie den aufgeschrieben?«

»Ach so! Der Code!« Mrs Merlowskis Gesicht hellte sich auf. »Das ist mir schon vor einer Stunde eingefallen. Aber dann habe ich vergessen, euch Bescheid zu geben.«

Sie schob den Ärmel ihrer Bluse nach oben. Auf ihrem Unterarm stand eine ellenlange Zahlenreihe.

»Hier ist er!«, sagte sie stolz.

Es klopfte an der Küchentür, und im selben Moment stand Domingo im Zimmer.

»Ich habe mich aus dem Haus geschlichen«, erklärte er den beiden. »Galina ist noch nicht zurück. Tante Serafina hat das aber zum Glück noch nicht bemerkt. Sie hat sich in der Bibliothek eingeschlossen. Aber wenn sie das alles mitbekommt, ist der Teufel los!«

Bei dem Wort »Teufel« zuckten Jadis und Mrs Merlowski gleichzeitig zusammen.

»Galina ist in der Villa. Sie passt auf die Spiegel auf!«, erklärte Jadis knapp und rappelte sich auf. »Und wenn wir ihr nicht bald helfen ...« Sie beendete den Satz mit einer ungeduldigen Handbewegung. »Vergesst es! Kommt einfach mit!«

Chroniken der Spiegelwelt

Nachdem der Gehörnte Lorelei Laurent durch die Spiegel gejagt hatte, hielten die beiden Grimms, Andersen, Mrs Austen und der Meister der Spiegel eine Besprechung ab. Lorelei wartete währenddessen äußerst nervös auf dem Flur. Sie hatte Angst, dass sie für immer aus der Akademie ausgeschlossen werden würde, dass sie niemals hier würde lernen dürfen und ein Leben als nichtssagende Spiegelspringerin führen musste, die niemals einen eigenen Spiegel, eine eigene Geschichte schützen würde. Ein Leben ohne Geschichte war für einen Spiegelspringer vollkommen sinnlos!

Die anderen Bewerber waren heimgeschickt worden. Die Aufnahmeprüfung wurde vertagt.

Der Meister der Spiegel, auch als Meister Wu bekannt – Parallelen zu *Fünf Freunde und der Zauberer Wu* sind möglicherweise nicht zufällig –, war in einem sehr schlechten Zustand. Er hatte eine Verletzung knapp unter dem Herzen, verursacht durch eines der Hörner. Sein Schimpanse brachte ihm heißen Tee und eine Wärmflasche, und trotzdem konnte Meister Wu sich kaum aufrecht halten.

»Ich will dieses Mädchen«, sagte er gepresst, und die beiden Grimms starrten ihn entsetzt an.

»Lorelei Laurent?«, fragten sie gleichzeitig.

»Sie hat mir das Leben gerettet.« Meister Wu nippte an seinem Tee und begann entsetzlich zu husten.

»Sie wollen das Mädchen sofort ... ähm ... einstellen? Ohne Ausbildung?«, wollte einer der Grimms wissen.

Meister Wu nickte, und Mrs Austen lächelte. »Lorelei ist ein gutes Mädchen. Vielleicht ist sie die beste Spiegelspringerin, die es jemals geben wird«, sagte sie mit sanfter Stimme. »Jedenfalls habe ich noch keine bessere gesehen.«

Sie blickte zu den zerbrochenen Spiegeln hinüber. »Übrigens auch keinen Besseren«, fügte sie hinzu.

Meister Wu nickte. Er hatte einen ziemlich breiten schwarzen Schnurrbart, der wie ein Balken in seinem bleichen Gesicht hing. Lorelei hatte diesen Schnurrbart schon oft bewundert. Es glänzte wie Ebenholz.

»Sie war schon oft bei mir«, sagte Meister Wu nun, und die beiden Grimms zuckten zusammen. »Sie hat sich oft mit Charly unterhalten.« Er legte die Hand auf den Kopf des Affen. »Mit mir allerdings noch nie. Sobald ich sie ansprechen wollte, ist sie durch einen der Spiegel verschwunden. Blitzschnell.« Er hustete wieder und presste eine Hand auf seine Wunde.

»Ich hoffe, der Arzt trifft bald ein«, sagte Mrs Austen mitfühlend, doch Meister Wu winkte nur ab.

»Ich werde sie selbst ausbilden. Sie hat bei diesen Stümpern nichts verloren!«

Die Grimms warfen sich empörte Blicke zu und wollten gerade zu einer längeren Rede ansetzen, da wurde die Tür aufgerissen, und ein kleiner verwirrter Mann mit Brille und Arzttasche huschte herein.

»Dr. Dolittle!«, rief Mrs Austen erfreut.

»Quacksalber«, schnaubte Meister Wu.

Hinter Dr. Dolittle trat vorsichtig Lorelei Laurent über die Türschwelle.

Meister Wu winkte sie zu sich. »Lorelei Laurent«, sagte er zu ihr, während der Doktor sein Hemd aufschnitt, um einen Druckverband anzulegen. »Hast du deinen Koffer dabei?«

Lorelei nickte.

»Dann ist ja gut«, sagte Meister Wu.

5

Inzwischen hatte Galina einiges erlebt. Die Prinzessin aus dem Märchen *Der Froschkönig* hatte mit ihrer goldenen Kugel gespielt und sie schließlich auf den Weg fallen lassen. Das konnte Galina durch den Spiegel beobachten. Statt sich um die Kugel zu kümmern, war die Prinzessin jedoch weitergelaufen, und die Kugel war unaufhaltsam Richtung Spiegelglas gerollt. Sprachlos sah Galina von draußen zu.

»Wahnsinn«, murmelte sie, streckte den Arm aus, fasste durch den Spiegel und berührte die Kugel mit den Fingerspitzen. »Die goldene Kugel!«

Sie hörte die Prinzessin auf der anderen Seite des Spiegels schrill zetern und schimpfen. Dann verschwand das grüne Kleid zwischen den Hortensien des Schlossgartens, und das Jammern der Prinzessin wurde leiser.

»Oje«, murmelte Galina und gab der Kugel einen kleinen Schubs. »Du musst schnell wieder zurück!«

Das Wetter hinter dem Spiegel war viel angenehmer als hier bei ihr, es war warm und sonnig, und als Galina sich noch ein wenig weiter nach vorne beugte, konnte sie die

Vögel zwitschern und in weiter Ferne einen Frosch quaken hören.

Der Froschkönig!, dachte Galina glücklich und überlegte, ob sie nicht nach der Prinzessin rufen sollte, schließlich musste sie ja die Kugel schleunigst in den Brunnen werfen!

Während sie noch überlegte, wie die Prinzessin hieß und wie man eine Prinzessin wohl korrekterweise anredet, hörte sie schrille Schreie hinter sich. Sie trat einen Schritt zurück, es donnerte und blitzte, der Boden bebte, und mit einem Schrei fiel Galina zurück in die Wirklichkeit.

»Sag mal, spinnst du?«, kreischte Jadis neben ihr und rüttelte an ihrem Arm, als wollte sie ihn ausreißen. »Du kannst dich doch nicht in eine Geschichte lehnen! Du darfst keine Geschichte verändern! Und überhaupt …«

Jadis schnappte nach Luft, und als Galina nun erschrocken den Blick hob, sah sie größte Verwunderung in deren Augen.

»Wie ist es möglich …?«, fragte Jadis misstrauisch.

»Was?«, brachte Galina hervor.

»Wieso kannst du das?«, fragte Jadis.

»Ja, das frage ich mich auch!« Domingo trat hinzu und steckte, schwups, ebenfalls seine Hand in die Geschichte.

»Hast du sie noch alle?«, kreischte Jadis und riss ihn zurück.

»Das ist doch ganz natürlich. Er ist ihr Bruder«, sagte Mrs Merlowski, die hinter den Kindern auftauchte, als wäre das alles völlig normal.

»Was ist natürlich?«, hakte Domingo nach.

»Na, dass das nur Spiegelspringer können«, erwiderte Mrs Merlowski vergnügt. »Unsere Süße hier ist eine Spiegelspringerin! Wie großartig!!«

Galina rappelte sich auf und rieb sich den schmerzenden Hintern. »Wieso großartig?«

Ihr Herz klopfte bis zum Hals. Sie wollte überhaupt keine Spiegelspringerin sein. Wie es aussah, brachte diese Eigenschaft nur Ärger.

»Wir können jede Hilfe brauchen, die wir kriegen können! Und hier haben wir sie gleich im Doppelpack, Bruder und Schwester«, erklärte Mrs Merlowski.

»Ich kann sie nicht mitnehmen«, sagte Jadis schlecht gelaunt. »Wir wissen gar nicht, ob sie wirklich eine Spiegelspringerin ist.«

»Na, was denn sonst!«, erklärte Mrs Merlowski heiter. »Sie konnten einfach durch den Spiegel fassen. Außerdem sind M&M ....«

»M&M«, stieß Jadis hervor. »Richtig! Ich muss mit dem Code M&M retten, damit wir Lovec helfen können.«

»Na, siehst du. Das ist Vorschung. Dass ausgerechnet M&M gerettet werden von ...«, fing Mrs Merlowski an.

»Ich kann sie nicht mitnehmen! Ich kann nicht noch auf Kinder aufpassen, die von nichts eine Ahnung haben!«

»Das übernehme ich!«, verkündete Mrs Merlowski erfreut. »Ich wollte schon längst mal wieder eine größere Reise unternehmen!«

Als Jadis sie nur verständnislos anstarrte, erklärte sie vergnügt: »Ohne mich seid ihr aufgeschmissen. Wer hat denn den Code? Oder wollt ihr mir den Arm abhacken?« Sie kicherte.

Galina und Domingo hatten sprachlos dem seltsamen Wortwechsel gelauscht.

»Sind Sie auch eine Spiegelspringerin?«, fragte Galina nun ehrfürchtig.

»Nein, das nicht. Aber ich habe ein unglaubliches Wissen über jede erdenkliche Notlage gesammelt«, erklärte Mrs Merlowski. »Ich brauche nur meinen Regenschirm, dann kann es losgehen. Oder, lass mal sehen ... ist das die Geschichte, in die wir reisen?«

Sie beugte sich nach vorne bis zu dem zersplitterten Spiegel. »Ist das etwa ...«

»*Drei Haselnüsse für Aschenbrödel*«, sagte Jadis düster. »Eines meiner Lieblingsmärchen. Wahrscheinlich hat der Gehörnte M&M in diesem Märchen gebannt. Oder in *Rotkäppchen*. Wir müssen beide versuchen.«

»Ich mag *Aschenbrödel* auch sehr«, seufzte Galina. »Wir sehen uns diesen Film jedes Jahr in der Weihnachtszeit gemeinsam an.«

Domingo rollte genervt mit den Augen.

»Nun, auf meinen Regenschirm kann ich da gut verzichten, findet ihr nicht auch?«, bemerkte Mrs Merlowski strahlend. »In der Geschichte ist sowieso Winter. Lasst uns loslegen! Wir haben keine Zeit zu verlieren!«

»Na gut«, stimmte Jadis zögerlich zu. »Aber einer muss hierbleiben, um die Spiegel zu bewachen! Am besten macht das Domingo.«

Domingo war schwer beleidigt, dass ihm diese unrühmliche Aufgabe übertragen wurde. Galina dagegen war so überwältigt, dass sie noch nicht einmal widersprach. Eine Weile versuchte Domingo noch herumzudiskutieren, aber Mrs Merlowski machte dem Ganzen schnell ein Ende.

»Das ist eine verantwortungsvolle Aufgabe!«, erklärte sie. »Und wir haben jetzt keine Zeit für Diskussionen!« Energisch packte sie Galinas Hand. »Los geht's!«

Jadis nahm Mrs Merlowskis andere Hand, und gemeinsam sprangen sie alle in den Spiegel hinein.

Mit einem Ächzen fiel Mrs Merlowski auf der anderen Seite auf die Knie und ließ Galinas Hand los.

»Vergiss nicht, gut aufzupassen!«, rief Jadis noch einmal zu Domingo zurück, und als sich Galina den Schnee aus dem Gesicht gewischt hatte und zurückblickte, konnte sie Domingo nicken sehen. »Er wird doch alles richtig machen?«, fragte Jadis an Galina gewandt, die mit leichtem Schrecken beobachtete, wie die Sicht zur wirklichen Welt trübe wurde.

»Ich bin mir sicher«, antwortete Mrs Merlowski für sie und klopfte sich den Schnee von ihrem Kleid. »Er ist ein kluger Junge. Außerdem hast du ihm etwa tausend Mal gesagt, dass er so lange wach bleiben muss, bis wir wiederkommen.«

Die trübe Innenseite des Spiegels schien noch eine Weile

wie ein Trugbild in der winterlichen Landschaft zu schweben und löste sich dann in der Luft auf. Galinas Herzschlag beschleunigte sich, und eine leichte Panik breitete sich in ihr aus.

Was tu ich hier nur?, dachte sie und war sich plötzlich nicht mehr sicher, ob sie jemals zu diesem Spiegel zurückfinden würde. Vielleicht würde sie auch gleich aufwachen, und Tante Serafina würde schimpfen, dass sie immer so viel schlief und zu nichts nütze sei. Spiegelspringer! Das Wort hatte sie noch nie in ihrem Leben gehört. Und trotzdem hatte sie wohl alle Eigenschaften, die man dafür brauchte.

Ja, welche eigentlich?, überlegte sie. Sie konnte durch die Spiegel in die Geschichten hineingehen. Aber was bedeutete das?

»Oh, Kasperle!«, jauchzte Mrs Merlowski, die ganz offensichtlich von keinerlei Ängsten geplagt wurde. »Mein süßer kleiner Kasperle!«

Ein Hundekläffen kam näher, und dann sprang aufgeregt Aschenbrödels Kasperle um die kleine Truppe herum und bellte aufgeregt.

»Du Süßer! Zeig uns doch schnell, wo wir Aschenbrödel finden!«

»Aschenbrödel?«, fragte Jadis genervt. »Wir wollen M&M finden!«

»Kasperle«, flüsterte Galina und beugte sich hinunter, um den freundlichen Hund zu streicheln. Wie wunderbar!

Der Hund drehte sich abrupt um und tobte durch den

Schnee auf eine kleine hölzerne Scheune zu. Direkt vor der Scheune war ein prächtiger weißer Schimmel angebunden. Mit energischen Schritten stapfte Mrs Merlowski los. Dabei lupfte sie ein wenig ihren langen Rock und den Mantel, der im Schnee schleifte, und man sah, dass sie dicke Winterstiefel trug. Galina blickte auf ihre eigenen Schuhe hinunter. Immerhin waren es Stiefel, aber wintertauglich waren sie nicht.

»Das haben wir gleich!«, versprach Mrs Merlowski. »Ich habe einen Draht zu Tieren! Wenn ich mit Rosalie ein paar Worte wechseln darf, wird sie uns bestimmt verraten, wo wir M&M finden können!«

Mit einer tröstenden Geste tätschelte sie Galinas Schulter, als würde sie besonders viel Trost benötigen. »Du machst dir bestimmt größte Sorgen, aber das ist nicht nötig.«

Jadis schnaubte nur unwillig. Mrs Merlowski trat in den Stall und steuerte sofort auf eine kleine Holztreppe zu, die nach oben führte. Während sie keuchend hinaufkletterte, erklärte sie den beiden, wie selten sie in den Genuss käme, in eine Geschichte einzutauchen.

»Die Spiegelspringer haben da wirklich viel Glück. Das letzte Mal hat mich Lorelei mitgenommen, und Serafina war so sauer, weil sie nicht …« Mrs Merlowski blieb stehen und schüttelte den Kopf. »Rosalie?!«

»Bäm, a bäm! Ich bin die Pudel-Gäng!«, hörte Galina von oben eine Stimme im Rhythmus eines Raps singen. »Ich habe ihn vertrie-ben. Ganz alleine!«

Als Galina hinter Mrs Merlowski unter das Dach der

Scheune kletterte, sah sie eine Eule zwischen riesigen Haufen von Kleidern sitzen.

»Wen hast du vertrieben?«, fragte Mrs Merlowski.

»Den Pudel«, sagte die Eule und flatterte wieder auf ihr Nest. Dabei warf sie eine Nuss herunter, die sich entfaltete und als hübsches Kleid direkt vor Galinas Füßen liegen blieb.

»Den Pudel?«, fragte Jadis alarmiert.

»Bäm, bäm, bäm«, sang Rosalie nur aufgedreht.

»Doch wohl nicht DEN Pudel?«

»Ich hab ihm voll auf den Kopf gemacht. Gekackert. Volle Kanone! Jetzt ist er kein schwarzer Pudel mehr.« Der Vogel kicherte. »Ich hasse Pudel. Auch weiße. Aber ich könnte Holunderbeeren essen. Dann wäre er ein blauer Pudel.« Die Eule kippte vor Lachen vom Nest herunter und flatterte, kurz bevor sie auf den Boden aufschlug, doch wieder nach oben. Sie kicherte so hemmungslos, dass auch Galina zu lachen anfing.

Jadis gab ihr einen ungeduldigen Stoß in die Rippen. »Das ist nicht lustig!«, fuhr sie Galina an. »Rosalie ist nicht mehr sie selbst! Sie ist verrückt geworden. So etwas passiert, wenn einem der Gehörnte zu nahe kommt!«

»Sorry!« Galina rieb sich die schmerzende Stelle.

»Glaubst du, Mrs Merlowski ist dem Gehörnten auch zu nahe gekommen?«, flüsterte sie Jadis ins Ohr, doch Jadis zuckte nur mit den Schultern.

»Die Spiegelwelt ist auf vielerlei Art gefährlich«, sagte sie kryptisch.

Galina hatte noch nie in ihrem Leben auf einem Pferd gesessen. Und schon gar nicht auf einem Märchenpferd. Doch nun saß sie hinter Jadis auf Nikolaus. Der breite Rücken des Pferdes fühlte sich warm und beruhigend unter ihr an, und das sanfte Schaukeln machte sie schläfrig. Die Sonne war glutrot hinter den verschneiten Tannen verschwunden, und Dunkelheit breitete sich über dem Wald aus, durch den die Mädchen ritten.

»Der Plan ist der«, begann Jadis. »Wir suchen Lovec. Lovec und M&M sind Partner. Er wird wissen, wo der Gehörnte sie gebannt hat. Wir geben ihm Mrs Merlowski mit dem Code und sind aus der Nummer raus. Du kehrst in die Menschenwelt zurück, und ich … na ja, ich kehre in die Akademie zurück.«

»Du willst Mrs Merlowski hier lassen?«, fragte Galina.

Sie starrte auf Mrs Merlowskis Rücken. Die alte Dame stapfte vor ihnen durch den Schnee und führte ein angeregtes Gespräch mit der Eule Rosalie. Galina konnte nur Bruchstücke verstehen, aber es schien um die neuste Mode zu gehen, die sich aus Nüssen zaubern ließ, und ob auch Walnüsse und Erdnüsse dazu geeignet waren.

»Sie wird zurechtkommen«, sagte Jadis knapp.

»Das glaube ich nicht!«, widersprach Galina. »Sieh sie dir an. Sie ist vollkommen hilflos, wenn wir sie zurücklassen.«

»Unsinn.«

Galina seufzte und schlang ihre Arme fester um Jadis. Nikolaus schnaubte. Kleine Dampfwolken stiegen aus seinen Nüstern auf, und Galina wünschte sich, dass dieser Moment ewig andauern würde.

»Außerdem ist es nebensächlich. Die Bannwoche ist fast vorbei. Wenn M&M und Lovec es dieses Mal nicht schaffen, den Gehörnten in eine geeignete Geschichte zu sperren, in der er keinen Schaden anrichten kann, müssen sie ein weiteres Jahr warten.«

»Bannwoche?«, fragte Galina.

Sie ritten unter tiefen Tannenzweigen hindurch. Die Mädchen duckten sich über Nikolaus' Hals, und trotzdem streiften sie eine dicke Ladung Schnee ab.

»Ich bewundere dein Gespür für Trends«, hörte Galina Mrs Merlowski zu Rosalie sagen. »Du bist eine wahre Trendsetterin im Märchenreich.«

Die Eule plusterte geschmeichelt ihre Federn auf und schüttelte sich.

»Die Kräfte verschieben sich in der Woche vor Halloween auf günstige Weise für uns. Der Gehörnte ist verwundbarer, er muss öfter die verhasste Gestalt des Pudels annehmen. Wenn man ihn als Pudel erwischt, kann man ihn in jede beliebige Geschichte setzen, wo er bleiben muss bis zum Nimmerleinstag.«

Nimmerleinstag! Was für ein Wort, dachte Galina.

»Und?«, hakte sie nach.

»Was, und? Bis jetzt ist es nicht geglückt. Man weiß nie, wann er sich zurückzuverwandeln kann. Man denkt, man steht einem Pudel gegenüber, und zack, ist er ein Monster.«

»Wie schrecklich!«, sagte Galina leise. »Woher weißt du das?«

»Das lernen wir in der Akademie. Außerdem war ich dabei, als er gestern gegen Lovec gekämpft hat«, sagte Jadis düster. »Eigentlich sollte ich ja jetzt in der *Akademie für Spiegelspringer* sein. Aber ich musste nachsitzen, weil ich beim unerlaubten Springen erwischt worden bin.«

»O Gott!«

»Jemand muss mich verpetzt haben. Es gibt so viele falsche Schlangen in der Akademie!«

Das kannte Galina. Auf ihrer Schule war das genauso. »Verstehe!«, sagte sie mitfühlend.

»Sie haben mich in den Spiegelspringerübungssaal gesperrt. Dort gibt es nur harmlose Geschichten. Für die Nullchecker. Damit ihnen nichts passiert. Und dort haben sie mich vergessen.«

»Wie konnte das passieren?«, wollte Galina wissen.

Jadis zuckte mit den Schultern und strich über Nikolaus' Hals. Der Schimmel spitzte erfreut die Ohren.

»Was weiß ich? Vielleicht haben sie mich absichtlich vergessen. Vielleicht auch nicht. Egal. Ich dachte mir, vielleicht finde ich in einer der Geschichten einen Spiegel, der in die Akademie zurückführt. Mir war langweilig. Ich hatte Hunger. Ein bisschen kalt war es auch.«

»Und dann bist du in einen der Spiegel gesprungen!«, sagte Galina begeistert.

Jadis nickte. »*Der Hase und der Igel.*«

»Und dann?«

»Fand ich einen Spiegel, der ins *Rotkäppchen* führte. Ich glitt hindurch und fand mich mitten im Kampf zwischen dem Gehörnten und Lovec wieder. Lovec schubste mich aus der Geschichte in Madame Laurents Saal, der Gehörnte kam mir hinterher. Er verwundete Madame Laurent und verschwand im nächsten Spiegel. Den Rest kennst du.«

»Du wirst einen Haufen Ärger bekommen!«, stellte Galina fest.

»Danke für den Hinweis«, seufzte Jadis. »Sie werden mich von der Akademie werfen.«

In dem Moment stemmte Nikolaus seine Hufe so abrupt in den Schnee, dass die beiden Mädchen beinahe über seinen Hals gerutscht wären.

»Wen haben wir denn da?«, fragte Mrs Merlowski.

Mitten auf dem Weg stand ein sehr dickes falbfarbenes Pony mit schwarzer Stehmähne. Seine Zügel schleiften im Schnee. Galina erkannte das Pony sofort. Ihr Herz klopfte bis zum Hals. Kasperle! Nikolaus! Rosalie! Und jetzt auch noch …

»Oh nein! Das ist das Pony vom Präzeptor!«, sagte Jadis. »Das bedeutet nichts Gutes!«

»Ihm wird doch nichts zugestoßen sein?« Mrs Merlowski blickte sich alarmiert um. »Präzeptor?«, rief sie in den Wald hinein. »Sind Sie hier irgendwo? Der Kerl ist leider sehr ungeschickt. Mich würde es nicht wundern, wenn er irgendwo vom Pferd gerutscht und im Schnee eingeschlafen wäre.«

»Das glaube ich nicht. Ich glaube, das ist das Werk des Gehörnten«, erwiderte Jadis besorgt.

»Damit könntest du auch recht haben.« Mrs Merlowski nickte. Dann kramte sie in ihrem karierten Cape nach Zuckerstückchen für das Pony. »Das arme Ding! Völlig alleine hier im dunklen Wald!«

»Präzeptor!«, rief Mrs Merlowski, während sie das Pony am Zügel packte. »Was ist mit der Historienstunde?«

Galina musste grinsen und sah sich um. Kleine Schneeflöckchen tanzten durch die Luft, und ein paar davon blieben auf ihrer Nase liegen und schmolzen. Hier war niemand zu sehen, und da die Schneedecke unberührt war, war klar, dass hier kein Mensch herumgestapft war.

»Als Erstes müssen wir zum Schloss reiten!«, erklärte Mrs Merlowski sehr bestimmt.

»Au ja!«, rief Galina begeistert, und Jadis stöhnte auf.

»Wir sind hier nicht im Urlaub oder so …«

»Das Schloss ist ganz nah«, wandte Mrs Merlowski ein. »Das arme Pony muss in den Stall, und dann wissen sie dort wenigstens, dass sie den Präzeptor suchen müssen … Danach werden wir uns auf die Suche nach dem … dem …« Sie sah etwas überrascht aus. »Habe ich jetzt gerade gedacht, wir machen uns auf die Suche nach Galinas Eltern?«

Jadis stöhnte schon wieder.

»Irgendetwas stimmt mit meinem Kopf nicht«, murmelte Mrs Merlowski und zog das Pony mit sich zu einem umgestürzten Baum. »Manchmal habe ich den Eindruck, man hätte meinen Kopf geschüttelt und alle Gedanken durcheinandergeworfen. Es kann sich keiner vorstellen, wie es manchmal in meinem Kopf aussieht.« Sie kletterte umständlich auf den Baumstamm, dabei verhedderte sie sich mit ihrem Mantel an einem Ast, schaffte es aber schließlich doch, auf den Ponyrücken zu klettern.

»Ich kann es mir schon vorstellen«, murmelte Jadis. »Katastrophal nämlich.«

»Ja, eine Katastrophe ist das!«, rief Mrs Merlowski begeistert. »Mit Galinas Eltern! Aber wir kriegen das alles wieder hin!«

Galina verstand gar nichts, aber das war ihr in dem Moment auch komplett egal. Alleine die Vorstellung, jetzt zum Schloss zu reiten, machte ihr richtig gute Laune. Die Wolkendecke riss gerade auf, und Mondstrahlen ließen den Schnee glänzen und glitzern. Es sah märchenhaft aus!

»Los geht's!«, rief Mrs Merlowski und galoppierte aus dem Stand los. Rosalie kreischte erschrocken auf und flatterte hoch.

»Himmel. Diese Frau macht mich echt fertig«, murmelte Jadis, und nun galoppierten auch die beiden Mädchen los.

Galina kam es zuerst so vor, als würde sie auf einem Schaukelpferd reiten. Denn der Schimmel galoppierte langsam und ruhig hinter dem Pony des Präzeptors her. Dann weitete sich das Land, der Wald endete, und vor ihnen lag ein weites, schneebedecktes Feld.

»Juhu!«, juchzte Mrs Merlowski vor ihnen, und als wäre

das der Startschuss gewesen, gab der Schimmel unter ihnen nun richtig Gas. Der Schnee wirbelte hoch, kleine Eiskristalle peitschten ihr ins Gesicht, und das Haar von Jadis, in dem sich auch Eis verfangen hatte, flatterte ihr an die Wangen. Es war wie Fliegen! Galinas Augen fingen vom Wind an zu tränen, und ihre Wangen brannten von der Kälte. Gleichzeitig spürte sie aber den warmen Pferdekörper unter sich und fühlte sich so sicher und warm, dass ihr ganz anders wurde.

Plötzlich scheute der Schimmel, und beinahe wäre Galina vom Rücken des Pferdes gerutscht. Vor ihnen flatterte Rosalie herum und setzte sich dann mit einem begeisterten Ausruf auf Mrs Merlowskis Schulter. Sie wurden langsamer.

»Himmel, ist das ein lustiger Ausritt!«, jubelte Mrs Merlowski. »Rosalie, war das nicht fantastisch?«

»Habt ihr das Wort ›Quirl‹ schon mal gehört?«, fragte Rosalie statt einer Antwort. »Ist das nicht ein unglaublich lustiges Wort?«

»Ich werde aus der Akademie geworfen!«, jammerte Jadis. »Nur wegen einer verrückten Alten und einer verrückten Eule.«

»Du hast recht, ich bin komplett verrückt«, kicherte Rosalie. »Ich kann euch nicht sagen, wie fantastisch das ist! Alleine beim Wort ›Quirl‹ bekomme ich gute Laune.«

»Sehr lustig«, stimmte Mrs Merlowski zu und lachte.

»Da ist eine Spur«, unterbrach Jadis das sinnlose Gespräch.

»Ein Hündchen!«, stimmte Mrs Merlowski zu.

»Ein Pudel«, sagte Rosalie, obwohl sie nur die Spuren sah. »Ein großer Pudel. Ein großer Pudel in großer Eile.« Die beiden kicherten weiter, als wäre das sehr lustig.

»Pscht«, mahnte Jadis aufgeregt. »Ein Pudel?«

»Ja. Pudel sind schrecklich eitle Wesen«, behauptete Rosalie. »Ich hasse Pudel.«

»Das wissen wir inzwischen«, murmelte Jadis. »Was machen wir jetzt nur?«

»Wir folgen der Spur!«, jauchzte Rosalie.

»Eine fantastische Idee! Könnte von mir sein!«, jubelte Mrs Merlowski und galoppierte wieder los, diesmal mit Rosalie auf der Schulter.

»Halt!«, rief Jadis ihnen nach. »Das ist … Das ist zu gefährlich! Wir können unmöglich …« Sie sagte nicht, was sie nicht konnten.

»Was ist?«, fragte Galina beunruhigt.

»Der Spur des Teufels zu folgen ist niemals eine gute Idee«, erklärte Jadis.

Dennoch ging es im wilden Galopp weiter. Mrs Merlowski war nicht mehr zu stoppen. Aus der Ferne sahen das Pony, die Eule und die alte Dame aus wie eine Schneekugel im Sturm. Der Mantel flatterte wild, hin und wieder kreischte die Eule und kreiste dann über Mrs Merlowskis Hut. Manchmal kriegte sie sich auch nicht mehr ein, weil sie an das Wort ›Quirl‹ denken musste, das, aus welchem Grund auch immer, ein unglaublich lustiges Wort war.

Es dauerte eine geraume Zeit, bis Jadis und Galina die lustige Truppe eingeholt hatten und sie davon abhielten, weiter der Spur zu folgen. Sie hielten an.

»Ich weiß nicht, was ihr habt!«, wandte Mrs Merlowski ein. »Solange er ein Pudel ist, ist er harmlos!«

»Ich könnte ihm wieder auf den Kopf kacken!«, erbot sich Rosalie. »Wenn ich mir Mühe gebe, schaffe ich das!«

»Danke«, sagte Galina automatisch und fing sich einen ärgerlichen Blick von Jadis ein.

»Wir werden nicht den Pudel suchen!«, unterbrach Jadis die Überlegungen. »Wir müssen Lovec finden, um herauszubringen, wo M&M sind.«

»Die Armen«, schniefte Mrs Merlowski. »Ich hatte sie schon wieder vergessen. Tut mir leid.«

»Aber was spricht dagegen, ihm noch mal auf den Kopf zu kacken?«, fragte Rosalie. »Mir fällt da jetzt wirklich kein einziger Grund ein …«

»Pscht«, machte Jadis und drückte hastig ihren Zeigefinger auf die Lippen.

Sie hörten alle zu sprechen auf. Nikolaus schnaubte. Dann war es ganz still. Als hätte der Schnee alle Geräusche verschluckt. Einzelne Schneeflocken schwebten zu Boden, und ein Windstoß ließ sie durcheinandertanzen.

»Ich habe irgendetwas gehört«, flüsterte Jadis.

»Ich nicht«, antwortete Rosalie. »Ich war in Gedanken ganz bei dem Wort ›Quirl‹.«

»Pscht«, sagten jetzt alle, denn nun hörten sie es auch.

Schritte knirschten im Schnee. Eilig sprang Jadis vom Pferd und half Galina herunter. »Schnell. Hinter diese Schneewehe!«, flüsterte sie, und die Truppe stapfte hastig durch den Schnee. Kurz bevor sie sich verstecken konnten, hörten sie eine donnernde Stimme.

»Jadis! Verflucht!«

»Lovec! Ich bin entzückt!«, rief Mrs Merlowski aus. »Ich bin ja so was von entzückt!«

Galina starrte den riesigen Mann sprachlos an. Er trug eine lederne Hose und einen großen braunen Umhang. Auf seinem Rücken waren ein Köcher mit Pfeilen und ein langer Bogen befestigt. An seiner Seite hing eine dunkelbraune Ledertasche, ausgebeult und unförmig. Seine schwarzen Augen unter den buschigen Brauen waren auf Jadis gerichtet.

»Habe ich nicht gesagt, du sollst bei Madame Laurent bleiben?«

»Das wollte sie natürlich!«, antwortete Mrs Merlowski an Jadis' statt. »Aber die Arme musste ins Krankenhaus. Wir mussten etwas tun, ich konnte doch Galina …«

»Galina?«, wiederholte Lovec scharf, und Galina hatte das Gefühl, im Erdboden versinken zu müssen. »Wie konntet ihr so dumm sein, Galina hierherzubringen!«

Galina öffnete den Mund und schloss ihn wieder. Sie hatte so viele Fragen, aber der grimmige Blick des Mannes hielt sie davon ab, auch nur eine einzige davon zu stellen.

»Hättet ihr nicht auch noch Domingo in Gefahr bringen können? Oder habt ihr den etwa auch noch mitgenommen?«

Domingo? Er kannte ihren Bruder?

Mrs Merlowski runzelte die Stirn. »Ohne Galina ging es nicht.«

»Ha«, erwiderte Lovec unwirsch. »Und weshalb?«

»Das habe ich vergessen«, antwortete Mrs Merlowski würdevoll. »Aber es war ein sehr guter Grund.«

»Ihre Eltern werden dich umbringen«, fauchte der Mann. Im nächsten Moment packte er die erschrockene Galina um die Taille und warf sie einfach über die Schneewehe. Prustend tauchte Galina in das kalte Weiß, und bevor sie sich den eiskalten Schnee aus dem Gesicht wischen konnte, waren schon Mrs Merlowski, Jadis und Lovec neben ihr und duckten sich genau wie sie in den Schnee.

Sie hörte etwas schnuppern und schnüffeln, und die schwere Hand von Lovec hielt sie davon ab, ihren Kopf über die Schneewehe zu strecken. Der würzige Geruch nach Tannennadeln wurde plötzlich überdeckt von etwas, das nach Rauch roch, außerdem nach Harz, verbranntem Haar und Pech.

»Wir stecken jetzt ganz tief im Schlamassel«, flüsterte Lovec. »Ich werde ihn ablenken müssen, und dann müsst ihr verschwinden!«

Ihn?, fragte sich Galina, aber im selben Moment kreischte Rosalie wie am Spieß: »Der Gehörnte! Der Gehörnte!«

Ein Schnauben ertönte auf der anderen Seite der Schneewehe, und als hätte jemand einen Fön auf den Schnee gerichtet, fing dieser an zu schmelzen.

»Ich wusste, es wird ein schlechter Tag!«, zeterte Rosalie. »Als ich das Wort ›Quirl‹ dachte! Was soll das sein, habe ich mir die ganze Zeit überlegt, Quirl, Quirl … Aber jetzt weiß ich es!«

Wieder schnaubte es laut, und die Hitze nahm zu.

»Der Gehörnte wird doch nicht in seiner Teufelsgestalt sein?«, fragte Mrs Merlowski ängstlich.

Das Schnuppern wurde wieder lauter, gefolgt von einem ärgerlichen Knurren. Die Schneewehe, hinter der sie lagen, wurde merklich niedriger, das Tauwasser floss glucksend um ihre Füße.

Chroniken der Spiegelwelt

Geschichten zu vernichten ist mühsame Arbeit. Vielleicht noch mühsamer, als Geschichten zu schreiben.

Man zerstreut die Figuren, die darin vorkommen, in alle Winde, und dann, zack, mit einer Handbewegung, lässt man die komplette Welt in Dunkelheit versinken.

Es ist anstrengend und langwierig. Selbst für einen Teufel ist das Vernichten der Geschichtenwelt eine ermüdende Angelegenheit.

Und dann noch die Bannwoche. In der er sich vom Gehörnten ohne Vorwarnung in einen mickrigen, gelockten Pudel verwandeln konnte. Mitten im Kampf. Mitten in der Zerstörung der Geschichte. Und dann noch diese Spiegelspringer. Lovec und M&M. Als hätte er nichts Besseres zu tun, verfolgten sie ihn in dieser Woche wie die Fliegen. Sie waren nicht abzuschütteln. Lovec war nur ein Berg aus Muskeln. Er konnte kämpfen und mit dem Bogen schießen. Aber sein Gehirn war so groß wie eine Erbse. Er war zu leicht auszutricksen.

M&M dagegen waren klug. Und sie hatten Zugang zu gewissen Räumen der Akademie, zu denen andere keinen Zugang hatten.

Zu Räumen, die durch dicke steinerne Mauern, durch verzauberte Rosenranken, von sieben Schwänen und durch unlösbare Rätsel geschützt waren.

In einem dieser Räume befand sich das Buch. Das Buch, in das der Teufel seinen Namen schreiben wollte. *Das große Buch der Geschichten.* Die Geschichte der Geschichte.

Vielleicht willst du selbst Schriftsteller werden. Wenn du deine erste Geschichte schreibst, deine allererste, wirst du verwundert feststellen, dass es sich anfühlt, als wäre diese Geschichte schon da und jemand würde dir die Zeilen leise ins Ohr flüstern. Du musst sie nur noch aufschreiben. Du musst dir nichts ausdenken, denn die Geschichte existiert schon. Sie steht im *Großen Buch der Geschichten* und wartet auf dich. Sie wartet nur auf die richtige Person, die sie zu Papier bringt. Wenn die Geschichte so zu dir kommt, bist du ein richtiger Schriftsteller. Andernfalls bist du nur ein armer Tropf, der sich Worte aus den Fingern saugen muss. Wenn du ein Buch liest, wirst du sofort wissen, ob es aus dem *Großen Buch der Geschichten* stammt oder nicht.

Alle anderen Bücher sind Humbug. Ein trauriger Versuch.

Das große Buch der Geschichten ist durch allerlei Zauberwerk geschützt, aber der mächtigste Zauber ist dieser: Es kann nur durch die Hand eines unschuldigen Zwillingskindes geöffnet werden.

Der Teufel kann sich in allerlei verwandeln, wenn er es will. Aber nicht in ein unschuldiges Kind. Dieser Trick ist ihm verwehrt, denn eine unschuldige Seele hat man oder man hat sie nicht.

Und trotzdem wollte er seinen Namen in dieses Buch schreiben. Um genau zu sein, einen Satz. Auf die letzte Seite. Dort, wo normalerweise »Ende gut, alles gut« steht.

Dort sollte geschrieben stehen: Und der Gehörnte gewann das Spiel, denn der Gehörnte gewinnt immer.

Mit diesem einen Satz wäre alles verloren. Keine einzige Geschichte würde jemals gut enden. Der Prinz würde Aschenbrödels Stiefschwester heiraten. Die böse Fee würde Dornröschen töten. Schneewittchen würde auf immer und ewig in ihrem gläsernen Sarg liegen, weil der Prinz auf dem Heimweg nicht stolpern würde.

Alle Geschichten würden sich selbst vernichten. Spiegel für Spiegel würde zerbrechen, und die Bewohner würden in alle Winde zerstreut werden, haltlos, weil ihnen ihr gutes Ende genommen wurde.

So geschah es, dass nicht nur die Spiegelspringer den Gehörnten jagten. Auch der Gehörnte jagte die Spiegelspringer. Er jagte sie näher und näher an die Akademie. Und sie versuchten, ihn fortzujagen. Es war ein Ringen um jeden Zentimeter. Und sie hofften, dass er sich plötzlich, mitten im Kampf, in einen mickrigen Pudel verwandeln würde, denn dann könnten sie ihm ein goldenes Halsband mit einer goldenen Leine anlegen. Dann wäre der Gehörnte verloren. Er wäre in der Pudelgestalt gefangen, solange er das Halsband trägt.

6

Die Schneewehe schmolz dahin, und das Wasser bildete einen glucksenden Bach, der zwischen braunen Grasbüscheln verschwand. Ein seltsam abstoßendes Wesen stand dahinter, es dampfte in der Kälte. Aus dem Kopf wuchsen zwei Hörner, der Körper war in einen riesigen zotteligen Mantel gehüllt, und dichtes schwarzes Haar hing ihm bis über die Augen. Wenn ein leichter Windstoß die Mähne bewegte, konnte man sehen, dass die Augen rot leuchteten. Galina spürte Jadis' Hand in ihrer. Sie drückte so fest zu, dass ihre Finger schmerzten.

Der Gehörnte stieß ein Schnauben aus, sein Atem hing wie heißer Dampf in der Luft, als sich seine Nasenlöcher blähten, er schnupperte, als hätte er Witterung aufgenommen.

»Lohovec ...«, wehte ein seufzendes Raunen zu ihnen herüber. Galina bemerkte, dass sich Lovecs Muskeln anspannten. Die Augen des Gehörnten weiteten sich plötzlich, als hätte er etwas Interessantes gesehen.

»Gahalina ...«, hörte Galina ein seltsam abstoßendes

Geräusch, und sie schauderte. Der Gehörnte stieß ein meckerndes Lachen aus. »Gahalina …«

»Verdammt«, zischte Lovec. »Bringt das Mädchen weg!«

»Wer?«, wimmerte Jadis.

»Egal wer«, fauchte Lovec und stellte sich dem Teufel breitbeinig in den Weg.

Galina konnte die Beine nicht mehr bewegen, es war, als steckten sie in dem aufgeweichten Boden fest. Sie fühlte sich wie gelähmt. Energisch versetzte Jadis ihr einen Schlag auf die Schulter. »Wach auf, hörst du nicht, was Lovec gesagt hat?«

»Der Gehörnte!«, kreischte Rosalie wieder los, als sich das seltsame Wesen in Bewegung setzte. »Der Himmel sei uns gnädig! Wir werden alle Pest und Cholera gleichzeitig bekommen!«

Jadis packte ihre Hand noch fester und schrie sie an: »Hörst du nicht, was Lovec sagt, los, zum Pferd!«

Nun spürte Galina auch auf der anderen Seite eine Hand. Mrs Merlowski packte sie energisch und rannte genau wie Jadis los.

»Ich kann mich nicht mehr erinnern«, keuchte Mrs Merlowski. »Irgendetwas passiert, wenn der Gehörnte Galina erwischt. Irgendetwas ganz Schlimmes …«

Galina stolperte, fiel in den Schnee und wurde von den beiden anderen wieder hochgerissen.

»Natürlich passiert was!«, zeterte Rosalie über ihnen. »Es passiert immer etwas Schlimmes, wenn man dem Gehörnten zu nahe kommt! Ich kann zum Beispiel die Menschensprache verstehen und Pfefferminz riechen. Ich weiß nicht, was schlimmer ist …«

Nikolaus stand mit geblähten Nüstern vor ihnen und schien kurz davor, durchzudrehen.

»Aber mit Galina passiert etwas besonders Schlimmes«, schluchzte Mrs Merlowski. »Und nur, weil ich vergessen habe, dass sie auf gar, gar, gar keinen Fall mit in eine Geschichte gehen darf. Das wurde mir eingeschärft …«

Jadis packte den Zügel von Nikolaus, der aufgeregt rückwärts tänzelte. »Steh, ruhig!«

Galina drehte sich um und sah mit schreckgeweiteten Augen, dass sich Lovec und der Gehörte umkreisten. Lovec war auf sein Gegenüber konzentriert, aber der Gehörnte schielte immer wieder begeistert in ihre Richtung. Um ihn herum schmolz der Schnee, als wäre sein Körper so heiß wie kochendes Wasser.

Er wird ihn nie besiegen, wurde Galina klar. Die Ausstrahlung des Gehörnten war so machtvoll, dass um ihn herum alles eindampfte. Obwohl nichts zu hören war außer dem Atmen der beiden, meinte Galina ständig diese raunende und rasselnde Stimme zu hören, die »Gahalina« sagte.

»Nun mach schon!«, fauchte Jadis sie an. »Gib mir dein linkes Bein! Und wenn du oben bist, reite zum Schloss!«

»Alleine?«, hauchte Galina ängstlich.

»Wenn wir zu zweit sind, ist Nikolaus zu langsam«, flüsterte Jadis.

Dann ging alles ganz schnell. Der Gehörnte sprang auf Lovec zu, und die beiden waren plötzlich ein Knäuel aus Armen und Beinen. Jadis packte Galinas Bein und gab ihr einen gewaltigen Schubs. Automatisch schwang Galina das rechte Bein über den Pferderücken.

»Los geht's!«, brüllte Jadis und schlug Nikolaus auf den Hintern, dass es nur so klatschte. Das Pferd bäumte sich etwas auf und rannte dann los.

»Andere Richtung!«, hörte Galina hinter sich, aber Nikolaus schien nur vor den Kämpfenden fliehen zu wollen. Galina entglitten die Zügel, und sie klammerte sich so gut es ging an der Mähne des Pferdes fest. »Andere Richtung!«, hörte sie noch einmal aus der Ferne, aber ihre Hände brachten es nicht fertig, nach den Zügeln zu suchen. *Nur weg hier*, dachte sie, das Blut pulsierte in ihren Adern.

Mit Galina passiert etwas besonders Schlimmes, summte es in ihrem Kopf. *Gahalina …*

Und dann stand er vor ihr, der Gehörnte. Nikolaus rammte beide Vorderhufe in den Schnee und stoppte so abrupt, dass Galina beinahe über den Pferdehals gesegelt wäre. *Wie ist das möglich?*, dachte sie verzweifelt. *Er war doch eben noch hinter mir, und jetzt ist er hier! Hat er Lovec getötet? Und Jadis, und Mrs Merlowski?*

Der Gehörnte lachte meckernd wie eine Ziege, und dieses Geräusch machte ihr unglaublich Angst. Was wollte er von ihr? Langsam und siegesgewiss kam er auf sie zu, Nikolaus bäumte sich voller Panik auf, und Galina konnte sich nicht mehr halten. Sie rutschte vom Rücken des Schimmels und kam mit einem harten Schlag auf dem Boden auf. Das Pferd machte einen Satz zur Seite und galoppierte davon.

»Galina!«, hörte sie Mrs Merlowski aus weiter Ferne kreischen. »Galina!«

Ein eisiger Klumpen schien sich in Galinas Bauch zusammenzuballen. *Flucht ist zwecklos*, dachte sie. *Jetzt kann mir keiner mehr helfen!*

»Warte nur, du Widerling!«, zeterte da Rosalie aus vollem Hals. Sie kreiste über Galina und schimpfte herunter: »Du hast mein Nest zerstört, du Banause!«

Der Gehörnte hob den Blick und zuckte zusammen, als ihn Rosalies weißer Kot traf. »Mein Kopf ist nichts als verschwurbelter Unsinn!«, kreischte sie. »Ich kann nur noch an ›Quirl‹ denken! So kann ich nicht weiterleben!«

Ein weiterer Klecks weißer Vogelschiss landete auf dem Ungeheuer. Mit einer abfälligen Bewegung wischte er ihn weg. Dann setzte er sich mit einem gefährlichen Brummen in Bewegung. Er stapfte mit gewaltigen Schritten auf Galina zu. Sie war plötzlich umgeben von dem Geruch nach verbranntem Harz, und die Hitzewelle schien sie zu überrollen.

Galina stand da wie festgefroren und starrte das Wesen an. Da sprang jemand vor sie.

»Nur über meine Leiche!«, rief Mrs Merlowski mit kraftvoller Stimme. »Nur über meine Leiche bekommst du dieses Mädchen!«

Der Gehörnte warf den Kopf in den Nacken und brüllte

in die Luft. Alles um Galina herum vibrierte von diesem Geräusch, und Mrs Merlowskis Mantel schlug ihr ins Gesicht, als würde sie in einem Sturm stehen. Galina presste die Augen zu. Das konnte nicht gut gehen!

Das Brüllen verstummte abrupt. Die Hitze schwand. Der Geruch von verbranntem Horn verflog. Irgendwo in weiter Ferne krächzte ein Rabe.

»Haltet ihn! Haltet ihn!«, schrie Mrs Merlowski, und Galina hörte Schritte, die sich schnell entfernten.

»Das war ja mal ein Stunt«, sagte Rosalie beeindruckt. »So etwas habe ich noch nie gesehen!«

Galina öffnete vorsichtig die Augen. Mrs Merlowski war ein paar Meter gerannt, drehte sich jetzt aber doch zu ihnen um. In weiter Ferne sah man einen schwarzen Hund, der über die weiße Schneefläche davonrannte. Mrs Merlowski blickte ihm bedauernd hinterher. »Wie schade! Wenn ich schneller gewesen wäre …«

»Wie hast du das denn gemacht?«, fragte Rosalie und flatterte auf Mrs Merlowskis Schulter.

»Das habe nicht ich gemacht, das sind die Unwägbarkeiten der Bannwoche«, erklärte die alte Frau und drehte sich zu Galina um. »Schätzchen! Wie geht es dir! Wir hätten dich nie mitnehmen dürfen! Für dich ist es hier höchst gefährlich!« Sie kniete sich vor Galina und schloss sie in die Arme. »Es tut mir ja so leid!«

Jadis kam keuchend angerannt, ließ sich neben die beiden in den Schnee plumpsen und rang nach Luft. »Was ist mit dem Gehörnten passiert? Habt ihr ihn in die Flucht geschlagen?«

»Er ist wieder in seiner Pudelgestalt«, erklärte Mrs Merlowski und tätschelte beruhigend Galinas Rücken. »Keine Sorge, mein Schätzchen! Solange er ein Pudel ist, kann er uns nicht gefährlich werden.«

Eine sonderbare Veränderung war mit Mrs Merlowski vor sich gegangen. Plötzlich schien sie sich wieder zu erinnern, sie wirkte nicht mehr verwirrt und nahm die Dinge in die Hand. »Rückzug!«, sagte sie jetzt knapp. »Wir müssen einen Spiegel auftreiben, der dich in deine Welt zurückbringt, Galina. Sonst bringen deine Eltern mich um! Und ich weiß auch schon, wo wir den finden.«

»Mrs Merlowski«, wandte Galina ein. »Was haben meine Eltern damit zu tun?«

»Nicht jetzt, mein Schatz! Auf die Pferde!« Zum Glück war Nikolaus in einiger Entfernung stehen geblieben, sodass sie ihn wieder einfangen konnten. Jadis und Galina stiegen nun gemeinsam auf seinen Rücken.

Mrs Merlowski nahm das falbfarbene Pony. »Wir müssen Lovec mitnehmen«, verkündete sie, »wir können ihn nicht alleine hier im Schnee zurücklassen.«

»Was ist mit der plötzlich los?«, flüsterte Galina in Jadis' Ohr. »Sie wirkt so verändert.«

»Vielleicht hat das der direkte Kontakt mit dem Teufel ausgelöst«, vermutete Jadis. »Vielleicht hat das ihren Verstand wieder ... zurechtgerückt?«

»Meinst du?«, staunte Galina. »Gut, dass wir ihm nicht so nahe gekommen sind.«

Im schnellen Trab ging es zu der Stelle zurück, an dem der Kampf mit dem Gehörnten stattgefunden hatte. Lovec war in der Zwischenzeit nicht untätig gewesen. Er hatte einen gewaltigen Schneemann gebaut, so groß, wie ihn Galina in ihrem Leben noch nicht gesehen hatte. Lovec hatte eine Schramme auf der Stirn. Ansonsten schien er unverletzt zu sein.

»Wahnsinn«, brachte Galina begeistert hervor.

»Schön«, sagte Mrs Merlowski freundlich. »Aber jetzt müssen wir zum Schloss.«

Lovec sah sie an, als würde er sie gerade zum ersten Mal sehen. »Ich bin beschäftigt«, brummelte er unwillig.

»Sie können später weitermachen. Jetzt ist dazu keine Zeit!«

Lovec kratzte sich in seinem wirren schwarzen Haar und zog die buschigen Augenbrauen zusammen. »Ich hatte den Auftrag ...«, überlegte er, »... den Auftrag ... ich hatte einen Auftrag, der mir jetzt nicht mehr einfällt.«

»Oh nein«, sagte Jadis verzweifelt. »Der Teufel hat ihn völlig verrückt gemacht! So wie Rosalie.«

»Er hat vorher auch nicht besonders gescheit gewirkt«, versuchte Galina Jadis zu trösten.

»Er ist dafür ausgebildet, den Teufel zu jagen. Natürlich ist er nicht so gescheit wie M&M. Aber er hat gewisse Fähigkeiten ... ach, vergiss es!«

»Dafür ist Mrs Merlowski wieder normal!« Galina schüttelte den Kopf. »Das soll man mal verstehen.«

»Lovec, Ihr Auftrag ist, mir zu gehorchen!«, sagte Mrs Merlowski bestimmt, und Lovec nickte.

»Zu Befehl, Madam!«

Wie oft hatte Galina schon das mondbeschienene Schloss gesehen? Viele, viele Male, eingekuschelt in die Armbeuge ihrer Mutter, wenn es draußen schon kalt war und die Adventszeit die Abende so gemütlich machte, hatte sie den Märchenfilm *Drei Nüsse für Aschenbrödel* angesehen. In Wirklichkeit war das Schloss noch viel schöner und prächtiger als auf dem Fernsehschirm. Hell hob es sich gegen den schwarzen Winterhimmel ab. Auf den Türmen flatterten Fahnen, und der Schnee knirschte unter den Hufen der Pferde, als sie darauf zuritten. Jedes Fenster war hell erleuchtet, und Musik drang heraus.

Es muss der Abend des Balles sein, dachte Galina und wurde ganz aufgeregt. *Genau der Abend, an dem sich der Prinz in Aschenbrödel verliebt.*

Sie ritten bis zu der Stelle nahe der geschwungenen Treppe, an der Aschenbrödel Nikolaus zurücklassen und später ihren Schuh verlieren würde, dort glitten sie von den Pferden.

»Wir müssen leise sein«, flüsterte Mrs Merlowski. »Und wir brauchen einen Plan, um ins Schloss zu kommen. Überall stehen Wachen.«

Und bald schon würden Hunderte von Gästen mit ihren Kutschen eintreffen.

»Seht mal«, unterbrach Galina sie, »wie prachtvoll Nikolaus plötzlich gesattelt und gezäumt ist!«

Nikolaus trug einen goldglänzenden Zaum und einen wunderschönen Sattel, während Galina und Jadis vorhin noch ohne Sattel auf ihm geritten waren. Galina strich bewundernd über das weiche Leder. Nikolaus schüttelte seine Mähne und schnaubte ihr ins Gesicht.

»Um Himmels willen!« Mrs Merlowski schlug entsetzt die Hände über dem Kopf zusammen. »Nikolaus muss schleunigst nach Hause! Sonst kann Aschenbrödel nicht zum Ball, und alles kommt durcheinander!«

»Stimmt! Sie wartet sicher an der Scheune auf ihn!«, sagte Jadis atemlos. »Das gibt eine Katastrophe!«

Sie warf Nikolaus den Zügel über den Hals. »Lauf nach Hause, mein Junge!«, sagte sie zu ihm, und das Pferd wendete auf der Hinterhand, jagte davon und schleuderte den Zurückgebliebenen Schneeklumpen ins Gesicht.

»Rosalie, du solltest ihn begleiten«, meinte Mrs Merlowski.

»Ach was«, winkte die Eule ab. »Aschenbrödel soll sich eines der Kleider aussuchen, die schon herumliegen. Sie wird zurechtkommen.«

»Rosalie!«, mahnte Mrs Merlowski. Die Eule zog den Kopf ein.

»Schon gut, schon gut! Mit mir kann man es ja machen.

Alleine zurück durch den Wald, während der Gehörnte frei herumläuft! Nur wegen ein paar Klamotten!«

Sie breitete die Flügel aus und verschwand empört in der Dunkelheit.

Die Auffahrt für die Kutschen war mit Fackeln erleuchtet und lag noch menschenleer vor ihnen. Sie sah verschneit und rutschig aus. Galina hauchte in ihre kalten Hände. Auf der obersten Stufe der Seitentreppe, über die Aschenbrödel hinauflaufen würde, fegte gerade ein alter Diener mit bedächtigen Schritten den Schnee weg.

»Die ersten Kutschen kommen bald«, murmelte Mrs Merlowski beunruhigt. »Die Zeit ist schon weiter fortgeschritten, als ich es angenommen habe! Wir sollten uns sputen!«

Als der alte Diener verschwunden war, nickte Mrs Merlowski ihnen allen zu, dann rannten sie gemeinsam los.

»Was machen wir denn jetzt?«, fragte Galina atemlos, während sie die Treppe hinaufhetzten.

»Uns vor allen Dingen nicht erwischen lassen«, erklärte Mrs Merlowski. Kurz bevor sie oben angekommen waren, stoppte sie abrupt und ging hinter der Balustrade in Deckung. Zwei Wächter tauchten gerade auf, die langsam vor dem Schloss auf und ab schritten.

»Sie wollen doch wohl nicht ins Schloss hinein, Mrs Merlowski?«, fragte Jadis erschrocken. »Was, wenn wir das Märchen kaputt machen?«

»Deswegen dürfen wir uns eben nicht erwischen lassen«, flüsterte die alte Dame. »Passt auf, wenn die Wachen weg sind, laufen wir hinüber zum Eingang.«

»Dorthin, wo Aschenbrödel später durch das Fenster ins Schloss sehen wird?«, fragte Galina, während sie an der Balustrade vorbeilinste, um die mit Eisblumen bewachsenen Fenster zu betrachten.

»Genau. Der Spiegel, den ich in Erinnerung habe, ist da ganz in der Nähe!«

»Aber dort ist doch bestimmt unglaublich viel los!«, wandte Jadis ein. »Die Vorbereitungen für den Ball laufen auf Hochtouren!«

»Ich verstehe das nicht«, klagte Lovec. »Ich kann mich nicht erinnern, was mein Auftrag ist!«

»Dein Auftrag ist es, uns in dieses Schloss zu bringen!«, sagte Mrs Merlowski energisch.

»Das kommt mir alles seltsam vor«, widersprach er misstrauisch. »Das ist doch das Schloss, in dem Aschenbrödels Prinz wohnt.«

Jadis verdrehte die Augen.

»Ah, jetzt erinnere ich mich, die beiden Afghanen, diese schrecklichen Hunde«, brummte Lovec. »Einer davon hat Flöhe und hat sich den lieben langen Tag gekratzt. Und ich habe zu M&M gesagt …« Seine Augen weiteten sich vor Erstaunen, als wäre ein Teil seiner Erinnerung wiedergekommen. »Sag nicht, dass sie gebannt wurden!«, wandte er sich an Mrs Merlowski.

»Du warst dabei«, sagte sie. »Nicht ich.«

»Sind sie tatsächlich hier im Schloss?«, fragte Jadis.

Lovecs Blick blieb an Galina hängen. »Sie haben immer gesagt, dass auf gar keinen Fall … auf gar keinen Fall …« Er kratzte sich am Bart.

»Wie auch immer«, unterbrach Mrs Merlowski seine Überlegungen. »Darüber können wir uns später Gedanken machen. Wir müssen dringend zu dem Spiegel im Eingangsbereich, Galina muss zurück.«

»Galina«, sagte Lovec erstaunt. »Das war es. Galina und Domingo dürfen auf gar keinen Fall in die Spiegelwelt kommen! Das haben sie gesagt.«

Galina sah, dass Mrs Merlowski die Augen verdrehte und sich dann wieder dem Schloss zuwandte.

»M&M kennen Domingo und mich?«, fragte Galina. Ihr Herz schlug so wild in der Brust, dass es schmerzte. Wieso sollten die beiden Spiegelspringer etwas über sie und ihren Bruder sagen? Sie kam sich plötzlich vor, als würde sie sich in einem wirren Traum befinden, der einfach nicht enden wollte.

»Das frage ich mich auch«, murmelte Lovec. »Nicht einmal ich kenne dich. Oder, na ja, irgendwie kenne ich dich schon, denn dein Bild hängt natürlich in der Galerie der Springer, direkt neben M&M …«

»Pscht«, zischte Mrs Merlowski. »Die Wächter sind weg! Wir müssen los! Sollten sie zurückkommen, musst du sie irgendwie ablenken, Lovec.«

»Mache ich«, erwiderte er.

»Nicht niederschlagen«, schärfte Mrs Merlowski ihm ein. »Ich meinte nicht, dass du sie k. o. schlagen sollst!«

»Nicht?«, fragte Lovec enttäuscht. »Ich bin mir fast sicher, dass ich das sonst immer so mache!«

»Heute Nacht ist der Ball der Bälle!«, stöhnte Mrs Merlowski. »Du darfst auf gar keinen Fall irgendwelche Wachen niederschlagen! Was meinst du, was das für eine Aufregung gibt! Vielleicht wird sogar der Ball abgesagt! Es kommt überhaupt nicht infrage, dass du einen Wächter niederschlägst!« Sie rollte genervt mit den Augen. »Himmel, er hat wirklich alles vergessen, was er in seiner Ausbildung gelernt hat … In Deckung!«

Die Wachen kamen zurück, und alle duckten sich hinter der Brüstung und lauschten auf die Schritte der Männer.

»Und weshalb haben M&M …«, begann Galina trotzdem zu fragen, denn so langsam nervte sie diese ganze Heimlichtuerei. Doch Mrs Merlowski packte sie nicht gerade sanft am Oberarm, zog sie hoch und rannte los. Galina fand, dass sich ihre Schritte unnatürlich laut anhörten, und die kalte Luft schmerzte in der Lunge, so schnell musste sie laufen. Vor ihnen warf sich Jadis gegen die mächtige Eingangstür, die langsam nach innen schwang.

»Rechtsrum«, zischte Mrs Merlowski. Die kleine Truppe bog in einen der Seitengänge ab.

Für einen Moment erschrak Galina, denn sie meinte, an einem Spalier von Menschen entlangzulaufen. Aber es waren nur Statuen, die rechts und links ihren Weg säumten. Vor ihnen ertönten plötzlich schwere Schritte von festen Stiefeln, und es klirrte, als würde beim Gehen Metall aneinanderschlagen. Hastig zog Jadis sie in eine Nische.

Die Schritte bogen ab und entfernten sich. Wie gelähmt blieben die vier stehen und horchten.

»Wir kommen jetzt zu einem großen Spiegel mit Goldornamenten. Er ist der direkte Zugang zu Madame Laurents Schlafzimmer«, erklärte Mrs Merlowski flüsternd. »Ich möchte, dass du hindurchgehst und nicht mehr wiederkommst. Was auch passieren mag!«

»Aber …«, wisperte Galina.

»Nichts aber!«, sagte Mrs Merlowski sehr energisch. »Wenn du zurück bist, wirst du den Spiegel mit einem dunklen Stoff verhängen. Bestimmt hat Madame Laurent so etwas in ihrem Kleiderschrank. Nimm irgendetwas, ein Cape, einen Mantel, ein Kleid, egal was. Hauptsache, der Stoff ist dunkel! Das lenkt den Teufel wenigstens ein wenig ab.«

»Ich trau mich nicht«, flüsterte Galina ängstlich. »Kann ich nicht bei euch bleiben?«

»Nein. Du wirst so schnell wie möglich zu deinem Bruder gehen und ihm sagen … Ihr müsst beide aus Madame Laurents Haus verschwinden. Geht zu eurer Tante, und versteckt euch im Haus. Am besten nicht in euren Zimmern, sondern in dem eurer Tante. Schiebt die Kommode vor die Tür …«

Sprachlos sah Galina sie an. Das konnte sie unmöglich im Haus ihrer Tante machen! Sie würde einen Wutanfall bekommen!

»Aber Tante Serafina …«, fing sie an und wollte sagen, dass sie sehr viel Wert auf Ordnung legte.

»Eure Tante soll in die Villa gehen, den Spiegel bewachen und darauf achten, dass das goldene Auge ohne Unterlass auf den Spiegel gerichtet ist. Erinnert sie daran, dass eure Eltern …« Mrs Merlowski seufzte.

»Was ist mit meinen Eltern?«, fragte Galina ängstlich.

»Dass eure Eltern … Sagt ihr, es ist eingetreten, was wir immer befürchtet hatten.«

Galina öffnete den Mund und schloss ihn wieder.

»Und jetzt los, dort vorne ist der Spiegel …«

»Nein«, widersprach Galina energisch. »Ich werde nicht zurückgehen, solange ich nicht weiß, was mit meinen Eltern passiert ist und was sie mit alledem zu tun haben!«

»Aber das haben wir doch schon die ganze Zeit gesagt«, sagte Mrs Merlowski erstaunt.

»Was habt ihr gesagt?«, fragte Galina verständnislos.

»Dass sie gebannt sind«, sagte Mrs Merlowski.

»Gebannt?«, fragte Galina. »Aber ich dachte … die Spiegelspringer sind gebannt … M&M.«

Mrs Merlowski sah sie an, als wäre sie von allen guten Geistern verlassen. »Du musst doch wissen, wie deine Eltern heißen!«

»Natürlich weiß ich das«, antwortete Galina, und ein ungutes Gefühl machte sich in ihrem Magen breit. »Marusha und Mathaios.«

»Kindchen«, sagte Mrs Merlowski mit sanfter Stimme.

Jadis und Galina starrten sie mit offenem Mund an.

Für einen Moment wurde Galina schwarz vor Augen. Alles schien sich zu drehen, und ihre Beine gaben nach. Bilder flossen durch ihren Kopf. Da war der Moment, als Galina das Schlafzimmer ihrer Eltern betreten hatte. Ihre Mutter saß vor dem großen Frisierspiegel mit Goldrahmen und tauchte ihre Hand in das spiegelnde Glas.

Sie tauchte die Hand in das Glas, dachte Galina, *und dahinter tat sich ein langer Gang auf, ein Gang mit roten Teppichen. Links und rechts flackerten Kerzen, und ein dünner Windhund saß wie eine Statue auf einem der Teppiche. Er trug ein glitzerndes Halsband.*

Als ihre Mutter Galina hinter sich bemerkt hatte, zog sie hastig die Hand zurück, und der Spiegel hatte wieder ausgesehen wie ein gewöhnlicher Spiegel. Als Galina ihre Mutter gefragt hatte, was sie hier tat, hatte sie leichthin geantwortet: »Ich kämme mir die Haare, mein Schatz!«

Aber Galinas Mutter hatte keine Bürste in der Hand gehabt. Ihre Hand glänzte für einen Moment silbrig wie Quecksilber oder flüssiges Glas. Dann war der Augenblick vorbei gewesen, und Galina kletterte auf ihren Schoß, um eine Gutenachtgeschichte zu hören. Ihre Mutter verfügte über einen unendlichen Schatz an Gutenachtgeschichten.

Und dann diese dunkle Erinnerung, ganz weit hinten, Galina auf dem Arm ihrer Mutter, sie schmiegte sich an sie.

»Augen zu, Galina!«, flüsterte ihr die Mutter ins Ohr.

Sie hatte die Augen geschlossem, und im nächsten Moment, als sie sie wieder öffnete, war sie an einem anderen Ort. Die Sonne schien auf einen Bergsee. Ein Bernhardiner kam gemächlich auf sie zu und leckte über Galinas Zehen. Oben auf den grünen Berghängen sprangen Ziegen von Fels zu Fels.

»Das ist nur ein Traum«, hatte ihre Mutter gesagt. »Nur ein Traum, aber ich wollte ihn dir zeigen. Wie furchtbar schade wäre es, wenn du all das nicht sehen dürftest.«

Aber es war kein Traum gewesen. Nicht der Bergsee. Nicht die Wiesen. Nicht der große, gefleckte Hund.

»Manchmal muss man etwas riskieren, damit etwas Schönes geschehen kann«, hatte Galinas Mutter gesagt, und Galina war über die Wiese gelaufen, auf kurzen Beinchen, das Gras hatte ihre Fußsohlen gekitzelt. Sie war in der Spiegelwelt gewesen. Mit ihrer Mutter. Die eine Spiegelspringerin war. Eine sehr wichtige Spiegelspringerin.

Jemand rüttelte an Galinas Schulter.

»Das ist nur der Kreislauf«, sagte Mrs Merlowski. »Kinder in eurem Alter wachsen so schnell. Da kommt das Blut dann und wann nicht mehr bis zum Kopf.«

Galina riss die Augen auf. Sie sah in Mrs Merlowskis Gesicht, das sich besorgt über sie beugte. Lovec und Jadis sahen ihr über die Schulter.

»Alles klar?«, wollte Jadis wissen.

Galina nickte zögernd.

Mrs Merlowski drückte Galina ein altes Stück Lebkuchen in die Hand, das sie irgendwo in ihrem Cape gefunden hatte.

»Hier, iss das, dann geht es dir besser.«

Galina war froh, dass wenigstens Mrs Merlowski wieder etwas normaler war.

»Ich wusste es nicht!«, flüsterte Galina. Sie steckte sich den Lebkuchen in den Mund. Er schmeckte süß und klebrig und irgendwie wie Weihnachten und Halloween gleichzeitig.

»Na, kein Wunder eigentlich! Deinen Eltern war es strengstens untersagt, euch in die Spiegelwelt zu bringen«, sagte Mrs Merlowski. »Wir werden ganz schönen Ärger mit der Akademie bekommen, wenn sie es rausfinden.«

»Ich will mehr darüber wissen!«, sagte Galina energisch. »Wo sind meine Eltern gebannt?«

»Dazu ist jetzt keine Zeit!« Mrs Merlowski wich ihr aus, wollte nichts erzählen.

»Wie können wir sie retten?«, fragte Galina beharrlich.

»Mit dem Code, Schätzchen. Sobald du wohlbehalten wieder in deiner Welt bist. Da ist übrigens der Spiegel.« Sie deutete auf den Spiegel schräg gegenüber.

Er war ziemlich groß und oval, und irgendetwas schien in ihm zu flackern.

»Und wenn ich ganz woanders lande?«, fragte Galina ängstlich.

Lovec ließ neben ihr seine Fingerknöchel knacken, und Jadis verdrehte schon wieder die Augen. »Du wirst nirgends anders landen, ich kenne den Spiegel. Er ist sicher. Du gehst rein und plumpst in Madame Laurents Bett. Ich wäre fast auf sie draufgefallen, als ich ihn zuletzt benutzt habe!«, versicherte Jadis. Plötzlich legte sie einen Finger auf die Lippen.

Schritte näherten sich.

»Kein Wort!«, zischte Mrs Merlowski. »Das ist der Präzeptor! Der Lehrer des Prinzen!«

Galina beugte sich etwas nach vorne und sah einen dicken, kleinen Mann in einem riesigen, schweren Mantel den Gang hinunterkommen. Er humpelte, als hätte er sich Blasen gelaufen. Auf dem Kopf trug er eine Art Baskenmütze, die immer noch mit Schnee bedeckt war. Anscheinend war er durch den Wald zurückmarschiert, nachdem ihn sein Pony abgeworfen hatte.

Galina zog den Kopf schnell zurück.

Im selben Moment ging ein Brausen und Zischen durch den Raum. Es klang, als würde ein großer Schwarm Vögel auffliegen. Keine Sekunde später purzelten zwei Gestalten durch den ovalen Spiegel. Sie fielen beide auf die Knie und dummerweise genau vor die Füße des Präzeptors. Als sie sich aufrappelten, erkannte Galina, dass es Serafina und Domingo waren.

»Herrgott!«, brachte der Präzeptor hervor. »Ich glaube nicht, dass es gestattet ist, im Schloss aus Spiegeln zu fallen! Ich werde die Wachen verständigen müssen!«

Zu mehr kam er nicht, denn Lovec war aufgesprungen und verpasste ihm einen Schwinger. Der Präzeptor ging ohne einen weiteren Laut zu Boden.

»Was habe ich über das K.o.-Schlagen gesagt?«, fuhr Mrs Merlowski ihn ärgerlich an.

»Hatte ich vergessen!« Lovec rieb sich verlegen über den Bart. »Ganz hinten hat etwas geklingelt. Aber ich wusste nicht mehr, was es war!«

Man muss wissen, dass nicht jeder Spiegel gleichermaßen geeignet ist, um hindurchzulaufen. Es gibt die immerwährenden Spiegel. Durch die kann man hin- und zurückgehen, gerade wie es einem gefällt. Der Spiegel zum *Froschkönig* ist so einer. Man kann am frühen Morgen die Prinzessin besuchen und mit ihr ein Frühstück einnehmen, danach nach Hause gehen und seine Hausaufgaben erledigen und anschließend in aller Ruhe zu einem nachmittäglichen Spaziergang zum Froschkönig aufbrechen. Ein Lieblingsausflug von Galinas Mutter, den sie hin und wieder unternahm – auch wenn es strengstens verboten war, heimliche Ausflüge ohne genehmigten Auftrag zu machen. Im Märchenfilm von Aschenbrödel gibt es eine ganze Reihe von Spiegeln, die man zwar alle benutzen kann, aber nicht am selben Tag. Man kann in die eine Richtung gehen oder in die andere. Aber nicht hin und her. Die einen Spiegel findet man sehr leicht, denn sie sehen wie Spiegel aus, und sie hängen an der Wand, so wie es gemeinhin in unserer Welt üblich ist. Es gibt aber auch die Spiegel, die an einer bestimmten Stelle in der Luft schweben und so lange unsichtbar sind, bis der richtige Mensch vor sie tritt. Dazu braucht man aber jede Menge Erfahrung, denn man muss genau wissen, wo dieser Spiegel ist, da man ihn ja nicht sieht. Nur sehr erfahrene Spiegelspringer können sie benutzen!

Hätte Galina das alles gewusst, hätte sie vermutlich jetzt ein bisschen Angst bekommen. Aber sie wusste es nicht, und deswegen umarmte sie ihren Bruder mit Inbrunst, so froh war sie, dass sie ihn wieder in die Arme schließen konnte.

Die anderen standen nur stumm und starr da und sahen die beiden Neuangekommenen an, als wären sie Gespenster.

»Das war's dann wohl«, murmelte Jadis.

»Serafina!«, krächzte Mrs Merlowski. »Was hast du dir dabei gedacht?«

»Ich frage mich eher, was DU dir gedacht hast, als du Galina in die Spiegelwelt gebracht hast! Spinnst du jetzt total? Weißt du nicht, dass du damit alles in Gefahr bringst? Nicht nur Galina. Und nicht nur ihre Eltern. Sondern jede einzelne Geschichte!«, fuhr Serafina Mrs Merlowski an. »Ich wusste ja, dass du von allen guten Geistern verlassen bist! Aber dass es so schlimm ist, habe ich nicht geahnt!«

Wütend starrten sie einander an.

»Und wer ist denn schuld daran, dass ich von allen guten Geistern verlassen war?«, fragte Mrs Merlowski böse. »Fass dir da mal an die eigene Nase, meine Liebe! Ohne dich und

Lorelei wäre ich doch nie mit dem Teufel in Kontakt gekommen! Und sieh dir an, was du jetzt wieder angerichtet hast!«

Als Erstes blickten alle auf den Präzeptor, der am Boden lag. Dafür konnte Serafina ja nun nichts. Dann blickten sie alle gleichzeitig auf den Spiegel, und Galina hielt erschrocken den Atem an.

Normalerweise spiegelt man sich in einem Spiegel, aber dieser sah aus, als sähe man durch eine beschlagene Scheibe in tiefschwarze Nacht.

»Was ist passiert?«, flüsterte Galina.

»Hier können wir erst in vierundzwanzig Stunden wieder hindurch«, erläuterte Mrs Merlowski.

»Heißt das, du bist wieder normal?«, fragte Serafina und verschränkte die Arme vor der Brust.

»Was heißt schon normal?«, fragte Mrs Merlowski.

Da näherten sich erneut klirrende Schritte, und in größter Hektik floh die kleine Truppe in das nächste Zimmer. Sie versteckten sich hinter zwei großen Chaiselongues aus glänzendem gestreiften Stoff. Mit klopfendem Herzen presste Galina die Augen zu, als könnte sie damit verhindern, entdeckt zu werden.

»Herr Präzeptor!«, hörten sie eine weibliche Stimme erstaunt rufen.

»Frau Königin! Verzeihen Sie mein unmögliches Benehmen!«, ächzte die Stimme des Präzeptors. »Ich muss mir den Kopf angeschlagen haben!«

»Was ist geschehen?«

»Ich weiß es nicht«, hörte man die verwirrte Stimme des Präzeptors. »Ich habe zwei Personen ertappt. Die unberechtigterweise …«

»Unberechtigterweise?«, fragte die Königin erstaunt.

»Sie haben sich nicht an die königlichen Regeln gehalten«, berichtete er und schien höchst ratlos zu sein, welche der königlichen Regeln nicht eingehalten worden waren.

»Herr Präzeptor kennt aber auch mehr königliche Regeln als selbst der König«, sagte eine männliche Stimme etwas scherzhaft.

»Ja, Herr König. Oder, nein, Herr König!«, verbesserte sich der Präzeptor mit Verzweiflung in der Stimme.

»Waren es denn Gäste?«

»Gäste!«, sagte der Präzeptor erleichtert. »Es müssen Gäste gewesen sein. Sie sind hereingekommen …«

»Und wurden nicht von den Wachen aufgehalten?«, fragte der König erstaunt.

»Nein. Sie hatten sich schließlich nicht an die Regeln gehalten!«

»Aha«, seufzte die Königin. »Nun Schluss mit dem Disput, stehe er schon auf! Schließlich erwarten wir Gäste, und er sieht furchtbar aus. So, als wäre er stundenlang durch den Wald gestapft!«

»So kann er sich unmöglich unter die Gäste mischen«, stimmte der König zu, und man hörte ein Ächzen draußen, als würde ein schwerer Mann aufstehen.

»Was machen wir jetzt?«, fragte Serafina, als es vor der Tür wieder still geworden war.

»Das fragst du mich?«, wollte Mrs Merlowski wissen. »Was war denn dein Plan?«

»Ich wollte Galina zurückholen«, flüsterte Serafina. »Wir müssen einen funktionierenden Spiegel suchen und dieses Märchen verlassen so schnell es geht. Wo also ist der nächste Spiegel?«, fragte sie, und zum ersten Mal in ihrem Leben hörte Galina Zaghaftigkeit in ihrer Stimme. »Lovec?«

Galina sah zu Lovec hinüber, der sich an die Rückwand des Sofas gelehnt hatte und mit stillem Lächeln die Augen geschlossen hielt.

»Oh, keine Ahnung«, gab er vergnügt zurück.

»Jadis«, drängte Mrs Merlowski.

»Ich weiß nicht«, flüsterte Jadis. »Das hatten wir noch nicht. Ich darf hier eigentlich auch gar nicht sein. Ich muss nicht wissen, wie ich hier wieder wegkomme. Sonst habe ich immer den Spiegel zu Madame Laurents Schlafzimmer benutzt ...«

Keiner sagte mehr etwas.

»Es muss doch noch mehr Spiegel im Schloss geben«, sagte Mrs Merlowski schließlich. »Ich weiß nur nicht, wo man landet, wenn man durch sie hindurchtritt. Ich weiß auch nicht, ob durch jeden Spiegel gleich zwei Spiegelspringer und eine Tante hindurchgehen können«, fügte sie etwas bissig hinzu.

»Apropos zwei Spiegelspringer«, sagte Tante Serafina. »Domingo? Domingo, wo bist du?«

Zwillinge sind etwas Besonderes, hatte Galinas Mutter immer gesagt.

»Aber wir sind nicht gleich«, hatte Domingo gemault. »Galina ist langweilig. Ich hätte lieber einen Bruder.«

»Ihr ergänzt euch«, hatte Galinas Mutter damals erklärt. »Der eine ist der Tag und der andere die Nacht, der eine ist der Mond, der andere wie die Sterne.«

Sie waren danach beide in den Garten gelaufen, und Domingo hatte sie die ganze Zeit gehänselt. »Du bist die Langweilerin, und ich bin der Held.«

»Du bist der Chaot, der ständig Aufregung braucht, und ich die Kluge, die immer alles weiß!«, hatte Galina gegengehalten. Domingo konnte keine Sekunde still sitzen, Nichtstun war eine Strafe. Einfach nicht möglich für ihn.

Dass er jetzt verschwunden war, war deswegen eigentlich keine Überraschung.

»Domingo?«, zischte Mrs Merlowski. »Wo bist du?«

»Der ist schon längst nicht mehr bei uns«, sagte Lovec zufrieden.

»Was heißt hier längst?«, fragte Mrs Merlowski. Sie krabbelte gerade auf allen vieren hinter dem Sofa hervor in Richtung Tür.

»Er ist nicht mit uns in dieses Zimmer gelaufen«, erklärte Lovec.

»Wieso hast du ihn nicht mitgenommen?«, fauchte Serafina ihn an.

»Er ist ja schon viel früher verschwunden. Als wir noch im Gang draußen herumstanden«, erzählte Lovec und holte aus einem Lederbeutel ein Stück Trockenfleisch heraus. Eine Weile hörte man nur, wie er auf dem zähen Stück Fleisch herumkaute.

Galina fühlte sich kraftlos und verzweifelt. Was hatte sich Domingo dabei nur gedacht! War ihm nicht klar, dass er sein und ihr Leben aufs Spiel setzte?

Und das Leben ihrer Eltern!

Chroniken der Spiegelwelt

Ein Spiegelspringer betritt einen Raum, ein Haus, eine Stadt oder sogar eine Welt so gut wie nie durch eine Tür. Eine normale Tür zu öffnen langweilt ihn und kratzt an seinem Ehrgefühl. Ein Spiegelspringer ist dazu gemacht, durch Spiegel zu gehen. Neue Wege zu entdecken, Irrgärten zu entwirren. Es gibt so viele Möglichkeiten, von hier nach dort zu kommen. Und dann ist es plötzlich unmöglich, weil ein Spiegel nur auf dem Hinweg, aber nicht auf dem Rückweg zu benutzen ist. Oder ein Spiegel ist unsichtbar für normale Menschen. Er schwebt zwischen den Bäumen hinter deinem Garten, dort neben der großen Tanne, und wenn du es wüsstest, könntest du von dort direkt in den Stall von Black Beauty hüpfen und würdest neben dem großen schwarzen Hengst ins Stroh plumpsen.

Aber du weißt es nicht.

Spiegelspringer werden in der Kunst unterrichtet, Spiegel zu erkennen, zu finden und richtig zu benutzen. Ein gut ausgebildeter Spiegelspringer hat eine unsichtbare Landkarte im Kopf, so als hättest du den Plan der Londoner U-Bahn auswendig gelernt. Nur, dass es viel, viel mehr Stationen gibt. Ein normaler Spiegelspringer hat sein Leben lang damit zu tun, sich diese Stationen einzuprägen. Ein normaler Spiegelspringer. Ja.

Und dann gab es Lorelei Laurent.

Sie hatte dieses Wissen im Kopf. Einfach so. Sie musste nichts über die Spiegel lernen, denn sie wusste es einfach.

Sie wusste es. Nur warum, das wusste sie nicht.

Als sie hinter Meister Wu durch den Spiegel in die Villa schlüpfte, hatte sie schon alles Wissen in sich, das sich ein normaler Spiegelspringer mühsam erarbeiten musste.

In den ersten Tagen in Meister Wus Villa passierte nicht viel. Der Gehörnte hatte ihn schlimmer verletzt, als er es zugeben wollte. Meister Wu bewachte die Spiegel, saß dabei in einem alten Lehnsessel und presste sich die Hand auf die Wunde. Lorelei machte sich große Sorgen um ihn, aber jedes Mal, wenn sie ihn darauf ansprechen wollte, winkte er ab. Der Schimpanse Charly brachte ihm starken schwarzen Tee mit Rum, und Lorelei wurde in die Bibliothek geschickt, um die Geschichte der Spiegelspringer zu studieren. Es gab unglaublich viele Bücher über Spiegelspringer in dieser Bibliothek. Lorelei war schon vorher dort gewesen, hatte sich aber nicht getraut, in den Büchern zu lesen. Jetzt, da es ihr erlaubt war, kletterte sie auf den verschiebbaren Leitern umher, zog hier und da ein Buch heraus und kehrte dann mit ganzen Stapeln von Büchern zu dem großen Schreibtisch zurück, der in der Mitte des Raumes stand.

Eines Tages hörte sie laute Stimmen, die von draußen hereindrangen. Es waren Mädchenstimmen. Und sie schienen sich aufs Heftigste zu streiten.

Lorelei trat neugierig ans Fenster. Von hier aus konnte sie in zwei Gärten blicken. Sie grenzten unmittelbar an den Garten der Villa und waren nur etwas von den Zweigen der Essigbäume verdeckt.

In diesen Gärten, jeweils am Zaun, standen zwei Mädchen in Loreleis Alter und stritten.

Sie hatten beide die Arme in die Seiten gestemmt. Das eine Mädchen hatte rotes, lockiges Haar und Sommersprossen. Genauso lockig wie Loreleis Haar, und auch die Sommersprossen waren sehr ähnlich. Das andere Mädchen hatte einen langen dunkelbraunen Zopf.

Lorelei öffnete das Fenster und lehnte sich hinaus. »Hallo!«, rief sie hinüber, und die zwei Mädchen zuckten wie ertappt zusammen. »Ich heiße Lorelei Laurent, und ich wohne jetzt hier!«

Einen Moment starrten die beiden sprachlos zu ihr hinauf.

»Maja Merlowski«, sagte schließlich das Mädchen mit dem langen Zopf.

»Serafina Willow«, sagte das Mädchen mit den roten Locken.

7

»Das ist eine Katastrophe!«, sagte Tante Serafina.

Galina starrte ihre Tante ängstlich an. »Ich wusste nicht, dass wir nicht in die Spiegel gehen dürfen«, versuchte sie sich herauszureden.

»Galina«, herrschte Serafina sie an. »Das ist doch selbstverständlich. Oder hast du schon mal gehört, dass es irgendwo erlaubt ist, durch Spiegel zu gehen?«

»Nein«, erwiderte Galina kleinlaut. »Natürlich nicht.«

Serafina erhob sich und ging zum Fenster hinüber. Lovec kramte nach einem weiteren Stück Trockenfleisch.

»Aber warum hast du Domingo mitgebracht?«, wollte Galina wissen.

»Weil sie alleine nicht springen kann«, sagte Mrs Merlowski spitz. »Deine Tante ist eine Spiegelspringerin, die nicht springen kann.« Sie senkte die Stimme und ergänzte leise: »Vermutlich ein genetischer Defekt.«

»Ich kann dich sehr gut hören, Maja!«, fuhr Serafina sie an.

»Ist doch so! Niemand weiß, warum du nicht alleine

springen kannst, obwohl du das Kind einer Spiegelspringerin bist. Vielleicht ist es genetisch, vielleicht auch nicht! Wer weiß!«, polterte Mrs Merlowski.

»Das ist jetzt so etwas von unfair, darauf herumzuhacken«, entgegnete Serafina wütend. »Du lässt keine Gelegenheit aus, mir diesen Punkt unter die Nase zu reiben. Dabei kannst du selbst auch nicht springen.«

Galina hatte ihre Tante noch nie so wütend gesehen.

»Ich bin ja auch keine Spiegelspringerin«, sagte Mrs Merlowski schulterzuckend. »Logisch, dass ich nicht alleine springen kann.« Sie tätschelte Galina die Schulter. »Weißt du, früher, da hat uns Lorelei häufiger mit in die Spiegel genommen. Das waren noch Zeiten! Bis wir eines Tages auf einem dieser Ausflüge auf den Gehörnten getroffen sind und ich mich an nichts mehr erinnern konnte. Und diese schreckliche Frisur auf dem Kopf hatte.« Sie tastete nach ihrem krausen Haar.

»Das ist deine größte Sorge!«, blaffte Serafina. »Deine Frisur!«

»Du musst ja nicht damit herumlaufen«, sagte Mrs Merlowski beleidigt. »Seit diesem Kampf kräuselt sich mein Haar wie Stahlwolle.«

»Streitsüchtiges Weibsvolk«, bemerkte Lovec.

»Leute!« Jadis war neben Tante Serafina ans Fenster getreten. »Da läuft ein Pudel auf das Schloss zu. Seht doch, da drüben!«

Serafina nahm Galina so fest an die Hand, dass deren Finger schmerzten.

Der Teufel war auf dem Weg ins Schloss! Die schneebedeckten Wiesen vor dem Palast leuchteten gespenstisch hell im Mondlicht, und der Pudel wirkte klein und verloren, während er sich mit großen Sprüngen der breiten Zufahrt näherte.

»Wir sind verloren«, murmelte Jadis. »Wir haben es verkackt!«

»Pscht«, sagte Mrs Merlowski und nahm Galinas andere Hand. Diese kam sich plötzlich klein, verloren und schutzbedürftig vor, so wie sie jetzt von den beiden älteren Damen eingekesselt war.

»Ich habe es versprochen«, murmelte Serafina. »Ich habe versprochen, dass ich auf die beiden aufpassen werde, besser als auf mein eigenes Leben …«

Galina sah sie erschrocken an. Solche Dinge sagte ihre Tante sonst nie!

»Als Erstes Domingo. Den müssen wir jetzt suchen«, erklärte Serafina mit einer Stimme, als müsste sie sich selbst Mut zusprechen.

»Du versteckst dich inzwischen«, sagte Mrs Merlowski zu Galina.

»Nein, sie wird sich nicht verstecken«, unterbrach Serafina sie. »Sie muss mit uns gehen. Sobald wir Domingo haben und einen passenden Spiegel, können wir sie gemeinsam zurückschicken!«

»Wir können doch so nicht durchs Schloss laufen«, wandte Mrs Merlowski ein. »Sieh uns doch an!«

Ein dumpfer Schlag gegen die Fensterscheibe ließ sie alle zusammenzucken.

»Rosalie!«, stieß Mrs Merlowski hervor, während sie zum Fenster eilte und es öffnete.

Die Eule taumelte herein und fiel mit einem dumpfen Laut auf den Fußboden.

»Hast du dich verletzt?«

»Ich dachte, ihr macht mir auf«, sagte Rosalie und schüttelte verlegen ihre Federn. »Konnte ja keiner ahnen, dass ihr mich ignoriert! Ich bin so schnell geflogen, dass ich dachte, ihr müsstet mitbekommen, in welcher Eile ich bin!« Sie schnappte nach Luft. »Habt ihr denn nicht den Teufel gesehen? Er ist um das Schloss herumgerannt …«

»Doch, haben wir«, unterbrach Serafina sie.

Die Eule flatterte auf die Schulter von Mrs Merlowski und sah Serafina mit schief gelegtem Kopf an. »Dich kenne ich irgendwoher. Ich weiß nur nicht, woher.«

»Wie auch immer. Wir müssen Domingo finden!«, unterbrach Serafina sie.

»Ich kenne dich«, murmelte die Eule. »Wenn ich nur wüsste …« Sie atmete tief durch. »Ich habe Erinnerungslücken«, sagte Rosalie dann sehr ernst. »Aber seit ich mit dem Kopf gegen das Fenster geknallt bin, fühle ich mich irgendwie besser!«

»Und passende Kleider«, unterbrach Mrs Merlowski Rosalie. »Das ist das Wichtigste! Ohne passende Kleider können wir doch jetzt vor dem Ball nicht durch das Schloss laufen!«

»Dabei kann ich euch helfen«, erklärte Rosalie begeistert. »Ich bin Kleiderexpertin. Seit Jahren mache ich nichts anderes! Folgt mir!«

Rosalie war bestimmt Kleiderexpertin. Was sie aber noch besser beherrschte, als Kleidung auszuwählen, war, sich bei den vielen Gängen und Türen des Schlosses für den richtigen Gang und die richtige Tür zu entscheiden.

»Ihr müsst euch nur beeilen«, erklärte sie. »Denn die ersten Kutschen sind bereits eingetroffen! Ihr werdet bald die wichtigsten Persönlichkeiten des Königreiches mit ihren Töchtern kennenlernen …«

»Ja, ja«, murrte Lovec und winkte ab. »Immer dasselbe.«

Rosalie warf ihm einen strafenden Blick zu. »Aschenbrödel lässt gerade ihre Linsen und Erbsen von den Tauben sortieren. Und ihre Stiefschwester sitzt mit der Stiefmutter in der Kutsche. Und jetzt hier rein, das ist das Ankleidezimmer der Zofen … Bald geht Aschenbrödel in die Scheune.«

Rosalie blinzelte und schien Tränen in den Augen zu haben. Vielleicht hatte sie aber auch häufig Tränen in den Augen. »Und sie wird sagen: Vater hat oft gesagt, dass ich auf Nikolaus zu meinem ersten Tanzball reiten werde, wie ein Husar. Und Mutter hat versprochen, mir ein rosa Tanzkleid zu nähen, dazu einen Mantel und rosa Schuhe.« Wieder blinzelte Rosalie und sagte schließlich: »Keine Ahnung, woher ich das weiß. Ich hoffe, sie nimmt ein schönes Kleid. Sie liegen alle auf einem Haufen, die wunderbaren Kleider. Wer die da wohl hingeworfen hat?«

Serafina warf Mrs Merlowski einen bösen Blick zu.

»Da, sucht euch was aus!«, forderte Rosalie sie auf und flatterte auf das Fensterbrett.

Mrs Merlowski öffnete alle Türen der riesigen Schränke. Sprachlos stand Galina vor der riesigen Auswahl an Kleidern und Handschuhen und Schuhen, die aus den offenen Schränken quollen.

»Nimm das Grüne«, sagte Serafina und hielt ihr ein grünes Kleid mit einer silbernen Schleppe unter das Kinn.

»Und macht vor allen Dingen schnell!«, empfahl Rosalie. Sie sah aus dem Fenster. »Es fahren immer mehr Gäste vor!«

»Wo ist der Teufel?«, fragte Serafina besorgt.

»Ich sehe ihn nicht mehr«, sagte Rosalie. »Aber aus der Kutsche steigt gerade Gräfin Stauff. Sie hat ihre Tochter Imme dabei.«

»Ich nehme das mit der Spitze«, sagte Mrs Merlowski. »Ich habe mir schon immer gewünscht, mal ein Kleid mit solchen Spitzen zu tragen. Es ist wunderschön. Und noch den Hut dazu.«

Galina schlüpfte aus ihren nassen Stiefeln und zog ihren Pullover aus. Energisch half ihr Tante Serafina in das Kleid.

»Und nun steigt aus der nächsten Kutsche … Baronin von Eck, und … Himmel, sie hat sogar drei von ihren sieben Töchtern dabei! Sieben Töchter, schrecklich, die alle unter die Haube zu bringen.«

Mrs Merlowski hatte sich in das etwas zu enge Spitzenkleid gequetscht und strahlte. »Nun, Serafina, nimm das purpurfarbene. Das sieht aus, als würdest du hineinpassen!«

»Und seine Hoheit, der ehrwürdige Fürst Maunz. Und Tochter Minka!«

Galina musste lachen. Zu sehr klang es nach einer Katze und nicht nach einer Frau!

»Selbst von Forstenstein ist da mit ihren Töchtern Luisa und Lulu. Die jüngere ist mindestens dreißig, wenn sie nicht bald einen Ehegatten erwischt, dann kann sie sich gleich …«

»Pscht«, zischte Serafina. »Wir müssen uns auf das konzentrieren, was vor uns liegt! Wir müssen Domingo finden, bevor es der Teufel tut!«

Als niemand hinsah, schlüpfte Galina schnell wieder in ihre Stiefel. Diese golddurchwirkten Samtpantöffelchen waren nichts, da konnte sie auf keinen Fall ordentlich drin laufen! »Nimm doch lieber die roten Samtschuhe und das golddurchwirkte Kleid!«, flüsterte Mrs Merlowski Serafina zu. »In dem anderen siehst du aus wie ein Walfisch kurz vor dem Stranden …«

Ärgerlich packte Serafina einen Kranz mit durchsichtigem Schleier, den sie sich vors Gesicht hielt. »So dürfte man uns nicht erkennen. Selbst der Teufel sollte damit Schwierigkeiten haben!« Sie reichte Galina ebenfalls einen solchen Schleier. »Das vor die Augen! Und mach den Mund nicht auf, sonst weiß man sofort, dass du nicht hierhergehörst!«

»Und bleib hinter uns«, befahl Mrs Merlowski. »Nichts ist schlimmer, als wenn das junge Gemüse voranstürmt, obwohl es keine Ahnung hat, worauf es achten soll! Wir fangen mit dem Obergeschoss an …«

»Und worauf sollen wir achten?«, fragte Serafina.

»Na, ich dachte, das weißt du«, erwiderte Mrs Merlowski.

Die Flügeltüren zum Ballsaal waren weit geöffnet, die Sprossenfenster hell erleuchtet. Große Kerzenleuchter waren aufgestellt worden. Zwischen den Wachen mit Gesichtshelmen, die steif vor den Wänden standen und geradeaus blickten, schlenderten wunderschön gekleidete Männer und Frauen umher. Die Frauen in üppigen Kleidern, die Haare aufgetürmt, gekringelte Locken bis zur Hüfte oder mit Perlen geschmückte Flechtfrisuren. Galina kam sich vor, als wäre sie mitten in einem alten Film gelandet, und hatte das Bedürfnis, irgendjemanden anzufassen. Allein das knisternde und raschelnde Kleid, das sie trug, schien aus einer fernen Welt zu sein. Ein dezenter Geruch nach Rosen und Puder stieg aus ihm empor und machte sie ein klein wenig schwindelig. Diener liefen eiligen Schrittes herum, riesige Platten vor sich hertragend, auf denen die Speisen dekoriert lagen: mächtige Fische, große Schweineköpfe, Trauben und riesige Schalen mit aufgetürmten Klößen. Dazwischen trugen andere Bedienstete glitzernde Kelche mit dunklem Wein und hellem Perlwein.

»Es macht keinen Sinn, sich unter die Ballgesellschaft zu mischen«, erklärte Serafina ruppig und nahm Galinas Hand sehr fest in die ihre. »Ich kenne meinen Neffen, er wird damit beschäftigt sein, irgendetwas Verbotenes zu tun! Und das wird er vermutlich eher in den privaten Räumen machen, wo sich gerade niemand aufhält!«

Galina bekam den Mund vor lauter Staunen nicht mehr zu. »Du weißt davon?«, fragte sie ihre Tante fassungslos.

Serafina seufzte nur. »Ich vermute, er ist irgendwo in den privaten Räumlichkeiten und sucht nach etwas, das er unbemerkt mit nach Hause nehmen kann«, sagte sie.

»Du kennst seine Sammlung?«, hakte Galina nach.

»Ich weiß alles!«

Das hatte Galina schon befürchtet. Ihre Tante war eine kluge Frau. Sie wollte gar nicht daran denken, welchen Ärger Domingo bekommen würde, wenn sie ihn fanden.

»Also suchen wir ihn in den Schlafgemächern?«, fragte Mrs Merlowski.

Serafina nickte. »Kommt. Ich war schon Jahre nicht mehr hier, aber soweit ich mich erinnere, müssen wir hinauf in den dritten Stock!«

Aus dem Ballsaal drang nun Tanzmusik, der Ball hatte begonnen. Galina bedauerte, dass sie nicht noch einen Blick hineinwerfen konnte.

»Mach dir nichts draus«, flüsterte Jadis, als hätte sie ihre Gedanken erraten. »Tanzen ist eine abscheulich langweilige Sache. Eigentlich mehr abscheulich als langweilig!«

Eilig liefen die Mädchen Serafina und Mrs Merlowski hinterher, die sich gut im Schloss auszukennen schienen. Sie erreichten bald eine kleine Tür, die Serafina aufstieß.

»Dienstbotentreppe!«, erklärte Mrs Merlowski. Sie mussten sich bücken, als sie hindurchtraten. »Über diese Treppe gelangen die Dienstmädchen zu den Schlafgemächern.«

Eine schmale Holzstiege wand sich nach oben. Hintereinander stiegen sie empor. Alle paar Meter brannte eine einsame Kerze, und nach etwa dreißig Stufen konnte man durch ein schmales Fenster nach draußen blicken.

»Sieh nur!«, sagte Galina zu Jadis.

Von hier oben konnte man über die Schneefläche bis zum Wald hinübersehen. Der Mond ließ den Schnee glitzern, und eben in diesem Moment sprengte ein Schimmel über die unberührte Fläche. Es war Nikolaus, und auf seinem Rücken saß Aschenbrödel. Ihr Umhang blähte sich im Wind.

Galina seufzte. Der Anblick wirkte selbst aus dieser großen Entfernung wunderschön! Wie wunderbar es wäre, Aschenbrödel ganz nah zu sein. Aber sie hatten Wichtigeres zu tun! Ein Frösteln erfasste sie. Hier wurde, obwohl sie im Gebäude waren, nicht geheizt und dementsprechend eiskalt!

»Weiter, weiter!«, drängte Mrs Merlowski und öffnete eine Tür am Treppenabsatz.

Erschrocken quietschte Galina auf, als sie plötzlich vor einem großen, finsteren Ritter standen.

»Das ist doch nur eine Rüstung!«, seufzte Mrs Merlowski. »Und jetzt rein hier!«

Endlich waren sie wieder in einem angenehm geheizten Zimmer. Eine rot und cremefarben gestreifte Chaiselongue stand mitten im Raum. In dem Kamin an der Wand flackerte munter ein Feuerchen und knisterte gemütlich, direkt davor lagen zwei große Bärenfelle. Dort hatten die Hunde des Königs geschlafen, die nun aufgesprungen waren. Erschrocken hielt Galina inne, besonders weil Rosalie zeternd auf der Ritterrüstung landete. Die Rüstung wackelte und quietschte, als wäre sie lebendig geworden.

»Die sind doch hoffentlich zahm?«, fragte Galina nervös.

»Afghanen sind niemals zahm«, erklärte Rosalie und stieß ein zischendes Geräusch aus. »Sie sind hochgradig exzentrisch und haben Standesdünkel.«

»Standesdünkel?«, wiederholte Galina erstaunt. »Was ist das?«

»Sie meinen, sie wären etwas Besseres.« Rosalie senkte die Stimme. »Und ich bin mir nicht sicher, ob sie überhaupt etwas in der Birne haben, wenn ich sie mir jetzt so ansehe. Der letzte Afghane, den ich gesehen habe, hat so lange auf einem Bärenfell gelegen, bis man ihn zusammen mit dem Fell weggeworfen hat.«

»Ehrlich?«, fragte Galina.

»Nein. Das habe ich gerade erfunden«, gab Rosalie zu

und wackelte auf der Rüstung herum, dass es schon wieder sehr laut quietschte.

Die langhaarigen Hunde sahen hauptsächlich verwirrt aus. Mit ihrem cremefarbenen Fell, das sehr gepflegt wirkte, schienen sie direkt einem alten Gemälde entsprungen zu sein.

Der kleinere Hund starrte Galina eine Weile an, dann japste er plötzlich, als hätte er etwas Tolles entdeckt, und kam auf die Besucher zugestürmt.

»Na, na, na«, sagte Serafina und wehrte den Hund ab. Erschrocken versteckte sich Galina hinter ihrer Tante, denn der Hund schien hauptsächlich daran interessiert zu sein, zu ihr zu gelangen. Er bellte unterdrückt und schob sich an Serafina vorbei, um dann Galina die Hände abzuschlecken.

»Die tun nichts!«, behauptete Mrs Merlowski. »Hab noch nie von einem Unfall mit einem Afghanen gehört!«

Rosalie flatterte aufgeregt im Raum herum und gab aus der Luft Anweisungen: »Versteck die Hände hinter dem Rücken, Galina! Von der Spucke kannst du Ausschlag kriegen.«

»Unsinn«, widersprach Mrs Merlowski.

»Ein eigenartiges Verhalten«, bemerkte Serafina, denn auch der zweite Hund war zu Galina gestürmt und fiepte.

»Siehst du irgendwo deinen Neffen?«, fragte Mrs Merlowski und drehte sich im Kreis.

Vorsichtig streichelte Galina das seidige Fell der Hunde. Sie schien eine betörende Wirkung auf die beiden zu haben!

Sie wollten einfach nicht weggehen, obwohl sie überhaupt nichts dabeihatte, mit dem sie die Hunde hätte anlocken können.

»Oh, seht doch nur!«, rief Galina. »Der kleinere Hund trägt ein Halsband, das wie Mamas Kette aussieht!«

»Ja, ja«, sagte Serafina und blieb vor der nächsten Tür stehen. Sie horchte daran. Als sie nichts hörte, öffnete sie die Tür und sah hinein. Dort drin war es stockfinster und kalt.

»Domingo?«, rief sie verhalten, aber es kam keine Antwort. Stattdessen schienen die beiden Afghanen komplett durchzudrehen, sie wandten sich von Galina ab und rannten aufgeregt in den Raum hinein. Mit riesigen Sätzen sprangen sie durch das dunkle Zimmer, eine Weile hörte man sie nur japsen und schnüffeln, dann waren sie schon wieder bei Galina und stupsten sie an.

»Ich wollte nie einen Hund haben«, sagte Serafina. »Genau aus diesem Grund. Sie haben ein Verhalten, das kein Mensch verstehen kann.«

»Sie wollen mir etwas sagen«, flüsterte Galina. »Ich bin mir sicher, dass sie mir etwas sagen wollen!«

»Afghanen wollen nie etwas sagen. Sie denken nur daran, wann ihnen wieder das Fell gebürstet wird«, behauptete Rosalie, die sich vor Hunden fürchtete, das aber niemals zugegeben hätte.

Galina ließ ihre Hand über die Kette gleiten, die der kleinere Afghane um den Hals trug. Sie war silbern und sah wirklich genauso aus wie die Kette, die ihre Mutter immer trug. »Mein Klunkerschatz«, hatte sie gerne dazu gesagt. »Jeder Anhänger hat seine Bedeutung, und zusammen bringen sie mir Glück.«

»Was ist das?«, hatte Galina sie immer gefragt und auf die silberne Eule gedeutet.

»Das ist Rosalie. Sie ist die klügste Eule unter der Märchensonne.«

»Und diese Schneeflocke?«

»Das ist der Winter, der sich auf das Grab von Aschenbrödels Mutter gelegt hat.«

Unter dem Fell verborgen war ein kleines Medaillon, genauso eines, wie es auch an der Kette ihrer Mutter hing!

Aufgeregt griff sie danach und versuchte es aufzubekommen. Der Afghane war plötzlich unglaublich ruhig, seine grauen Augen waren ganz fest auf Galinas Gesicht gerichtet. »Das Medaillon …«, flüsterte Galina, und als sie es aufgeklappt hatte, keuchte sie erschrocken auf. Denn in dem Medaillon war ein Bild von Galina und Domingo. Sie hatten zusammen in die Kamera geblickt, die Arme umeinander gelegt und gelächelt. Direkt danach hatte ihr Domingo eine Kopfnuss gegeben, und Galina hatte ihn an den Haaren gezogen, daran konnte sie sich gut erinnern.

»Sie sieht nicht nur wie Mutters Kette aus! Es ist Mutters Kette!«, rief sie aufgeregt.

»Pscht!«, stießen Mrs Merlowski und Serafina erschrocken hervor.

Dann beugten sich alle über das Medaillon. Die Hunde

waren plötzlich ganz ruhig und überhaupt nicht mehr aufdringlich.

»Oh meine Güte! Marusha und Mathaios!«, ächzte Serafina. »Wie konnte er nur, dieser Satansbraten! Euch in zwei Afghanen bannen!«

»Das ist das Schrecklichste, was einem passieren kann!«, behauptete Rosalie und flatterte wieder auf die quietschende Rüstung. »Schlimmer, als in einen Afghanen gebannt zu werden, ist nur die Taubengestalt. Das überlebt man nicht. Danach gurrt man sein Leben lang und will sich nur von Erbsen ernähren …«

»Pscht!«, zischte Serafina. »Keine Panik. Immerhin haben wir euch gefunden, was Besseres konnte uns nicht passieren!«

Galinas Mutter fiepte ein klein wenig.

»Wir entbannen euch jetzt, und dann werden wir Domingo finden und von hier verschwinden!«, entschied Serafina.

Erleichtert sank Galina auf die wunderschöne Chaiselongue. Das Kleid kam ihr plötzlich unglaublich schwer vor. Sobald sie saß, fiel die Anspannung von ihr ab. Alles würde gut werden! Gleich würden ihre Eltern entbannt sein und vor ihr stehen, ihre Mutter würde sie in die Arme schließen. Wenn man in der Umarmung seiner Mutter war, dann war alles in Ordnung, dann konnte einem nichts Schlimmes mehr passieren.

»Nun, tu dein Werk!«, befahl Serafina und nickte Mrs Merlowski zu.

Diese krempelte den Ärmel hoch und sah auf die Innenseite ihres Unterarms. Für ein paar Sekunden sagte sie gar nichts.

»Was ist los, worauf wartest du?«, fragte Serafina nervös. »Mach schon!«

»Ich …« Mrs Merlowski schluckte schwer. »Ich habe geschwitzt.«

»Ja, und?«

»Das passiert mir immer. Wenn ich aufgeregt bin«, ächzte Mrs Merlowski.

»Ja, ja«, sagte Serafina ärgerlich. »Das interessiert uns nicht.«

»Aber … der Code …«

»Was ist mit dem Code?«

»Der Code ist verschmiert!«, jammerte sie. »Ich kann sie nicht entbannen!«

»Herrgott, Maja!« Serafina sah Maja so vernichtend an, dass selbst Jadis und Galina den Kopf einzogen.

Rosalie verkrümelte sich auf den Kronleuchter, der in der Mitte des Raumes hing.

»Es ist doch immer das Gleiche mit dir!«, zischte Serafina. »Immer im entscheidenden Moment …«

»Immer?«, entgegnete Mrs Merlowski spitz.

»Immer schwitzt du im entscheidenden Moment. Oder du vergisst etwas. Oder du verplapperst dich. Oder du passt nicht richtig auf.«

Galina bekam Mitleid mit Mrs Merlowski, weil sie so

ausgeschimpft wurde. »Vielleicht kann ich etwas entziffern!«, sagte sie hilfsbereit.

Mrs Merlowski streckte Galina ihren Arm hin. Doch auch Galina konnte die verschmierten Zahlen und Buchstaben nicht mehr lesen.

»Und was nun?«, fragte Galina. »Was bedeutet das jetzt?«

»Es bedeutet, dass wir sie nicht entbannen können«, gab Mrs Merlowski dumpf zur Antwort.

»Nie wieder?«, fragte Galina entsetzt.

Serafina und Mrs Merlowski warfen sich einen kurzen Blick zu.

»Ihr wollt mir sagen, dass meine Eltern ab heute Windhunde sind? Für immer?«

»Es gibt nur einen Code, und wenn der Code … verloren geht …« Mrs Merlowski brach ab und wischte sich über die Stirn, auf der schon wieder Schweißperlen standen. »Es ist alles nur wegen dieses Kleides! In diesen Kleidern schwitzt man wie verrückt! Die armen Frauen, die ihr ganzes Leben in solchen Kleidern steckten …«

Serafina hob genervt die Hand, und Mrs Merlowski verstummte. »Nur noch der Gehörnte selbst kann deinen Eltern das Halsband abnehmen und sie damit entbannen«, sagte Serafina.

Galinas Herz zog sich zusammen. Ein schwaches Donnern, als würde das Schloss in seinen Grundfesten erzittern, ließ alle zusammenzucken. Putz fiel von den Wänden. Die Windhunde winselten, Rosalie stieß im Sturzflug vom

Kronleuchter und schlüpfte unter die gestreifte Chaiselongue.

»Der Gehörnte!«, wisperte Jadis. »Er verwandelt sich!«

Im selben Moment verlosch der Kronleuchter, das Feuer im Kamin loderte hell auf, es roch nach Schwefel und verbranntem Horn, und mit einem dumpfen Grollen fuhr etwas durch den Kamin. Das Feuer sprühte Funken durch den ganzen Raum, es wurde kurz gleißend hell, so hell, dass Galina ihre Fäuste auf die Augen presste. Jadis schrie neben ihr auf. Als Galina die Hände von den Augen nahm, stand wieder dieses absonderlichste und grauenvollste Wesen vor ihr, das sie jemals gesehen hatte.

Es stand aufrecht auf zwei dünnen, haarigen Ziegenbeinen, trug eine schwarze Kniebundhose und eine schwarze, kurze Jacke mit silbernen Knöpfen. Sein Kopf erinnerte auch an den eines Ziegenbockes, doch anstelle eines freundlichen Ziegengesichtes starrten Galina zwei glühend rote Augen an. Das Gesicht des Gehörnten war haarlos und vernarbt, als wäre er durch Feuer gelaufen und verbrannt.

Galina hielt entsetzt die Luft an.

Neben dem Gehörnten stand ihr Bruder Domingo. Er hatte den Kopf gesenkt, und die Klaue des Teufels lag in seinem Nacken.

Nun stieß auch Serafina einen erstickten Schrei aus. Die beiden Afghanen stürzten nach vorne, doch der Gehörnte schleuderte sie mit einem nachlässigen Schlag zurück. Sie landeten winselnd vor Galinas Füßen.

»Oh, mache ich den Kindern Angst?«, fragte der Gehörnte mit heiserer Stimme. »Das tut mir unendlich leid!«

Er schnipste mit dem Finger und verwandelte sich in einen gut gekleideten Herrn mit kurzem Ziegenbart und Zylinder. Galina vermutete, dass sich seine Hörner nun unter dem Zylinder verbargen. Er hatte ein bleiches Gesicht, die Augen glühten immer noch rot. Er gab Domingo einen Stoß, sodass er durch den Raum stolperte. Serafina fing ihn auf.

»Tut mir leid«, stammelte er. »Ich wollte nicht …«

»Halt den Mund«, fuhr Serafina ihn an.

»Ich wollte nur …«

»Er wollte nur glitzernde Dinge suchen«, beendete der Gehörnte zuvorkommend Domingos Satz. »Das tun Spiegelspringer gern. Vor allem Spiegelspringerkinder. Dafür musst du dich nicht entschuldigen.«

Er kam einen Schritt näher, und Galina hatte das Gefühl, die Hitze, die von ihm ausging, würde sie auffressen. Alle wichen einen Schritt zurück.

»Doch dass man sich auf der Suche nach glitzernden Dingen vom Teufel erwischen lässt, ist wirklich eine Dummheit!«

»Lassen Sie das Kind in Ruhe!«, fuhr ihn Mrs Merlowski an. »Was wollen Sie von uns?«

»Ah … ich habe viele Pläne!«, erwiderte der Teufel fies lächelnd und rieb sich die Hände. »Sehr viele Pläne! Sie enden alle damit, dass wir zusammen in die Akademie zurückkehren, ich M&M aus ihren lächerlichen Hundekörpern befreie, sie mir die letzte Tür zum *Buch der Geschichten* öffnen und ich meinen Namen in das Buch schreibe. Nicht zu vergessen, dass diese beiden Kinder hier«, er deutete zufrieden auf Galina und Domingo, »das Buch für mich an der richtigen Seite aufschlagen!«

»Das werden wir nicht tun!«, behauptete Galina.

Ihre Stimme hörte sich selbst in ihren eigenen Ohren kläglich an. Der Gehörnte lachte laut auf.

»Mutiges Mädchen!«, sagte er mit einem meckernden Kichern. »Wirklich sehr mutig! Aber ich wage zu behaupten, dass der Mut dich verlassen wird, wenn ich mit alledem hier fertig bin!«

»Mit alledem hier?«, fragte Domingo zögernd.

Der Gehörnte breitete die Arme aus. »Jawohl, mit alledem hier. Ich werde es genießen, diese Geschichte zu zerstören! Die letzte Geschichte, an die ich Hand anlege! Gerade eben hat Aschenbrödel den Tanzsaal betreten. Der Prinz erblickt sie und bittet sie um einen Tanz. Welche Anmut. Welche Schönheit. Sie wird nicht von Dauer sein.«

»Aber das können Sie nicht tun!«, rief Jadis entsetzt. »Nicht Aschenbrödel! Nicht den Prinzen und scine Freunde!«

»Nicht Nikolaus und Rosalie und den kleinen Kasperle!«, ergänzte Galina.

»Still! Ich will davon nichts hören. Ich werde dieses ganze Märchen verbrennen, bis nichts mehr davon übrig ist als Asche und Staub!«

Seine Worte hallten wie Pistolenschüsse durch den Raum, und Galina konnte sich nicht erinnern, jemals so verzweifelt gewesen zu sein. In ihrem Inneren schien alles kalt und taub zu werden.

»Na los«, flüsterte irgendjemand im Hintergrund. »Worauf wartet ihr?«

Galina war wie gelähmt. Sie wusste nicht, worauf sie wartete, ihr Kopf war wie leer gefegt, sie konnte keinen klaren Gedanken fassen.

Die Ritterrüstung quietschte, als Rosalie aufflog und zu kreischen begann. »Du bist ja wohl komplett verrückt!« Im Tiefflug streifte sie fast Galinas Kopf.

Der Teufel duckte sich und brüllte auf, als ihn ein großer weißer Klecks mitten ins Gesicht traf. »Ich werde euch alle zerstören!«, grollte er, während er sich mit der Armbeuge über das Gesicht wischte.

»Jetzt lauft schon«, wisperte Rosalie. »Macht euch aus dem Staub! Verkrümelt euch!«

Nun wusste Galina, was zu tun war. Sie packte Domingo bei der Hand und rannte los. »Fang uns doch!«, rief sie.

Einem Wettstreit kann der Teufel nicht widerstehen.

Doch er war noch damit beschäftigt, sich das Gesicht abzuwischen, und reagierte zu spät. Die beiden Kinder rannten an ihm vorbei und rissen die Tür hinter ihm auf.

Hinaus in den kalten Treppenaufgang. Ihre Beine bewegten sich wie von selbst, auch wenn sie nicht wussten, wohin sie laufen sollten. *Nur nicht in den Ballsaal*, dachte Galina.

Irgendwohin, wo der Teufel sie lange suchen musste! Hinter sich hörte sie Gebrüll und Türenschlagen und Jadis' Stimme, die atemlos rief: »Macht die nächste Tür auf!«

Sie stürmten in das nächste Zimmer, und Jadis schlug hinter ihnen die Tür zu. »Nun helft mir schon! Schiebt die Kommode vor die Tür!«, rief sie, und zu dritt wuchteten sie das schwere Möbelstück vor den Ausgang.

Eine Weile blieben sie schwer atmend stehen und sahen sich nur an.

»Du bist so ein Idiot!«, fauchte Galina schließlich ihren Bruder an.

Domingo nickte nur verlegen. »Was machen wir denn jetzt?«, fragte er geknickt.

Jadis drückte ihren Zeigefinger auf die Lippen, und sie horchten eine Weile auf die Geräusche draußen. Der Teufel schien im Treppenhaus auf und ab zu hetzen, man hörte Gepolter und Gebrüll. Galina spürte plötzlich Domingos Hand in der ihren.

»Es tut mir so leid«, flüsterte er.

»Wir müssen hier raus«, wisperte Jadis. »Wir müssen unbedingt aus dieser Geschichte raus! Vielleicht folgt er uns dann, und wir können ihn vom Aschenbrödel-Märchen ablenken!«

Plötzlich wurde es unheimlich still. Dann hörte man etwas schnuppern. Als würde jemand seine Nase an die Tür drücken und die Luft einsaugen. Galina zuckte ängstlich zurück und packte nun Jadis mit der anderen Hand. In dem

Raum befanden sich kaum Möbel. Nur ein hoher Stuhl und ein großer Schreibtisch. Bilder von verschiedenen Frauen hingen an der Wand. Und ein Spiegel.

Er hing in so großer Höhe, dass man sich nicht darin ansehen konnte, und Galina fragte sich verzweifelt, wieso jemand in dieser Höhe einen Spiegel angebracht hatte.

Außerdem war er unglaublich klein, mehr ein Teller als ein großer Spiegel.

Die Türklinke wurde runtergedrückt, und das Schnuppern wurde lauter. Die Kommode bewegte sich nicht, als an der Tür gerüttelt wurde.

»Nun macht schon!«, flehte Jadis sie an. Inzwischen hatte auch sie den Spiegel entdeckt, sie schüttelte Galinas Hand ab und trug den Stuhl vor die Wand. »Rauf mit euch!«

Der Teufel begann zu brüllen, wie ein Sturm rüttelte sein Atem an der Tür, und es begann nach Pech und Schwefel zu stinken. Domingo kletterte eilig auf den Stuhl, während sich die Tür fast bog von der gewaltigen Kraft auf der anderen Seite. Jadis schubste Galina Richtung Stuhl, und Domingo zog sie mit nach oben. Im selben Moment splitterte das Holz der Tür, die Kommode krachte auf die Seite, und eine Dampfwelle schlechter Energie rollte ins Zimmer.

»Hinein!«, kreischte Jadis, und ein erneuter Sog schien Galina zu erfassen, diesmal in Richtung des Spiegels. Der Griff ihres Bruders wurde fester, und im nächsten Moment lagen die drei Kinder auf einem holprigen Weg in einem dunklen Wald.

Chroniken der Spiegelwelt

Sooft es ging, schlich sich Lorelei aus der Villa in den Garten, durch das Loch im Zaun, um Serafina und Maja zu besuchen. Sie bauten ein kleines Baumhaus in einem Kirschbaum, und obwohl es nur eine Plattform war, waren die Mädchen dort durch das dichte Laub kaum zu sehen, zumindest im Sommer nicht. Seit Lorelei da war, stritten Serafina und Maja nicht mehr so oft. Wenn Meister Wu und Charly nicht aufpassten, schmuggelte Lorelei Bücher aus der Bibliothek in den Garten und hinauf in das Baumhaus.

Und so fanden die Mädchen nach einiger Zeit heraus, dass nicht nur Lorelei eine Spiegelspringerin war, sondern auch Serafina.

Lorelei hatte von Anfang an diesen Verdacht gehabt. Die Locken. Die Sommersprossen. Außerdem lispelte Serafina leicht, obwohl sie versuchte, es zu verstecken. Und ihr Spiegelbild war etwas verschwommen, genauso wie Loreleis.

Die Mädchen verglichen die Merkmale in dem Buch *Spiegelspringer erkennen und einordnen.*

Allerdings fanden sie auch heraus, dass es Serafina unmöglich war, alleine zu springen. Vielleicht war das auch der Grund gewesen, weshalb ihre Eltern Serafina nicht auf die Akademie geschickt hatten. Und ihr auch nie etwas über Spiegelspringer erzählt hatten.

Spiegelspringer können normale Sterbliche an der Hand mit in einen Spiegel nehmen. Bei Serafina funktionierte es sogar, wenn Maja zwischen Serafina und Lorelei durch einen Spiegel trat. Nur alleine konnte sie es nicht. Was Serafina furchtbar ärgerte.

Seit sie Lorelei kannte, wusste sie, dass es in ihrem Schlafzimmer einen Spiegel gab, einen goldenen, rechteckigen Spiegel, durch den man in *Die Schatzinsel* gelangen konnte. *Die Schatzinsel!* Serafina wurde ganz aufgeregt bei dem Gedanken, selbst zu versuchen, in die Geschichte zu gelangen. Aber wann immer sie ihre Hand durch den Spiegel strecken wollte, berührte sie nur kaltes Glas.

Dabei konnte sie an stillen Tagen die Wellen rauschen hören. Und das Kreischen der Papageien. Oft saß sie mit geschlossenen Augen vor diesem Spiegel auf dem Fußboden und lauschte einfach den Geräuschen. Und dann roch sie plötzlich auch das Meer, salzig und rau, und eine warme Brise streichelte ihr Gesicht.

Serafina hasste es, auf Lorelei angewiesen zu sein, wenn sie springen wollte. Und doch liebte sie es, wenn Lorelei sie und Maja heimlich in diese fremden Welten entführte. Sie warteten, bis Meister Wu in seinem Lehnstuhl einnickte – nach dem Kampf mit dem Gehörnten brauchte er noch immer sehr viel Ruhe –, und dann suchten sie sich einen Spiegel aus.

Majas Lieblingsspiegel war der, der zu *Winnetou* führte. Und es war schwer, sich gegen Maja Merlowski durchzusetzen, wenn sie sich etwas in den Kopf gesetzt hatte. Und so besuchten die Mädchen jeden Samstag, wenn Meister Wu schlief, das Land der Mescalero-Apachen.

Sie lernten auf Mustangs zu reiten und mit Pfeil und Bogen zu schießen, was im Kampf gegen den Gehörnten äußerst nützlich war. Das musste selbst Serafina zugeben. Außerdem liebte sie die schier endlose Prärie, die Tipis der Indianer und Winnetous Pferd Iltschi. Der Spiegel, durch den sie traten, hing unsichtbar zwischen mehreren runden Felsblöcken.

Es fühlte sich gut an, dieses Geheimnis mit den Mädchen zu teilen, und abends, wenn Serafina in ihrem Bett lag, konnte sie immer noch die Mähne des Mustangs, den sie geritten hatte, zwischen den Fingern spüren und das Sirren des Pfeils hören, der durch die Luft schoss und sich dann in den Stamm eines toten Baumes bohrte.

8

Galinas Knie schmerzten. Sie rappelte sich auf und sog hektisch die gute, klare, sommerliche Waldluft in ihre Lungen.

Man hörte den Hufschlag eines Pferdes näher kommen, im nächsten Moment polterte ein altes Fuhrwerk um die Biegung und kam direkt auf sie zu. Wenn Domingo sie nicht hastig zur Seite gezogen hätte, wären sie allesamt überfahren worden!

So aber schrie nur der Kutscher drohend hinunter und ließ seine Peitsche knallen. »Passt doch auf!«

Die Kinder drückten sich an die Seite des Hohlweges.

»Schnell, hinauf auf das Fuhrwerk«, befahl Jadis leise.

Alle drei nahmen Anlauf und sprangen hinten auf die Kutsche auf. Schwer atmend kauerten sich die drei Kinder zwischen die groben Jutesäcke, der Kutscher hatte nichts bemerkt. Das Fuhrwerk rumpelte und holperte, und Galina hatte nach kürzester Zeit das Gefühl, sich jedes Körperteil schon mehrfach angestoßen zu haben.

Eine dunkle Wolke schien fauchend über sie hinwegzurasen, und Galina duckte sich noch tiefer zwischen die Säcke.

»Und jetzt?«, fragte Domingo ratlos.

»Wir suchen uns den nächsten Spiegel«, sagte Jadis. »›*Es war ein Dorf, darin saßen lauter reiche Bauern. Und nur ein armer, den nannten sie das Bäuerlein*‹«, zitierte sie das Märchen vom *Bürle* und kauerte sich so zwischen die Säcke, dass sie in der nächsten Kurve abspringen konnte.

»Was redest du da?«, fragte Galina.

»Hier, der nächste Spiegel!«, zischte Jadis, sprang und zog die beiden anderen mit sich. Wieder knallte Galina mit den Knien auf den holprigen Boden und ächzte.

Tatsächlich befand sich direkt vor ihnen ein schwebender Spiegel, und ohne zu überlegen waren sie auch durch ihn hindurchgesprungen.

»›*Es war ein Mann, der hatte drei Söhne. Davon hieß der jüngste der Dummling und wurde so verachtet und verspottet, und bei jeder Gelegenheit zurückgesetzt*‹«, zitierte Jadis aus dem Märchen *Die Goldene Gans*.

Wieder waren sie in einem dichten Wald gelandet, und man hörte in einiger Entfernung, dass jemand Holz schlug. Sie blieben vor einem Weidenkorb stehen. Galina merkte, wie ihr Magen zu knurren begann, als sie den Kuchen erblickte, der in ein Tuch eingeschlagen war.

»Ein schöner Eierkuchen und eine Flasche Wein«, sagte Jadis. Dann hörten sie die Stimmen von Männern näher kommen.

»Lauft!«

Die drei rannten los, in den Wald hinein. Zwischen den dunklen Fichtenstämmen sahen sie bald wieder einen fast unsichtbaren Spiegel schweben.

»Da hinein!«, rief Galina aufgeregt.

»›*Joringel sah nach Jorinde, Jorinde war in eine Nachtigall verwandelt, die sang ziküth, ziküth*‹«, zitierte Jadis diesmal, als sie sich aufrichteten.

Wieder standen sie in einem dichten, dunklen Wald, vor ihnen ragte das düstere Gemäuer eines alten Schlosses in den Abendhimmel auf.

»Was redest du eigentlich die ganze Zeit für einen Unsinn?«, wollte Domingo wissen.

»Ich versuche mir einzuprägen, wo wir sind«, erklärte Jadis, und ihre Stimme klang ein bisschen kläglich. »Wir sind jetzt im Märchen von Jorinde und Joringel. Ich versuche, euch zurück zu Madame Laurent zu bringen, aber ich habe momentan keine Ahnung …«

Die Zwillinge sahen sie mit großen Augen an.

»Ich weiß momentan nicht genau, wie ich das von hier aus schaffen soll«, fuhr Jadis fort.

»Dort ist wieder ein Spiegel!«, rief Domingo.

Sie blieben vor einem weiteren schwebenden Spiegel stehen und blickten tief hinein.

Jadis hielt sie zurück. »›*Auf eine Zeit ging das Hühnchen mit dem Hähnchen in den Nussberg*‹«, zitierte sie, die viel schneller als die anderen erkannt hatte, welches Märchen sich hinter dem Spiegel befand. »›*Und sie machten miteinander aus, wer einen Nusskern fände, sollte ihn mit dem anderen teilen.*‹«

»Und?«, fragte Galina.

»Das Märchen heißt *Von dem Tod des Hühnchens*«, erklärte Jadis düster. »Ich würde vorschlagen, dass wir da nicht hineingehen. Das ist ein furchtbares Märchen, und ich weiß nicht, ob es darin überhaupt einen Spiegel in ein anderes Märchen gibt.«

Erschrocken schwiegen die Geschwister.

»Aber im Schloss der bösen Erzzauberin«, ergänzte Jadis dann munter. »Da gibt es jede Menge Spiegel. Wenn ich den richtigen sehe, bin ich mir ganz sicher, dass ich ihn erkenne. Und dann sind wir ratzfatz bei euch zu Hause!«

Im nächsten Moment ertönte wütendes Geheule, und sie warfen sich eilig zu Boden. Obwohl sich Galina die Ohren zuhielt, hörte sie das Gebrüll des Teufels, dessen dunkle Gestalt über sie hinwegraste und im nächsten Moment im Schloss der Erzzauberin verschwunden war. Galina pochte das Blut in den Ohren.

»Du meinst, wir sollen in das Schloss gehen?«, fragte sie ängstlich. »Wo gerade eben …«

»Ja. Was aber nicht die einzige Gefahr ist«. Nach kurzem Atemholen fuhr sie fort: »Man kann erstarren oder in eine Nachtigall verwandelt werden.«

»Na toll«, bemerkte Galina trocken.

Hinter den Türmchen des verfallenen Schlosses schob sich langsam der Mond hervor.

»Vielleicht doch zu Hühnchen und Hähnchen?«, fragte Domingo vorsichtig.

Jadis schüttelte energisch den Kopf. »Wenn du sicher sterben willst, dann ja. Wenn nicht, versuchen wir jetzt einen Weg in das Schloss zu finden.«

Sie drehte sich entschlossen um und marschierte auf das Schloss zu. Galina beeilte sich, in ihrem langen Kleid hinter ihr herzukommen. Sie war heilfroh, dass sie ihre Stiefel anbehalten hatte. Unter ihren Füßen brach das kurze, stachelige Gras. Die Grillen zirpten. Ein lauer Abendwind trug den Geruch von wilden Wiesenblumen und Kiefernnadeln heran. Sie hätte gerne das Kleid ausgezogen, es behinderte sie und blieb ständig mit dem Saum in dornigen, kleinen Sträuchern hängen.

Die Kinder wandten sich an der Schlossmauer nach links und liefen ein Stück um das Schloss herum. Immer wieder lagen große Gesteinsbrocken im Weg, die sich anscheinend aus der alten Mauer gelöst hatten und in die Tiefe gestürzt waren. Plötzlich warf sich Jadis zu Boden und zog Domingo und Galina mit sich.

»Vorsicht!«, zischte sie. »Da ist Joringel. Er irrt um das Schloss und versucht Jorinde zu befreien. Wenn er uns sieht, kommt er so durcheinander, dass ihm nicht einfällt, dass er die blutrote Blume mit der Perle in der Mitte finden muss!«

Nun sah auch Galina den jungen Mann. In der Hand hielt er einen Hirtenstab, auf den er sich beim Gehen stützte.

Schon aus der Ferne wirkte er sehr unglücklich und gramgebeugt.

»Er ist halb verrückt vor Schmerz«, erklärte Jadis leise. »Die Erzzauberin hat ihm seine Geliebte genommen.«

Die Kinder duckten sich hinter ein Schlehengestrüpp, doch Joringel kam immer näher. Galina tat der junge Mann furchtbar leid. Gerne hätte sie ihn getröstet.

»Oh geliebte Jorinde!«, hörte Galina ihn jammern. »Oh du wunderschöne Nachtigall!«

»Mist, er kommt näher!« Jadis kauerte sich noch mehr zusammen, und Domingo und Galina taten es ihr nach.

»Jorinde, ich liebe dich so sehr, du Allerschönste, liebliche … hoppla!« Er stutze, als er die Kinder hinter dem Gebüsch entdeckte. »Oh nein, schon wieder sind unschuldige Reisende der bösen Erzzauberin zum Opfer gefallen!«

»Pscht!« Jadis rappelte sich auf. »Nicht so laut!«

»Ojemine! Welch ein Schreck!« Joringel presste sich die Hände auf die Brust. »Jahre bin ich als einsamer Schäfer durch die Wälder gezogen und habe mit niemandem gesprochen, außer mit den Lämmern! Niemand hat meine Stimme vernommen! Niemand!«

Galina und Domingo packten Joringel und zogen ihn zu sich hinter das Gebüsch.

»Die soll auch niemand hören!«, beschwor ihn Galina. »Sei still!«

»So froh bin ich, dass ich lebende Menschen treffe!«, tönte Joringel.

»Leise!« Domingo hielt ihm den Mund mit der Hand zu, doch Joringel wand sich, bis er wieder frei war. Er sprang auf, hüpfte herum und warf die Arme in die Luft. »Ich will reden! Singen und tanzen! So einsam war ich! So alleine ohne meine Jorinde! Doch nun fand ich euch! Lebend und nicht verzaubert! Alle, die ich bisher traf, waren bewegungslos erstarrt und konnten nicht sprechen.«

Domingo warf sich auf ihn und rang ihn zu Boden.

»Und das soll auch so bleiben! Du musst dich zusammenreißen! Bitte!« Galina packte seine Hände. »Sonst kommt die Erzzauberin und verwandelt uns auch in Nachtigallen!«

»Aber ich habe so viel zu erzählen! Von meinen Wanderungen über die Berge! Den Schafen! Und meinem Schmerz wegen Jorinde. Ich vermisse sie so sehr!«

»Wenn du nicht sofort still bist, ist alles verloren«, versetzte Galina.

»Ich habe schon alles verloren«, hielt Joringel dagegen. »Meine Jorinde! Und letzte Nacht hat ein Wolf in meiner Schafherde gewütet. Nun habe ich nur noch drei Schafe! Ich habe nichts mehr zu verlieren!«

»Aber wenn wir entdeckt werden, werden wir alle verzaubert!«

»Wie meine geliebte Jorinde!« Joringel brach in Tränen aus und schlug sich die Hände vor das Gesicht. »Sie ist in einem Käfig gefangen. Mit siebentausend anderen Nachtigallen! Was ich seither durchmache, kann niemand erahnen!«

»Du musst dich schrecklich fühlen!«, sagte Galina nun mitleidig.

»Ich war einsam. Mit niemandem konnte ich sprechen!«

»Das haben wir jetzt verstanden«, sagte Domingo ungeduldig und verdrehte die Augen. Galina gab ihm einen Stoß in die Seite.

»Aber er kennt sich hier aus«, murmelte Jadis. »Hör mal, Joringel, wie kommt man ins Schloss? Du kennst bestimmt einen Weg.«

Joringel riss entsetzt die Augen auf. »Niemand setzt freiwillig einen Fuß in dieses Schloss!«, rief er inbrünstig. »Allen, die es betreten, wird Unheil widerfahren!«

»Ja, ja!«, bemerkte Jadis und winkte ab.

»Aber du wüsstest einen Weg?«, hakte Galina nach.

Joringel beugte sich vor, bis er mit seiner Stirn beinahe die ihre berührte. »Es gibt eine kleine, unverschlossene Tür hinter dem Dornenbusch dort. Sie ist vollkommen überwuchert und für den Unaufmerksamen unsichtbar.«

»Super, Alter!« Domingo grinste.

»Es ist schön, mit euch zu plaudern. Mein Herz war leer. Ich kannte meine eigene Stimme nicht mehr, so lange hatte ich sie nicht gehört! Seit meine Jorinde der Erzzauberin zum Opfer gefallen ist!«

»Wenn du still bist, verraten wir dir, wie du sie befreien kannst!«, sagte Jadis listig.

»Bist du eine Sehende?«, fragte Joringel misstrauisch. »Hast du Eingebungen?«

»Das nicht, aber wir kennen die Geschichte!«, warf Galina ein.

»Die Geschichte?«, fragte Joringel mit großen Augen.

»Vergiss es.« Jadis winkte ab. »Ja, ich bin eine Sehende, und ich sage dir …«, sie senkte geheimnisvoll die Stimme, »such die blutrote Blume mit der Perle in der Mitte.«

Joringel kratzte sich am Kopf.

»Blutrote Blume?«, fragte er dann. »Mit einer Perle in der Mitte? Nie gehört!«

»Jetzt hast du es gehört!« Jadis klopfte ihm aufmunternd auf den Rücken.

»Wo soll die sein?«, wollte Joringel wissen.

»Keine Ahnung!«, erwiderte Jadis ungeduldig. »Du musst sie suchen! So steht es geschrieben.«

Joringel blickte ratlos von einem zum anderen.

»Er ist wirklich nicht die hellste Kerze auf der Torte«, flüsterte Jadis Galina zu. »Wer weiß, vielleicht ist Jorinde ganz glücklich, dass sie ihn los ist.«

Galina nickte.

Plötzlich hellte sich Joringels Blick auf. Er erhob sich und griff nach seinem Hirtenstab. »Dies muss ein Traum sein!«, deklamierte er, während er davonstolperte. »Ich habe geträumt, ich müsse die blutrote Blume mit der Perle in der Mitte finden! Welch glückliche Fügung! Jorinde! Die Rettung naht!«

Jadis und Galina sahen sich an und zogen gleichzeitig dieselbe Grimasse.

»Wenn das so läuft, werde ich mich nie verlieben«, prophezeite Galina, und Jadis nickte.

Die Kinder hatten keine Zeit zu verlieren. Sie liefen an der Mauer entlang und fanden das Dornengestrüpp. Nach einigem Zerren und Ziehen gab es die kleine, unverschlossene Tür frei. Domingo drückte sie auf. Sie war so niedrig, dass sich selbst die Kinder bücken mussten. Kaum waren sie hindurchgetreten, hörten sie Vogelgesang, der aus Tausenden von Käfigen zu kommen schien. Sie standen im Innenhof des Schlosses. Die Nacht war hereingebrochen, und der Mond schien auf den gepflasterten Hof. In den Ritzen zwischen den Steinen wuchsen Disteln und Stockrosen. Überall hingen und standen verschiedenste Käfige, in denen kleine Vögel herumflatterten und zu entkommen versuchten.

Welcher Vogel mag wohl Jorinde sein?, dachte Galina.

Jadis nahm ihre Hand und zog sie an der Mauer entlang Richtung Schloss.

»Es wird nicht einfach sein, den richtigen Spiegel zu finden, aber wir werden das schaffen. Ich habe den Plan nicht genau im Kopf. Hätte ich doch im Unterricht besser aufgepasst!« Sie seufzte.

»Ich passe auch oft nicht auf.« Domingo legte ihr tröstend eine Hand auf die Schulter.

»Meine Lehrerin für Spiegelspringerkartografie ist eine alte Schachtel. In ihren Stunden schlafe ich grundsätzlich ein!«, sagte Jadis düster. »Erst letzte Woche hatten wir

Grimms Märchen. *Jorinde und Joringel* war auch dabei. Aber ich habe mir nur gemerkt, dass es auch einen Spiegel in die Akademie gibt. Wo wir natürlich auf keinen Fall landen wollen.«

Galina war vor einer Reihe von Käfigen stehen geblieben. Sie sahen aus wie zierlich geflochtene Weidenkörbe. In einem saß ein besonders schöner kleiner Vogel. Er saß nur da und starrte traurig durch die gebogenen Zweige nach draußen.

»Ich wette, das ist sie!«, meinte Galina.

»Wer?«, wollte Jadis wissen.

»Jorinde!« Kaum hatte Galina den Namen ausgesprochen, begann der Vogel aufgeregt in seinem Käfig herumzuflattern.

»Sollen wir sie befreien?«

»Spinnst du?« Jadis zerrte Galina weiter. »Und dann kommt Joringel mit seiner blutroten Blume, und Jorinde ist schon über alle Berge! Nichts da!«

»Wo fangen wir mit der Suche an?«, fragte Domingo voller Tatendrang, und Jadis sah ein bisschen verlegen von einem zum anderen.

»Wirst du den Spiegel wenigstens erkennen?«, wollte Galina wissen.

»Vielleicht. Wenn ich davorstehe«, antwortete Jadis zögerlich und drehte sich im Hof einmal im Kreis. Die Vögel in den Käfigen fingen wild zu piepsen und zu singen an, alle so durcheinander, dass man meinte, es würde einem der

Kopf zerplatzen! Jadis zog sie hastig zu der Tür eines dicken, uralten Turms.

»Und macht bloß die Erzzauberin nicht auf uns aufmerksam!«, warnte sie.

»Weshalb?«, fragte Galina und drehte sich so ängstlich um, als könnte die Zauberin schon hinter ihnen stehen.

»Tagsüber ist sie eine dicke Katze mit dreifarbigem Fell«, erklärte Jadis ihnen. »Und sie hat ein grünes und ein blaues Auge, und wenn sie einen damit ansieht, wird man sofort zu einem Singvogel …«

»Aber das kann uns doch wohl nicht passieren?«, fragte Galina erschrocken. »Schließlich sind wir Spiegelspringer!«

Jadis verzog den Mund und drückte die schwere Holztür auf. »Ich weiß es nicht. Wahrscheinlich nicht. Aber in einer Schulstunde hat einmal ein Lehrer gesagt …« Die Kinder huschten in den Turm hinein, in dem die kalte Luft wie in einem Kühlraum stand. Die Tür fiel mit einem lauten Knarren ins Schloss, es war plötzlich stockfinster, und vor allen Dingen unheimlich still. So, als hätte man das Gezwitscher der Vögel ausgesperrt. »… dass es unter bestimmten Bedingungen möglich ist, dass man Teil der Geschichte wird. Aber ich weiß wirklich nicht mehr, unter welchen Bedingungen …«

»Hättest du mal lieber aufgepasst!«, murrte Galina.

»Streberin«, sagte Domingo nur. »Galina ist eine ganz schreckliche Streberin! Gleich wird sie dir erzählen, dass du regelmäßig Vokabeln lernen musst.«

»Na, dann wüssten wir jetzt wenigstens, auf was wir zu achten haben!«, tadelte Galina ihren Bruder. »Man lernt doch immer fürs Leben!«

Domingo stöhnte.

Einen Moment standen die Kinder schweigend im Dunkeln. »Ich passe auch manchmal auf«, sagte Jadis schließlich etwas beleidigt. Ihre Stimme klang in dem leeren Turm hohl. »In der Stunde *Märchen und ihre Schreckensgestalten* zum Beispiel. Dort haben wir gelernt, dass gerade die Erzzauberin eine unglaubliche Schreckensgestalt ist. Meist wird sie zur Katze, aber hin und wieder auch zur Nachteule. Erst am Abend nimmt sie ihre menschliche Gestalt an. Das ist dann die Zeit, in der sie das Wild und die Vögel herbeilockt und sie kocht und brät.«

Galina spürte Jadis' Hand neben ihrer und hatte das Gefühl, als hätte sie am ganzen Körper Gänsehaut. Langsam begannen sich ihre Augen an das Dämmerlicht zu gewöhnen. In diesem Raum befand sich lediglich ein Treppenaufgang.

»So gut passe ich auf«, ergänzte Jadis noch spitz. »Jetzt kommt schon, da ist die Treppe, wir dürfen keine Zeit verlieren!«

Die Wendeltreppe im Turm war so schmal, dass man nur hintereinander gehen konnte. Manchmal berührte Galina die kalte Wand mit ihrer Schulter. Diese fühlte sich nicht nur kalt, sondern auch feucht an. Nach einiger Zeit erreichten sie eine Tür, hinter der sich ein Zimmer mit einem schmalen Fenster befand. Nichts stand darin, noch nicht einmal ein schwebender Spiegel.

»Alles ist gegen uns!«, jammerte Jadis. »Ich war mir so sicher, dass im Turm einer sein muss!«

»Los, weiter!«, sagte Galina. »Hier ist nichts! Sehen wir im nächsten Raum nach.«

Weiter ging es die schmale Wendeltreppe nach oben, diesmal kamen sie auch auf der Treppe an einem schmalen Fenster vorbei, durch das der Wind hereinpfiff. Jadis erzählte etwas von ihrer *Spiegelstunde für Fortgeschrittene*, die sie angefangen hatte, aber aus der sie dann rausgeworfen worden war, weil sie einmal eingeschlafen war.

»Ein einziges Mal!«, beschwerte sie sich.

»Das heißt, du weißt gar nicht, wie man den richtigen Spiegel findet?«, fragte Galina misstrauisch.

»Ich mache das mehr intuitiv«, sagte Jadis.

»Was heißt intuitiv?«, fragte Domingo.

»Instinktmäßig«, antwortete Jadis.

»Ohne nachzudenken und ohne Sachverstand«, behauptete Galina, und Jadis schnaubte.

Außer Atem blieb Galina auf der nächsten Ebene stehen, auf der sich ein weiteres leeres Zimmer befand. Sie trat an das Fenster und sah in den Hof hinunter.

Von hier aus wirkten die Käfige mit den Vögeln wie auf einen Haufen geworfen. Inzwischen waren die Tiere wieder ganz leise, vielleicht waren sie auch eingeschlafen.

»Seht doch nur!«, sagte Galina und lehnte sich weiter

über die tiefe Fensternische, um besser sehen zu können. »Ist dort nicht eine Frau?«

Jadis lugte an Galina vorbei. Tatsächlich kam eine gebeugte Frau über den Hof geschritten, und selbst von hier aus konnte Galina erkennen, dass sie gelb und mager war. Die Zauberin sah sich um, dann wandte sie ihren Blick nach oben. Erschaudernd sah Galina die großen roten Augen und die krumme Nase, deren Spitze bis zum kantigen langen Kinn reichte.

»Oh nein!«, stöhnte Jadis und zog Galina vom Fenster weg. »Jetzt haben wir doch noch ihren roten Blick abbekommen!«

»Roter Blick?«, fragte Galina.

»Das ist ganz schlecht! Das ist furchtbar schlecht!«

»Wieso?«, fragte Domingo.

»Ich glaube, sie hat uns schon verzaubert«, jammerte Jadis. »Das gelingt ihr mit einem einzigen Blick!«

»Wir sind bestimmt zu weit oben«, beruhigte Galina sie. »Nun geh weiter! Es kommen sicher noch andere Turmzimmer!«

Jadis erwiderte nichts, doch sie wandte sich von dem schmalen Fenster ab und stieg die Treppe weiter nach oben.

»Was ist an dem roten Blick so schlimm?«, wollte Domingo wissen.

»Ist man von ihm getroffen, wird man in eine Nachtigall verzaubert«, behauptete Jadis.

Wieder jagte ein Schauder über Galinas Arme. »Sie hat

uns nicht gesehen. Bestimmt nicht«, sagte sie, obwohl sie sich ganz und gar nicht sicher war.

»Aha«, machte Jadis wenig überzeugt.

»Vielleicht ist Madame Laurent ja auch schon wieder aus dem Krankenhaus entlassen«, sagte Galina in dem Versuch, ihnen allen Mut zu machen. »Sie wird wissen, was zu tun ist! Und wir ...«

»Und wir?«, fragte Domingo.

Galina blieb beim nächsten schmalen Fensterchen stehen und sah hinaus. Die Zauberin war nun bis zu den Käfigen geschritten, über ihr kreiste ein dunkler, unförmiger Schatten.

»Eine Nachteule!«, sagte Jadis schaudernd, ohne weiter auf Domingos Frage einzugehen. »Nachteulen bringen Unglück.«

»Ich dachte, die Zauberin ist eine Nachteule?«, fragte Galina nach. »Wer ist dann diese Eule dort oben?«

»Eine andere Schreckensgestalt«, bemerkte Jadis düster und stieg die nächsten Stufen empor. Sie wurde immer langsamer.

»Was für eine Schreckensgestalt?«, fragte Galina keuchend. Ihr kam es vor, als würden ihr die Füße nicht mehr gehorchen.

»Es bringt Unglück, sich Schreckensgestalten auch nur vorzustellen«, erklärte Jadis und blieb schon wieder stehen, während sie nach Luft schnappte. »Ich kann mich nicht mehr richtig bewegen!«, brachte sie hervor.

»Das kann doch nicht sein«, sagte Galina, auch wenn sie selbst eine Schwäche in ihren Beinen spürte. »Jetzt geh schon, ich kann das Ende der Treppe sehen!«

Wie eine alte Frau schleppte sich Jadis Stufe um Stufe hinauf. Endlich hatten sie die nächste Ebene erreicht. Eine brennende Fackel steckte in einer Halterung an der Wand, neben einer Tür, die in ein weiteres Zimmer führte. Jadis ging mit schweren Schritten hinein. Galina schaffte noch ein paar Schritte in das Zimmer und bis zum Fenster, dann hielt sie sich an der Mauer fest. Domingo blieb in der Tür stehen.

»Er wird erstarren, wenn wir hier nicht bald fortkommen!«, jammerte Jadis, blieb aber trotzdem stehen. »Ich sage doch, wir haben ihren roten Blick abgekommen! Wir werden alle zu Vögeln, wenn wir Pech haben … und so wie ich uns kenne, haben wir gerade Pech!«

»Wo ist denn nun der Spiegel?«, drängte Galina, obwohl auch sie nur noch starr hinunter in den Schlosshof sehen konnte. Dort lief noch immer die unheimliche alte Frau mit der langen Nase umher. Durch die kalte Nachtluft hörte man klar ihre krächzende Stimme, wenn sie mit den Vögelchen sprach. Die Stimme ließ Galina einen eiskalten Schauder über den Rücken laufen. Die alte Frau ging gebeugt von einem Käfig zum anderen und begann die Vögel zu füttern.

»Ich bin so müde, Leute«, sagte Domingo und gähnte ausgiebig. »Ich muss dringend schlafen.«

»Hör auf damit!«, bat Galina. »Es wird jetzt nicht geschlafen! Ziküth!«

Erschrocken hörte sie, dass ihre Stimme plötzlich zwitschernd klang.

»Das kann nicht sein!«, ächzte Jadis. »Als Spiegelspringer wird man nur sehr selten in Geschichten hineingezogen! Das kann eigentlich nur bedeuten …«

Doch was das bedeutete, konnte sie nicht mehr sagen, und auch Galina fühlte sich seltsam. So, als würde sie gleich mit ihren Flügeln schlagen und nach oben in den Himmel fliegen, über dem Schloss kreisen und singen! Sie fühlte sich so frei und glücklich! Und der Blick auf die Vogelkäfige machte sie so todtraurig, so unglaublich deprimiert! So, als hätte man ihr die Flügel zusammengebunden …

Flügel?, dachte Galina. *Wie komme ich nur auf Flügel, kein Mensch hat Flügel!*

Im nächsten Moment sah sie, wie das Tor des Schlosses aufsprang und Joringel hereintrat. In der Hand trug er eine große Blume, blutrot, und auf der Blume funkelte ein Tautropfen so wunderschön, dass es im Hof plötzlich taghell wurde. Er sah sich um, als würde er etwas Bestimmtes suchen.

Galinas Herz stockte, als sie sah, dass hinter ihm noch jemand durch das große Tor trat. Ein großer schwarzer Pudel kam hereinstolziert. Hinter ihm liefen zwei Windhunde. Ihre Leinen hielt der Pudel im Maul. Die beiden sahen erschöpft und entmutigt aus, als hätten sie keine Kraft mehr für Gegenwehr.

Oh nein! Mutter! Vater!, dachte Galina.

»Ziküth!«, zwitscherte Jadis, die wohl dasselbe gesehen hatte wie Galina.

Der Pudel blieb mitten im Hof stehen und sah hinauf zum Turm. Galina war sofort klar, dass sie jetzt in Deckung gehen sollte. Aber sie konnte einfach nicht! Sie musste weiter am Fenster stehen und hinunter in den Hof sehen. Und sie wusste, dass das Unheil seinen Lauf nehmen würde. Tatsächlich senkte der Pudel den Kopf, schnüffelte ein wenig auf dem Platz herum und lief dann mit elastischen Schritten auf den Turm zu. Er sprang an der Tür hoch, die wie von selbst nach innen schwang. Die Hunde verschwanden im Turm.

Wie hat er uns so schnell gefunden?, fragte sich Galina verzweifelt. Woher konnte er wissen, in welchem Märchen sie gerade waren? Und dann auch noch, dass sie genau in diesem Turm nach einem Spiegel suchen würden?

»Ziküth!«, zwitscherte Jadis noch einmal.

Galina hatte plötzlich ein Gefühl, als würde sich ihr Körper auflösen. Ihre Augen folgten der dunklen Nachteule, die noch immer dort oben in der Luft kreiste. Sie schien einen Landeplatz zu suchen.

Unten im Hof fing die Erzzauberin an zu kreischen und wollte zu Joringel laufen. Sie war so böse, dass sie Gift und Galle spie. Es sah eigenartig aus. Als würde sie sich die größte Mühe geben, zu Joringel zu laufen, es aber nicht schaffen. Als hätte Joringel eine gläserne Wand zwischen ihnen errichtet, die sie nicht durchdringen konnte! Gerade als

Galina bemerkte, dass ihre Sinne schwanden, lief die Zauberin zu einem Körbchen mit einem Vogel, packte es und versuchte damit zu fliehen.

Das ist Jorinde, dachte Galina. *Hoffentlich ist Joringel nicht zu blöd, um das zu bemerken!*

Aber schon im nächsten Moment sprang Joringel auf die Zauberin zu, berührte das Körbchen mit der Blume und dann die Zauberin!

Im Hof stand nun eine wunderschöne junge Frau und fiel Joringel um den Hals.

»Nun mach schon!«, zwitscherte Jadis ganz leise, und erst verstand Galina nicht, was sie damit meinte. Aber dann berührte Joringel den ersten Käfig, und ein weiteres Mädchen stand plötzlich im Hof, und Galina wurde es leicht ums Herz. Wie mit einem Zauberstab berührte der junge Mann mit seiner leuchtenden Blume einen Käfig nach dem anderen, und plötzlich erfüllte nicht Gezwitscher den Hof, sondern das Gequassel lauter Mädchen. Galina fühlte sich plötzlich wieder voller Energie, und als sie sich umdrehen wollte, sah sie, dass die Nachteule direkt auf das Fenster zuflog, an dem sie gerade stand. Erschrocken drehte sie sich um und packte Jadis am Arm.

»Himmel, das hätte jetzt echt schiefgehen können! Dass auf diese Entfernung der Zauber wirkt, ist wirklich ein Wunder! Ich dachte, wir sind verloren!«, ächzte Jadis und rieb sich die Augen.

»Nun, das seid ihr wohl auch!«, sagte eine grässliche

Stimme, und als sie alle herumschnellten, stand der Gehörnte in der Tür und grinste breit. Er war wieder in der Gestalt des Mannes. Die Leinen der Windhunde hielt er straff in der Hand. Sobald sie sich bewegten, ruckte er hart an ihren Leinen, und Galinas Herz krampfte sich zusammen.

Sie hielt den Blick des kleineren Windhundes fest. Ihre Mutter! Sie sah Galina sanft an, als wolle sie sie beruhigen.

»Ihr dachtet, ihr könnt mir entfliehen?«, lachte er hämisch. »Durch so viele Spiegel springen, bis selbst der Teufel nicht mehr weiß, wohin man entwischt ist?« Er lachte meckernd. »Da habt ihr euch aber getäuscht! Dem Teufel entkommt niemand! Der Teufel ist der Schlaueste! Der Teufel ist der Beste! Der Intelligenteste!« Mit jedem seiner Worte schien er zu wachsen, größer und breiter zu werden. »Niemand kann den Teufel täuschen und überraschen!«

Ein lauter Knall ertönte, Federn flogen durch die Luft, ein dickes fedriges Etwas wirbelte durch das Zimmer, ließ einen Kerzenständer von einer Kommode klirrend auf den Boden fallen, ein Bild verrutschte und schlitterte dann mit zerbrochenem Rahmen über den Steinboden. Mit einem letzten Wumms krachte das Ding in einen bordeauxroten Samtvorhang, der sich langsam aus seiner Aufhängung löste und zu Boden rauschte. Dabei riss er die brennende Fackel mit und ging in Flammen auf.

Der Gehörnte wich überrascht und erschrocken zurück. Der Haufen Federn plumpste in die Mitte des Zimmers und schüttelte sich.

»Scheiße!«, kreischte es und entpuppte sich als Rosalie. »Ich dachte, ich finde euch nie wieder!«

»Rosalie!« Galina bückte sich blitzschnell, hob Rosalie auf und drückte sie an ihre Brust. »Was sollen wir nur tun?«, flüsterte sie der Eule ins Ohr.

»Laufen! Immer hinauf! Ganz oben ist ein Spiegel!«, zischte Rosalie zurück.

So schnell hatte Galina noch nie einen Entschluss gefasst. Sie warf die Eule in die Luft. Rosalie drehte sich einmal um sich selbst, und wieder landete ein großer weißer Fleck im Gesicht des Gehörnten. Diesmal war die Eule noch treffsicherer, sie erwischte genau das Auge. Der Gehörnte jaulte vor Wut, bekam noch einen Klecks in das andere Auge, und die Kinder rissen die nächste Tür auf. Immer hinauf!

»Ich werde dich in der Hölle am Spieß braten, du verdammtes Eulentier!«, brüllte der Gehörnte hinter ihnen her, während er sich blind im Kreis drehte. »Ich werde dir jede Feder einzeln ausreißen! Ich werde dich bei lebendigem Leib rupfen und aufspießen!«

»Herrje!« Rosalie legte einen Zahn zu. »So wütend habe ich den noch nie erlebt! Er hört sich an, als würde er seine Drohungen wahr machen wollen!«

»Und euch Kinder werde ich als Hauptspeise essen! Sobald ihr das *Buch der Geschichten* geöffnet habt!«

Die Windhunde begannen zu jaulen und zu bellen. Galina konnte nicht mehr verstehen, was der Teufel hinter ihnen herschrie.

»Beeilt euch! Beeilt euch! Ich kann unmöglich am Spieß landen! Was soll Aschenbrödel ohne mich anfangen?«, jammerte Rosalie. »Ohne mich ist sie vollkommen hilflos. Niemand wird ihr sagen, dass sie die Nüsse …«

Sie rannten die Treppen nach oben, rissen die nächste Tür auf und versuchten mit einem Blick das Zimmer zu erfassen. Es musste das Schlafgemach der Erzzauberin sein. In einer Ecke stand ein Himmelbett mit zerrissenen Vorhängen. Der Wind, der durch das Erkerfenster hereinwehte, blähte die Vorhänge wie Segel. Aber einen Spiegel gab es nicht. Rosalie flatterte weiter die Treppe hinauf. Von unten drang immer noch das Gebrüll des Gehörnten hinauf.

»Trotzdem gut gemacht, Rosalie!«, keuchte Jadis. »Der ist jetzt halb blind! Das verschafft uns einen Vorsprung!«

»Aber was ist mit unseren Eltern?« Domingo hielt Galina am Arm zurück.

»Er wird ihnen nichts tun!«, fiel Jadis Galina ins Wort. »Er braucht sie noch! Los, weiter!«

Nun schien der Turm nur noch aus Treppen zu bestehen, er wurde immer schmaler. Die Mauern waren so marode, dass der Wind ungehindert durch die Löcher pfiff. Man konnte bis zum Schlosshof hinuntersehen. Rosalie flog voraus. Unter Galinas Stiefeln lösten sich Steine und polterten hinter ihr die Treppe hinab. Nun konnte man auch von unten Getöse hören. Der Teufel hatte die Tür zum Schlafgemach der Erzzauberin aufgerissen.

»Los! Los!«, trieb Jadis Galina und Domingo an.

Atemlos hetzten sie weiter. Die Treppen schienen kein Ende zu nehmen. Durch die Spalten im Mauerwerk schien der Mond hinein, sonst gab es kein Licht. Keine Kerzen und keine Fackeln.

»Nun ist er wieder auf der Treppe«, brachte Domingo hervor. Sein Gesicht war blass und voller Angst. Galina nahm seine Hand und zog ihn weiter, immer die lauten Fußtritte des Gehörnten in den Ohren.

Warum verwandelte er sich nicht zurück? Als Pudel war er nicht halb so furchteinflößend!

Die Treppe endete abrupt vor einer letzten Tür. Sie hing nur noch in den Angeln und schwang auf, als Jadis dagegentrat. Nun hatten sie die Spitze des Turms erreicht. Es war ein kleiner Raum, über dem das hölzerne Turmdach anzeigte, dass es hier nicht mehr weiter hoch ging. Eulenfedern trieben über den Boden, und kleine weiße Knöchelchen zerbrachen unter den Schritten der Kinder.

Und da war er: ein Spiegel! Galina wurde ganz schwach vor lauter Erleichterung!

Es wirkte so, als wäre der Raum einzig und allein für diesen Spiegel vorgesehen. Der Mond schien hell durch die schießschartenartigen Fenster und spiegelte sich blass in dem rechteckigen Spiegel. Schwer atmend blieb Galina hinter Jadis stehen, die erstaunlicherweise nicht einfach Anlauf nahm und in den Spiegel sprang.

»Oh nein!«, sagte Jadis tonlos.

»Was ist?« Galina sah sie ängstlich an.

Der Spiegel sah viel wertvoller aus als alles, was Galina bis jetzt gesehen hatte. Er war rechteckig und bestimmt zwei Meter hoch. Sein Rahmen war vergoldet, die Ecken reich mit Blättern und Beeren verziert. Was aber besonders auffiel, war die Bekrönung des Spiegels. Dicke goldene Ornamente, Amphoren, gefüllt mit Blumen und Ranken, die im blassen Mondlicht glitzerten. Und direkt in der Mitte dieser Ornamente saß so etwas wie ein kleiner Spiegel, aus dem drei Gesichter auf die Kinder herabblickten. Eine ältere Frau und zwei alte Männer, die mit ernster Miene, aber trotzdem heiteren Augen in den Raum blickten.

Jadis wandte dem Spiegel den Rücken zu und breitete die Arme aus, um Galina und Domingo davon abzuhalten, durch ihn hindurchzutreten.

»Stopp«, flüsterte sie.

Als hätte der Spiegel gemerkt, dass etwas vor sich ging, begann es plötzlich in ihm zu summen. Das Summen wurde zudem immer lauter. Wie sehr leise Unterhaltungen einer Menschenmenge erfüllte das unendliche Gewisper den kahlen Raum. Es hörte sich beruhigend an. Als wären alle ihre Probleme gelöst, sobald sie durch den Spiegel traten. Ganz anders als andere Spiegel schien er sie geradezu anzulocken und ihnen etwas zu versprechen.

»Was ist los?«, fragte Galina.

»Ja, was ist?«, kreischte Rosalie. »Springt doch endlich!«

»Nein. Das ist unmöglich«, stieß Jadis voller Panik hervor.

»Hörst du ihn nicht näher kommen?«, brüllte Rosalie aufgeregt.

»Nein! Alles, nur das nicht. Nicht dieser Spiegel. Nicht JETZT dieser Spiegel!«

»Spinnst du?«, fauchte Domingo Jadis an. »Das ist unsere einzige Rettung!«

»Geh weg!«, zischte Galina. »Hörst du nicht, dass der …« Sie wagte es nicht, den Namen auszusprechen. »… dass er schon fast hier ist?«

Jadis sah unglücklich aus, aber gleichzeitig wild entschlossen, die Zwillinge davon abzuhalten, durch diesen Spiegel zu gehen.

Domingo drückte die Hand seiner Schwester und flüsterte: »Die Gesichter kenne ich.«

»Die Brüder Grimm und Jane Austen«, sagte Jadis, senkte die Arme und schlang sie um sich. »Wir dürfen nicht durch diesen Spiegel gehen. Das ist das Ende. Das ist genau das …«

Aus dem Treppenhaus ertönte wildes Wutgeschrei und ein Poltern. Anscheinend stürmte der Teufel mit geschlossenen Augen nach oben und streifte immer wieder mit seinen Hörnern das poröse Mauerwerk.

»Das ist genau das … was der Teufel will. Er hat uns genau da, wo er uns haben wollte.«

»Wieso?«, flüsterte Domingo.

»Der Spiegel führt in die Akademie!«

Rosalie kreiste einmal um das Turmzimmer und ließ sich

dann auf dem goldenen Rahmen des Spiegels nieder. »Jetzt überlegt nicht lange! Hinein mit euch! Hinein!«, feuerte sie die Kinder an. »Wir haben keine andere Wahl!«

»Das geht nicht! Das dürfen wir nicht tun!« Jadis schlug sich die Hände vors Gesicht. »Die einzigen Spiegel, die wir nicht benutzen dürfen, sind die Spiegel, die in die Akademie führen! Wir dürfen sie nicht benutzen, wenn uns der Gehörnte so knapp auf den Fersen ist. Das wurde uns immer eingeschärft! Erste Klasse. *Grundsätzliches zum Umgang mit dem Gehörnten*. Kapitel eins. Erster Satz.«

»Aber wir haben doch keine andere Wahl!« Domingo gab Galina einen Schubs, sodass sie weiter auf den Spiegel zustolperte. »Das ist doch Unsinn, weshalb sollten wir nicht hindurchdürfen! Es geht um unser Leben!«

»Die Spiegel zur Akademie sind normalerweise mit so vielen Zaubern geschützt, dass der Gehörnte nicht hindurchkann …« Jadis' Gesicht wirkte durchscheinend weiß. »Aber in der Bannwoche gibt es irgendein Problem mit der Magie in den Spiegeln. Wenn ein Spiegelspringer durch einen Akademiespiegel hindurchtritt, ist die restliche Magie nutzlos, und der Teufel kann ohne Probleme hinterher! Ich lasse euch nicht durch«, wiederholte Jadis entschieden. »Wir vernichten damit die gesamte magische Welt!«

»Vielleicht können wir den Spiegel von der anderen Seite verschließen«, schlug Galina vor. »Vielleicht gibt es dort auch einen Würfel …«

»Gibt es nicht! Meinst du, die Akademie versucht nicht

alles, um die Spiegel zu schützen? Jeder einzelne Spiegel wird von drei Wächtern bewacht, Tag und Nacht! Sie ruhen die gesamte Bannwoche nicht, sie schlafen nicht, sie essen nicht, nur um den Teufel daran zu hindern, in die Akademie zu gelangen. Aber wenn wir hindurchgehen, sind sie machtlos!«

»Jadis! Es wird Zeit!« Rosalie schlug aufgeregt mit den Flügeln. »Ich höre seine Schritte auf der Treppe!«

»Nur einmal ist der Teufel in die Akademie gelangt, und auch das nur ganz kurz«, heulte Jadis. »Und das war, als er Lorelei Laurent jagte!«

»Und nun jagt er uns!« Galina packte Jadis fest an den Schultern. »Verstehst du? Uns!«

»Ich weiß nicht, was wir machen sollen!«, sagte Jadis verzweifelt.

»Lorelei Laurent hat es geschafft, ihn nur kurz in die Akademie zu lassen und dann wieder hinauszulocken. Das können wir auch schaffen!«

»Das ist zu gefährlich! Wenn er einmal in der Akademie ist, hat er es so gut wie geschafft, zum *Buch der Geschichten* zu gelangen!«

Galina bemerkte entsetzt, wie der Fußboden zu vibrieren begann. Ihre Stiefel schienen sich aufzuheizen.

»Es ist meine Aufgabe, diesen Spiegel verschlossen zu halten«, stieß Jadis hervor. »Es ist die oberste Aufgabe eines Spiegelspringers, die Spiegel zur Akademie verschlossen zu halten, wenn der Teufel so nahe ist. Ich muss mein Leben geben! Ich darf euch nicht durch diesen Spiegel gehen lassen, und wenn ich dabei sterbe!«

»Wenn du sterben willst, bitte schön!«, kreischte Rosalie. »Aber es geht auch um mein Leben, und ich will nichts riskieren!« Rosalie flatterte hektisch in dem kleinen Zimmer umher. »Ich will nicht bei lebendigem Leib gerupft und gebraten werden. Meine Cousine mütterlicherseits wurde gerupft. Das hat sie bis heute nicht verkraftet …«

»Wir müssen es versuchen!«, schrie Galina Jadis an. »Los jetzt! Wir müssen es versuchen!«

Ein fürchterliches Rumoren ging durch den Raum. Die weißen Knöchelchen begannen zu hüpfen und zu tanzen.

»Nein!«, brüllte Jadis und stellte sich breitbeinig vor sie. »Wir zerstören damit alles, wirklich alles aus der magischen Welt!«

In Galina vibrierte die Angst. Sie spürte Domingos Hand in der ihren, nass und schwitzig, und die Hitze, die hinaufdrang, nahm ihnen schon fast den Atem.

Nein, sie war nicht bereit zu sterben! Nein, sie wollte sich nicht dem Teufel entgegenstellen!

»Jadis!«, flehte Galina.

Das Brüllen des Teufels unter ihnen ließ das Mauerwerk erzittern, und sie konnten erahnen, was ihnen bevorstand, wenn sie in diesem Zimmer bleiben würden.

»Keiner kommt an mir vorbei!«, schrie Jadis wild. »Keiner, und wenn ich dabei sterben muss!«

Aber das war leichter gesagt als getan, besonders, wenn

man sich zwei Kindern und einer Eule gegenübersah, die nichts anderes im Sinn hatten, als durch den Spiegel zu springen. Vielleicht hatte Jadis auch nicht damit gerechnet, dass Zwillinge schon ihr Leben lang als Geschwister sehr kampferprobt sind und Domingo noch dazu die fiesesten Tricks auf Lager hatte, um einen anderen zu Fall zu bringen. Gemeinsam stürmten sie auf den Spiegel zu, Jadis senkte den Kopf und versuchte, beide zu erhaschen. Aber Zwillinge wissen eigentlich immer, was der andere vorhat, und so preschten sie rechts und links auf Jadis zu, ergriffen ihre Arme und zerrten sie mit sich. Rückwärts taumelnd schaffte Jadis nicht das, was sie sich wirklich vorgenommen hatte: die Kinder am Sprung zu hindern. Das Letzte, was Galina hörte, war das wilde Kreischen von Rosalie und dass Jadis versuchte, sie zurückzuhalten. Sie brüllte so laut »Neeeeeiiiiiin!«, dass Galina sich am liebsten die Ohren zugehalten hätte. Aber es war zu spät. Sie waren dem Spiegel schon zu nahe. Eine Windböe wehte ihr ins Gesicht, die geradewegs aus ihm zu kommen schien, und nun sah sie, wie der linke der Brüder Grimm ihr zuzuwinkerte. Aber vielleicht stimmte das gar nicht. Vielleicht flimmerte auch die Luft zu sehr. Dann wurde ihr schwindelig, und eine Macht, der sie sich nicht entgegenstellen konnte und wollte, zog sie einfach hinein.

Jadis brüllte noch einmal: »Neeeiiiiin!«

Und dann wurde Galina schwarz vor Augen.

Chroniken der Spiegelwelt

Lorelei Laurent war die einzige Spiegelspringerin, die es geschafft hatte, den Teufel in die Akademie und wieder hinaus zu locken. Aber auch ein Teufel lernt dazu. Damals war er auf ihren Trick hereingefallen, aber dieser Fehler würde ihm nicht noch einmal passieren.

Im Raum des *Großen Buches der Geschichten* hängt eine Uhr. Sie hängt ganz oben, in der Mitte. Links und rechts von ihr stehen alabasterfarbene Säulen. Wenn die neuen Schüler empfangen werden, werden sie in diesen Raum geführt. Dies ist das einzige Mal, dass sie einen Blick auf das Allerheiligste werfen dürfen. Auf *Das große Buch der Geschichten* und auf die Uhr. Alle neuen Schüler starren ehrfürchtig auf diese Uhr. Sie haben schon viele Geschichten über sie gehört. Dass sie in der Dunkelheit flüstert, die vielen Namen des Gehörnten wispert, aber nur für den, der sie hören will, und für den, der Angst vor dem Gehörnten hat.

Die neuen Schüler bekommen am ganzen Körper eine Gänsehaut, wenn sie die Uhr zum ersten und letzten Mal sehen. Und in ihrer ersten Nacht träumen sie von ihr.

Als Lorelei Laurent in diesem Raum stand, verengte sie die

Augen und starrte zu der Uhr hinauf. Die anderen Kinder waren schon von ihren Spiegelspringereltern und den Lehrern zu den Bibliotheken gelotst worden, nur sie alleine war zurückgeblieben.

Sie starrte hinauf, dann spuckte sie genau vor der Uhr auf den Boden.

»Ich fürchte mich nicht!«, sagte sie und meinte es auch so.

Das ganze Jahr über ist die Uhr still. Sie geht nicht. Doch dann, in der Bannwoche, beginnt sie zu ticken. Sie tickt sehr laut.

Ihre Zeiger sind zwei lange, bleiche Knöchelchen, die sich unbarmherzig weiterbewegen. Es gibt nicht nur Stunden, sondern auch Tage. Der erste ist der 25. Oktober. Der letzte ist der 31. Oktober. Genau um Mitternacht schlägt die Uhr sieben Mal, danach ist sie wieder still. Totenstill.

Wenn der Gehörnte es nicht schafft, vor dem siebten Schlag in die Akademie zu gelangen, ist diese Stille ein Segen. Dann atmet die Akademie auf. Am nächsten Tag gibt es ein Fest. Die Spiegelspringerschüler stellen Kerzen in ausgehöhlte Kürbisse, überall in der Akademie, vor Freude, dass der Teufel es wieder nicht geschafft hat, in *Das große Buch der Geschichten* zu schreiben. Und als Warnung, als Erinnerung, dass er es wieder versuchen wird. Die nächste Bannwoche wird kommen. Die Woche, in der die Jagd auf den Gehörnten beginnt und der Gehörnte die Spiegelspringer jagt, immer in der Hoffnung, zack, mit ihnen durch einen Spiegel zu gleiten, der ihn in die Akademie führt.

Trotzdem wird gefeiert. Bis zum Morgengrauen.

Aber nun, genau eine Stunde vor Mitternacht, hatte der Gehörnte den geöffneten Spiegel gefunden. Das Böse war entfacht.

Das Böse war in die Akademie gelangt. Nun gab es nur noch eine Möglichkeit: Der Gehörnte musste gebannt werden. Der Gehörnte musste zum Pudel werden, bevor er seinen Namen in *Das große Buch der Geschichten* schreiben konnte.

9

Als Galina aufwachte, mochte eine Sekunde vergangen sein oder auch zwei. Für weitere Sekunden sah sie alles doppelt und bekam keinen Ton heraus. Als sich ihre Sicht wieder klärte, sah sie drei Männer in braunen Umhängen vor sich, einer davon hatte sie am Arm gepackt und hochgezogen, die zwei anderen hatten ihre Langbögen gespannt und auf den Spiegel gerichtet. Der, der sie am Arm hielt, fuhr sie harsch an: »Es ist verboten …« Mehr konnte er nicht sagen, denn es baute sich ein unerträglicher Druck hinter ihr auf, und wie aus einem Flaschenhals ploppten plötzlich noch zwei Personen aus einem Spiegel, der ziemlich schief an einer gemauerten Wand hing. Federn wirbelten wild durch die Luft.

»Ich sagte, ich will nicht bei lebendigem Leibe gerupft werden!«, heulte Rosalie. »Aber diese Achterbahnfahrt war schlimmer, als gerupft zu werden! Ich werde nie wieder in meine Geschichte zurückkommen! Aschenbrödel wird sterben, ohne ihren Prinzen zu finden, der Prinz wird niemals eine Frau finden, und wenn, dann nur …«

»Sei still!«, mahnte Jadis, und Rosalie schwieg beleidigt. »Wir müssen sie warnen.«

»Wen?«, krächzte Domingo.

»Die Brüder Grimm«, heulte Jadis auf.

»Es ist verboten …«, fing eine der Wachen noch einmal an, doch im nächsten Moment knallte es ohrenbetäubend, und der Gehörnte sprang aus dem Spiegel. Der Spiegel zersplitterte in Tausende von Scherben, die Kinder duckten sich und verbargen ihre Köpfe zwischen den Armen. Trotzdem spürte Galina schmerzhaft, dass sie von den Scherben getroffen wurde.

»Notfall Zero!«, brüllte einer der Männer, und das Surren von Pfeilen erfüllte den Gang.

Jadis rannte los. Domingo packte Galina an der Hand, und gemeinsam liefen sie, so schnell sie konnten, hinter Jadis her. Wo genau sie gelandet waren, konnte Galina nicht sagen. Um sie herum waren dunkle steinerne Wände und schmale Gänge, in denen es keinerlei Türen gab. Es wirkte wie ein finsteres, dunkles Labyrinth, das sie von selbst dorthin leitete, wo es sie haben wollte. Während sie rannten, hörten die Kinder den Kampf hinter sich. Das Gebrüll des Gehörnten hallte durch die Gänge.

Jadis' langer Rock flatterte ihnen hin und wieder ins Gesicht, manchmal tropfte eiskaltes Wasser auf ihre Köpfe. Trotz der wilden Flucht schaffte es Jadis, über ihr Schicksal zu jammern.

»Ich werde den Rest meiner Tage in ein Heim für Schwererziehbare gesteckt! Oder in ein besonders hässliches Märchen gesperrt, dem ich nie werde entfliehen können … Weil sie mir jede Erlaubnis entziehen werden, durch Spiegel zu gehen! Mein Leben ist vorbei!«

Galina hatte den Eindruck, dass Jadis einfach rannte, ohne zu wissen, wohin. »Aber egal was mit mir ist«, hörte Galina sie weiterjammern. »Wenn die Welt der Geschichten untergegangen ist, gibt es für uns alle sowieso keinen Platz mehr. Dann gibt es weder Heime für Schwererziehbare noch schreckliche Märchen!«

Inzwischen erhellte hin und wieder eine flackernde Fackel den Gang, und sie liefen um eine Kurve. Ein sehr, sehr langer gerader Gang tauchte vor ihnen auf, an dessen Ende eine besonders helle Fackel brannte, die mehrere Stufen nach oben beleuchtete.

Plötzlich ertönte weit hinter ihnen ein dumpfer Knall und das Aufheulen eines Hundes, und Jadis blieb so abrupt stehen, dass alle in sie hineinrannten.

»Autsch«, machte Galina. »'tschuldige.«

»Das ist das Ende«, sagte Jadis mit weit aufgerissenen Augen. »Das ist das absolute Ende! Das Ende aller Geschichten, aller Happy Ends, aller Romantik, aller Liebe …«

Rosalie setzte sich auf Galinas Schulter und schüttelte sich. »Und ich habe nicht einmal Auf Wiedersehen gesagt. Zu Aschenbrödel«, merkte sie traurig an.

»Hört auf zu jammern!«, befahl Galina. »Die Brüder Grimm können uns bestimmt helfen.

Die Kinder rannten die Treppe am Ende des Ganges hinauf, und noch ehe sie die Tür, die sich oben befand, öffnen konnten, wurde sie von innen aufgerissen.

»Die Grimms!«, stieß Jadis entsetzt hervor.

Vor ihnen standen zwei strenge Herren mit schmalen, gebogenen Nasen. Ihr Haar war weiß, und der eine trug eine seltsame Mütze auf dem Kopf. Jadis sah aus, als wäre sie am liebsten die Treppe rückwärts wieder hinuntergestolpert.

»Die sehen echt aus wie auf dem Bild in unserer Aula«, stellte Domingo erstaunt fest.

»Es tut mir leid! Es tut mir leid! Es tut mir leid!«, jammerte Jadis. »Es ist alles meine Schuld! Ich habe das Auge nicht gefunden, dann ist der Wolf aus dem Spiegel gekommen, und Galina …« Unter dem strengen Blick der beiden Herren brach sie ab und senkte den Blick.

»Kommt!« Der eine schloss die Tür hinter ihnen und legte drei schwere eiserne Riegel vor.

»Der Gehörnte ist hinter uns durch den Spiegel gekommen«, sagte Galina, und Jadis zog den Kopf ein.

»Das wollte ich auch gerade sagen«, sagte sie schnell, »aber dafür kann ich nichts. Daran ist Rosalie schuld!«

Die Eule plusterte sich empört auf. Die beiden Grimms wurden blass.

»Dann sind wir verloren!«, sagte der mit der Mütze tonlos.

Doch dann drehten sie sich um und eilten davon. »Kommt! Kommt!«, forderten sie die Kinder hektisch auf.

»Welcher ist welcher?«, zischte Galina Jadis zu.

»Keine Ahnung. Wir nennen sie nur *Die Grimms*. Wir sehen sie auch so gut wie nie. Sie kommen nur am Anfang des Schuljahres in die Halle und begrüßen die Neuen. Und dann verschwinden sie und brüten über ihren Aufzeichnungen.«

»Hast du brüten gesagt?«, fragte Rosalie, die sich an Galinas Schulter krallte. »Wenn das hier vorbei ist, suche ich mir ein schönes Nest und brüte Eier aus. Vier Stück. Ich habe mir schon immer Eier gewünscht. Und nie hat es reingepasst!«

»Rede keinen Unsinn, Rosalie«, widersprach Jadis. »Du musst dich um Aschenbrödel kümmern. Du hast keine Zeit für Eier!«

Es schienen sich Hunderte Türen vor ihnen zu öffnen, und genauso viele wurden hinter ihnen eilig geschlossen. Es war ein Labyrinth von Gängen, die sich mal nach rechts, mal nach links zu öffnen schienen, mit Türen, die bewacht und verschlossen waren.

»Es tut mir so leid. Es tut mir so leid«, jammerte Jadis. »Ich war machtlos. Ich konnte sie nicht davon abhalten!«

»Nun mach dir nicht in die Hose«, sagte Rosalie, die entspannt über ihnen flog. »Wenn wir dort geblieben wären, wären wir zwei jetzt tot. Da ist es mir doch lieber, ich bin nicht tot.«

Alles war erfüllt von den schweren Schritten fester Stiefel, die schnell und energisch im Gleichschritt marschierten, immer schneller werdend, bis alle Gänge von einem dumpfen Dröhnen erfüllt waren. Immer wieder kamen ihnen Trupps von Frauen und Männern entgegen. Alle trugen braune Mäntel, wie Jadis einen getragen hatte, und waren schwer bewaffnet, mit Schwertern, Bögen und Degen. Keiner von ihnen beachtete die Grimms oder die Kinder. Mit großen Augen liefen Galina und Domingo an ihnen vorbei.

»Wer ist das?«, wisperte Galina.

»Die Wächter. Das sind die Akademie-Wächter, die in der Bannwoche Tag und Nacht darauf achten müssen, dass der Gehörnte nicht durch irgendeinen Spiegel kommt …« Jadis machte eine Pause, als sie um die nächste Ecke bogen. »Die Wächter werden jetzt von den anderen Spiegeln abgezogen, um mit vereinten Kräften den Teufel davon abzuhalten, sich dem *Buch der Geschichten* zu nähern. Aber es ist fraglich …«

»Was ist fraglich?«, fragte Domingo, weil sie nicht weitersprach.

»Man kann den Teufel nur davon abhalten, indem man ihn bannt. Und bannen kann man ihn nur, wenn er in seiner Pudelgestalt ist«, zischte Jadis ihnen zu. »Da er ja erst vor Kurzem in seiner Pudelgestalt war, dürfte das schwierig werden.«

»Aber wieso waren sie nicht gleich alle bei dem Spiegel, durch den wir gekommen sind?«, fragte Galina.

Jadis rollte mit den Augen. »Es gibt natürlich nicht nur einen Akademiespiegel. Wir können ja von Glück sagen, dass ihr durch einen der äußeren gegangen seid.« Sie redete, als wäre sie selbst durch überhaupt keinen Spiegel gesprungen, und als wäre das alles nur ein Problem von Galina und Domingo.

»Der äußeren?«, fragte Domingo verständnislos.

»Es gibt auch welche, die sich direkt im …« – Jadis senkte die Stimme noch mehr – »… im Allerheiligsten befinden. Und dort wäre der Gehörnte dann gleich beim *Buch der Geschichten*. Vermutlich hätte er euch auch sofort geschnappt, und dann wäre jetzt sowieso schon alles aus.«

»Aber vielleicht schaffen sie es doch noch, ihn zu bannen«, überlegte Galina hoffnungsvoll.

»Das kann ich mir nicht vorstellen«, murmelte Jadis so leise, dass Galina sie kaum verstand.

Sie sprach nicht weiter, denn im nächsten Moment standen sie vor einer riesigen Tür mit gewaltigen goldenen Türflügeln. Sie war so hoch, dass man den Kopf in den Nacken legen musste, um sie in ihrer Gänze zu sehen. Sie war so viel größer und wuchtiger als all die anderen Türen, dass jedem klar sein musste, dass sie nun einen sehr bedeutenden Bereich der Akademie betreten würden. Einen, in den der Teufel niemals gelangen durfte. Als sie hinter den Grimms stehen blieben, konnte Galina einen Blick auf die Oberfläche der Tür erhaschen. Sie schien aus Tausenden von kleinen Figürchen zu bestehen, Märchengestalten, die sich an den Händen hielten, fliegenden Gänsen hinterhersahen oder sich über einen Brunnen beugten. Drei Männlein, die im Walde standen, ein Turm, aus dem ein langer, goldglänzender Zopf herabhing. Ein Wolf, der hinter einem rot bekappten Mädchen mit Korb herschlich.

»›*Etwas Besseres als den Tod finden wir überall!*‹«, rief einer der Grimms mit lauter dröhnender Stimme.

Erstaunt sahen die Kinder zu, wie sich daraufhin die beiden Flügeltüren ohne ihr Zutun öffneten.

»Das ist der Code«, verriet ihnen Jadis leise. »Jeden Tag wird die Tür durch einen anderen Spruch aus einer Geschichte versiegelt, und der gleiche muss beim Öffnen der Tür verwendet werden.«

»Das stammt aus einer Geschichte?«, fragte Domingo.

»*Die Bremer Stadtmusikanten*«, antwortete Galina ihrem Bruder vorwurfsvoll.

Dann waren sie hindurch, und die schwere Tür fiel mit einem Ächzen hinter ihnen ins Schloss. Einer der Grimms wandte sich um und machte eine seltsame Handbewegung. Mit einem dumpfen Scharren setzte sich ein dicker goldener Balken in Bewegung und verriegelte die Tür. Die beiden Brüder steckten ihre Köpfe zusammen und schienen darüber zu beratschlagen, welchen Spruch sie jetzt verwenden sollten. Einen, auf den der Teufel niemals kommen würde.

»›*Ich bin so satt, ich mag kein Blatt*‹«, schlug der eine vor.

»›*Die Guten ins Töpfchen, die Schlechten ins Kröpfchen*‹«, sagte der andere.

Dann war es eine Weile sehr still. So leise, dass man seinen eigenen Herzschlag in den Ohren hören konnte. Ängstlich sah sich Galina um. Der Raum war so groß, dass man das andere Ende kaum erkennen konnte. Er war mehrstöckig, und sie befanden sich auf der obersten Galerie. Dunkle, mit allerlei seltsamen Figürchen geschnitzte Geländer schirmten diese Galerie von dem eigentlichen Saal ab, der weit in der Tiefe lag. Galina trat an das Geländer und blickte hinab. Über mehrere Stockwerke konnte man bis hinunter ins Erdgeschoss sehen, in dem ganz klein ein paar Tische und eine winzige Frau in einem hellblauen Kleid zu erkennen waren.

Die Wände waren in jedem Stockwerk von oben bis unten mit Bücherregalen bedeckt, in denen Millionen ledergebundener Bücher standen, deren Buchrücken mit goldener Schrift beschrieben waren. Die Grimms gingen weiter, und die Kinder folgten ihnen. Während sie hinter den Märchensammlern weitereilten, konnte Galina ein paar Blicke auf einzelne Titel erhaschen. *Rumpelstilzchen. Schneeweißchen und Rosenrot. Sechse kommen durch die ganze Welt. Semeliberg. Schneewittchen.*

Sie erreichten eine Wendeltreppe, die nach unten führte, und eilig stiegen sie hinter den Grimms hinab.

Wieder las Galina im Vorbeigehen einige Buchrücken. *Madita. Pippi Langstrumpf. Räuber Hotzenplotz. Cassandra Carpers fabelhaftes Café* … Sogar Rosalie hielt ausnahmsweise die Klappe. Ganz unten angekommen, erkannte man nun, dass die Tische, die von oben so klein gewirkt hatten, alte, fein gearbeitete Holztische waren. In der Mitte des Raumes entdeckten sie schließlich zwei weitere Personen, von denen eine stand. Es war die Frau, die sie schon von oben gesehen hatten, in einem altertümlichen hellblauen, bodenlangen Kleid. Es war hochgeschlossen und glänzte in dem flackernden Kerzenlicht. Sie trug dazu ein hellblaues Häubchen, dessen Rüschen das kleine Gesichtchen einrahmten. Einzelne dunkle Locken kringelten sich vor den Rüschen.

Sie stand neben einem Rollstuhl, in dem eine Person mit dem Rücken zu ihnen saß, und sah ihnen entgegen.

»Austen«, bellte einer der Grimms. »Der Ernstfall ist eingetreten!«

Die Person im Rollstuhl drehte ihr Gefährt um. Sie trug einen dicken Kopfverband, aus dem einige graue Haare ragten.

»Madame Laurent«, hauchte Galina und schlug sich die Hand vor den Mund.

Die Grimms nickten den beiden Frauen zu.

»Wer ist beim Buch?«, sagte Madame Laurent knapp, ohne die Kinder zu beachten.

»Meister Wu«, antwortete der eine Grimm.

Madame Laurent fuhr zu einer verborgenen Tür hinter einem Regal voller unscheinbarer Bücher. Mrs Austen öffnete die Tür für sie, und alle lugten einen Moment lang neugierig in den Raum.

Es war ein großer, kreisrunder Raum, der fast komplett leer war. An den Wänden hingen lauter Spiegel in den unterschiedlichsten Ausführungen. Klein und rund, groß und eckig, breit und länglich. Alle trugen dieselben Ornamente, und allen war gemein, dass über ihnen zwei goldene Grimm-Büsten angebracht waren, die halb verschmitzt, halb ernst zu ihnen herabsahen. Das riesige Pendel einer Standuhr schwang behäbig von einer auf die andere Seite und erfüllte den Raum mit seinem regelmäßigen Ticken.

In der Mitte des runden Raums befand sich ein einziger, ebenso runder Tisch, auf dem ein unglaublich dickes Buch lag. Es war geschlossen, und man sah, dass es mit einem Schloss gesichert war. Ein Schloss, das so dick war, dass es eher zu der riesigen goldenen Tür passte, die oben in die Bibliothek führte. Direkt davor saß mit gesenktem Kopf eine Gestalt im Schneidersitz, den Rücken der Eingangstür zugewandt.

»Sieh doch«, flüsterte Domingo und zeigte hinauf zur Decke.

Das Zimmer war so hoch, als wäre es Teil eines Turms. Trotz der großen Höhe konnte man jedoch erkennen, dass die Zimmerdecke mit aufwendigem Stuck verziert war. Aber das, worauf Domingo sie hinweisen wollte, war nicht der Stuck, sondern die Vögel, die dort oben herumsegelten. Sie sahen ein bisschen aus wie Geier oder Adler. Und sie kreisten in so großer Höhe, dass man nur erkennen konnte, dass ihre Leiber weiß glänzten.

»Sie sind aufgeschreckt«, flüsterte Jadis. »Weil sie den Gehörnten spüren …«

Madame Laurent rollte zurück, wobei sie Jadis mit ihrem

Rollstuhl über den Fuß fuhr, und die Tür schloss sich von alleine wieder.

»Nun gibt es nur noch eine einzige Chance für uns«, sagte Madame Laurent leise, mehr zu sich selbst. Sie fuhr ihnen voraus zurück in die Bibliothek.

»Wir werden euch Kinder durch diesen Spiegel …«, sie deutete vor sich an die Wand, »zurück in die Villa schicken. Ihr nehmt das Auge und legt es vor den Spiegel …«

»Und wenn dann wieder Tiere und Gestalten aus *Rotkäppchen* …«, fing Galina an.

»Das müssen wir in Kauf nehmen. Ihr legt den Würfel vor den Spiegel, und wir versiegeln ihn von innen.«

»Und dann?«, hakte Domingo nach. »Was tun wir dann?«

»Dann könnt ihr nur noch beten«, sagte Madame Laurent. »Beten, dass wir den Gehörnten so lange aufhalten, bis er sich verwandelt und wir ihn dann bannen können.«

Galina konnte sich nicht vorstellen, wie Madame Laurent das schaffen wollte. Sie sah sehr müde und alt aus. Ihr Gesicht war hager, und die Augen lagen tief in den Höhlen.

»Also los!« Madame Laurent wandte sich den Grimms und Mrs Austen zu. »Ich würde vorschlagen, Sie drei kümmern sich um den ersten Verteidigungsring. Die Spiegelspringer dort können bestimmt jeden Mann und jede Frau gebrauchen. Und ich schicke die Kinder zurück.«

Die Grimms und Austen nickten nur, dann eilten sie davon, die Wendeltreppe hinauf.

»Und wenn es nicht gelingt?«, wollte Galina wissen.

»Dann wird euch der Gehörnte hierher zurückbringen. Und ihr müsst entscheiden, ob ihr ihm das *Buch der Geschichten* öffnet oder nicht.«

»Aber …«, setzte Jadis an, doch Madame Laurent unterbrach sie.

»Ich kann euch nicht sagen, was passieren wird«, sagte sie sanft, »das weiß man erst am Ende der Geschichte. Und nun hinein mit euch!«

Sie wedelte mit den Händen. Galina spürte, wie sich Rosalie fest an ihre Schulter krallte.

»Ich habe Angst«, flüsterte Galina ihr zu.

Rosalie rieb ihren Kopf tröstend an Galinas Wange.

»Es fühlt sich anders an!«, sagte Galina. Wieder nahm sie Domingos Hand in ihre Rechte und Jadis' Hand in ihre Linke. »Ich spüre keinen Sog!«

»Ich auch nicht!«, bestätigte Jadis.

Domingo zuckte nur mit den Schultern.

»Es ist keine Zeit zu verlieren«, drängte Madame Laurent.

Die Kinder nickten sich zu, dann nahmen sie Anlauf und sprangen in den Spiegel.

Es klirrte, und der Spiegel zersprang in tausend Scherben. Galina stieß schmerzhaft mit dem Kopf gegen eine Wand, und eine Scherbe bohrte sich in ihre Schulter. Der Aufprall schleuderte die Kinder zu Boden.

»Autsch!«, hörte sie Jadis jammern. »Was war das denn?«

Als Galina aufblickte, sah sie, dass der Spiegelrahmen

schief an der Wand hing. Feine Scherben rieselten zu Boden. Mit offenem Mund sah sich Galina zu Madame Laurent um.

Die alte Dame war so blass, dass ihr Gesicht zu leuchten schien. »Er hat die Spiegel verschlossen«, brachte sie hervor. »Nun ist alles verloren!«

Einen Moment lang war es totenstill in der Bibliothek. Dann wurde oben die große Tür aufgerissen. Mrs Merlowski, Tante Serafina und Lovec stürmten die Wendeltreppe hinunter und erreichten die unterste Ebene der Bibliothek.

»Was ist denn hier los?« Mrs Merlowski stemmte die Hände in die Seiten, als sie den kaputten Spiegel bemerkte.

»Das Gleiche könnte ich euch fragen«, erwiderte Madame Laurent spitz. »Wo kommt ihr so plötzlich her?«

»Wir sind durch einen der Spiegel im äußeren Ring gesprungen«, erklärte Serafina verlegen. »Stellt euch vor, ich kann jetzt auch durch die Spiegel springen!«, fügte sie begeistert hinzu. »Man muss es nur wirklich wollen, ich habe wohl immer zu sehr gezögert. Ich weiß, es ist verboten, in der Bannwoche die Akademie durch einen Spiegel zu betreten, aber …«

Domingo und Galina starrten ihre Tante ungläubig an. Tante Serafina hatte noch nie irgendetwas Verbotenes getan. Nicht, solange die Kinder sie kannten. Und sie hatten ihre Tante auch noch nie so aufgeregt und schnell reden hören.

»Aber wir hatten keine andere Wahl. Außerdem wussten wir, dass der Gehörnte den Kindern auf den Fersen ist. Er konnte also gar nicht mit uns durch den Spiegel kommen!«

»Was ist mit dem Spiegel hier passiert?«, wollte Mrs Merlowski wissen.

»Verschlossen«, sagte Madame Laurent. »Der Gehörnte hat uns in der Akademie eingeschlossen. Mit den Kindern, direkt vor dem *Buch der Geschichten*.«

Lovec sah sich um, als wäre er zum ersten Mal in der Akademie.

»Ich weiß nicht«, sagte er und kratzte sich am Kopf, »mir kommt das alles bekannt vor, aber wo habe ich all diese Bücher schon einmal gesehen?«

»Vielleicht, als du das letzte Mal hier gewesen bist«, meinte Domingo hilfsbereit.

»Wenn, dann habe ich gar keine Erinnerung mehr daran«, brummelte Lovec in seinen Bart.

Er wühlte in seinem Lederbeutel nach Trockenfleisch und steckte sich ein Stück in den Mund. »Jemand Lust auf Trockenfleisch? Rentier. Aus *Nils Holgersson*. Verdammt lecker«, bot er freundlich an.

»Ich wünschte, er würde endlich wieder normal werden«, sagte Tante Serafina mit gerunzelter Stirn. »Dieses Trockenfleisch riecht wie billiges Hundefutter.«

»Es muss eine Lösung geben! Ihr müsst von hier weg!«, stieß Madame Laurent energisch hervor und drehte mit ihrem Rollstuhl so heftig um, dass die Reifen ein krächzendes

Quietschen von sich gaben. Sie rollerte mit kräftigen Armstößen bis zu der unscheinbaren Tür, hinter der das *Buch der Geschichten* lag. Domingo und Galina folgten ihr mit etwas Abstand.

»Müssen wir nicht unsere Eltern befreien?«, flüsterte Domingo Galina zu. »Was ist mit ihnen?«

Rosalie flatterte aufgeregt um sie herum.

»Macht mir auf!«, bellte Madame Laurent, und Galina beeilte sich, dem Wunsch nachzukommen.

Als die Tür aufging, sahen sie noch immer den uralten Mann auf dem Boden sitzen, mit dem Rücken zu ihnen. Er schien sich in der Zwischenzeit keinen Millimeter bewegt zu haben. Doch als er sie diesmal hörte, ging ein leichtes Beben durch seinen Körper, und er sagte, als hätten sie ihn irgendetwas gefragt: »Er wird nicht alle Spiegel unter Kontrolle haben.«

Sprachlos öffnete Galina den Mund. Woher wusste der Mann, was sie fragen wollten?

Madame Laurent wunderte das offensichtlich nicht, sie nickte nur.

»Du weißt, welche Spiegel er nicht verschließen wird, weil sie ihm zu nahe sind«, fügte er hinzu, drehte sich jedoch noch immer nicht um.

»Aber diese Spiegel … wir waren uns einig, dass nur Erwachsene diese Spiegel nutzen dürfen«, brachte Madame Laurent hervor und legte sich erschrocken die Hand auf die Brust.

»Ja. In gewöhnlichen Zeiten ist das wohl die richtige Entscheidung. Aber jetzt ist es besser, sie durch einen dieser Spiegel zu schicken, als sie hierzubehalten. «

»Aber …«, krächzte Madame Laurent.

»Gib ihnen Pfeil und Bogen mit. Und viel Mut. Dann werden sie sich schon durchschlagen.«

Galina warf einen erschrockenen Blick auf ihren Bruder, der mit großen Augen auf das verschlossene *Buch der Geschichten* starrte.

»Können wir nicht einfach hierbleiben?«, flüsterte sie.

»Nein«, sagte der Mann knapp. »Wir müssen verhindern, dass euch der Teufel hier findet!«

Madame Laurent straffte ihren Oberkörper und sagte nun mit Entschlossenheit in der Stimme: »Kommt. Es wird Zeit!«

Ein glucksendes Geräusch ertönte. Lovec war ihnen gefolgt und fing an zu lachen, er breitete die Arme aus und drehte sich im Kreis.

»Ich werde euch Lovec mitgeben. Er ist uns hier sowieso zu nichts nutze«, stellte Madame Laurent kopfschüttelnd fest. »Und wenn ihr ihm sagt, was er tun soll, wird er schon das Richtige tun – er kann euch sicher verteidigen, wenn es sein muss.«

Etwas irritiert sahen die Kinder Lovec an. Der Spiegelspringer hatte sich auf den Rücken gelegt und ruderte mit den Armen, als wollte er einen Schneeengel formen. Er sah eigentlich nicht danach aus, als würde er bei irgendetwas eine große Hilfe sein. Schon gar nicht hinter Spiegeln, die eine große Gefahr bargen.

»Vögelchen, Vögelchen, flieg!«, rief er hinauf zu den großen Vögeln, die ganz weit oben kreisten und aufgeregt krächzten, als sie Lovecs Stimme hörten.

»Lovec! Sei nicht albern!«, herrschte Madame Laurent ihn an. »Du bist ein erwachsener Mann! Steh auf!«

»Ich bin ein erwachsener Mann«, lachte Lovec. »Natürlich, ich bin ein erwachsener Mann. Hey, ihr da oben, ich bin ein …«

»SCHLUSS!«, donnerte Madame Laurent und rollte aus dem Raum. »Steh auf, die Kinder müssen …« Ihre Stimme wurde leiser. So, als wäre es ihr unangenehm, es auszusprechen. »In den äußersten Ring. Zu den finsteren Spiegeln.«

Lovec stand auf und folgte ihr und den Kindern zögerlich zurück in die Hauptbibliothek. Die Tür fiel hinter ihnen ins Schloss, man hörte keine Vogelrufe mehr, und Lovec sagte: »Zu den finsteren Spiegeln? Aber fürchte ich mich da nicht?«

Galina sah ihn ängstlich an. Sie konnte sich nicht vorstellen, dass es irgendetwas gab, das Lovec Angst machte. Und wenn, dann musste es etwas ganz Schlimmes sein!

»Nein, tu ich nicht!«, rief Lovec da fröhlich aus. »Jetzt fällt es mir wieder ein, ich bin ja ein erwachsener Mann! Es müssen sich nur Kinder fürchten, Kinder wie ihr beide!« Er schlug Domingo so heftig auf die Schulter, dass dieser mit einem Stöhnen in die Knie ging.

»Dummkopf«, murmelte Madame Laurent.

Galina bekam eine Gänsehaut.

Tante Serafina war dagegen gewesen.

Mrs Merlowski war dagegen gewesen.

Lovec hatte Trockenfleisch gemampft und nur hin und wieder genickt, obwohl es nichts zu nicken gab.

»Wir werden mitkommen und euch verteidigen! Ihr werdet hinter den finsteren Spiegeln nicht alleine sein!«, erklärte Tante Serafina nun sehr bestimmt.

Und dann liefen sie los. Lovec führte die Truppe an, nur er wusste den Weg. Es ging durch eine Tür am anderen Ende der Bibliothek. Er rannte mit seinen langen Beinen so schnell, dass sie kaum Schritt halten konnten. Es ging gebogene Gänge entlang, die sich zu kleinen Räumen mit lichten Kuppeln öffneten, in denen Spiegel unterschiedlicher Größe hingen. Keiner der Spiegel hatte noch einen Sog. Lovec schien das nicht zu entmutigen, er klopfte hin und wieder gegen einen und sagte: »Simsalabim, nun mach doch auf«, dann lachte er und zeigte dabei seine großen weißen Zähne, die im Dämmerlicht zu leuchten schienen.

Galina war froh, dass er dabei war. Tante Serafina zum Beispiel schien riesige Angst zu haben, wenn sie auch entschlossen wirkte. Und Jadis bekam fast keine Luft mehr, weil sie ununterbrochen redete. *»Der wunderliche Spielmann«*, sagte sie bei einem Spiegel. *»Die zwölf Brüder. Das Lumpengesindel. Die drei Spinnerinnen …«*

»Was redest du da?«, wollte Domingo wissen.

»Dahin führen die Spiegel«, sagte Jadis. »*Die drei Schlangenblätter. Die weiße Schlange. Strohhalm, Kohle und Bohne* … Alle sind verschlossen!«

»Diese Grimms können nichts anders als schreiben, schreiben, schreiben«, beklagte sich Lovec, der sein Tempo verlangsamt hatte. »Haben sie jemals Sport gemacht? Sind zum Friseur gegangen? Hatten einen entspannten Abend mit ihren Kumpels? Nein!«

»Die Nixe im Teich«, murmelte Jadis weiter. *»Der Hase und der Igel. Der Trommler. Drei Haselnüsse für Aschenbrödel* …«

Rosalie kreischte auf: »Ich will nach Hause!« und flog gegen die Spiegelscheibe. Federn wirbelten durch die Luft, und Rosalie fiel zu Boden.

»Jetzt hab dich nicht so!«, fauchte Jadis sie an. »Jeder von uns will nach Hause. Und Grießbrei essen.«

»Grießbrei«, sagte Lovec verträumt und hielt inne. »Habe ich schon ewig nicht gegessen.«

»Kein Grießbrei«, jammerte Rosalie.

»Nun komm schon«, lockte Galina sie. »Wir bringen dich schon irgendwann zurück …«

Rosalie flatterte auf ihre Schulter und rieb die weiche Federwange an der ihren.

Dann ging die wilde Jagd weiter. Weiter durch die Gänge, es wurde wärmer und immer wärmer. Und nach den Blicken zu urteilen, die Serafina und Jadis sich zuwarfen, verhieß das nichts Gutes. Außerdem nahm der Lärm zu. Man hörte Leute schreien, sich Befehle zubrüllen. Schwere Stiefel knallten auf den Boden, es rasselte Metall an Metall. In der Luft lag der rauchige Gestank von Feuer.

Schließlich blieb Lovec wieder stehen. Er holte sein Trockenfleisch heraus und bot allen etwas davon an. Aber niemand außer ihm hatte Appetit.

»Da vorne beginnt der äußerste Ring«, sagte er schließlich.

»Dann bring uns dahin!«, fauchte Tante Serafina.

»Ich weiß bloß nicht mehr …«, er grübelte mit gerunzelter Stirn, »… ich glaube, ich bin noch nie …«

»Natürlich bist du schon einmal durch einen dunklen Spiegel gegangen«, sagte Serafina kraftlos.

»Aber nicht alleine!«, stieß er triumphierend hervor. »Waren wir nicht …«

»Viele.« Serafina nickte gequält.

»Ja«, begeisterte sich Lovec. »Wir waren viele.«

»Wir sind jetzt auch viele«, sagte Galina und sah von einem zum anderen.

Jadis seufzte. »Viele Kinder und alte Frauen«, wandte sie ein, und seltsamerweise schimpften weder Tante Serafina noch Mrs Merlowski.

Aber Lovec schien das zu reichen, und er lief weiter in den nächsten Raum. Er war düster und kalt, und es gab mehrere Spiegel, in denen man sich nicht richtig sehen konnte. Ihre Oberfläche war schwarz wie Tinte und wirkte wie dunkles Wasser, über das Wellen in konzentrischen Kreisen laufen.

»Gut«, murmelte Serafina. »Die Spiegel hier sind nicht verschlossen.« Dann hob sie die Hand und hielt Lovec davon ab, gleich durch den nächsten zu springen. »Also, ihr müsst wissen, es gibt einen Grund, wieso diese Spiegel fast nie benutzt werden. Und vor allen Dingen nicht von Kindern.«

Domingo nickte, konnte jedoch seine Augen nicht von der matt glänzenden Oberfläche abwenden, die ihn fast magisch anzuziehen schienen.

»Man gerät in die bösen Märchen und Geschichten und kann ihnen nur schwer wieder entrinnen. Ihr müsst eure Sinne beieinanderhaben, ihr müsst euch immer daran erinnern, warum ihr dort seid. Denkt immer an etwas, das außerhalb dieser schlechten Welt liegt. Etwas, das euch die Kraft gibt, wieder in eure Welt zurückzukommen!«

Chronikend der Spiegelwelt

Hütet euch vor den dunklen Spiegeln, denn in ihnen lauern die schlimmsten Gefahren!

Wo es ein Oben gibt, gibt es auch ein Unten. Wo es weiß gibt, gibt es schwarz, hell und dunkel. Gut und böse.

Nun fragt ihr euch vielleicht, wer die dunklen Geschichten schreibt. Stehen sie auch im *Großen Buch der Geschichten* und fließen in die Hand des Autors? Ja, das tun sie. Sie werden aufgezeichnet und in Bücher geschrieben, und wenn du eines dieser Bücher öffnest, wirst du entscheiden müssen, was du damit anfängst.

Ob du den Weg hindurchfindest.

Ob die Geschichte als kleiner Albtraum in deinem Herzen zurückbleibt. Oder ob sie dich begleitet und jeden Tag ein kleines bisschen dunkler werden lässt.

Den Spiegelspringerkindern ist es verboten, den äußersten Ring zu betreten. Es ist zu gefährlich für sie. Zu groß ist die Gefahr, in einen der Spiegel zu geraten und nie wieder hinauszufinden.

Ihr könnt euch vielleicht auch denken, welches Spiegelspringerkind sich nicht an diese Regel gehalten hatte. Es war Lorelei Laurent, die in *Jack the Ripper* sprang. Sie sprang ins düstere London, irrte dort umher und wurde Zeugin entsetzlicher Dinge. Sie sprang auch in *Dr. Jekyll und Mr. Hyde*, in den *Friedhof der Kuscheltiere* und in *Dracula*. Im eisigen Transsilvanien lief sie in der verfallenen Burg umher und stieg bis tief hinunter in die Gruft. Dort erwischte Graf Dracula sie, als sie vor seinem Sarg stand. Sie tranken starken schwarzen Tee zusammen – wobei Lorelei sich nicht sicher war, ob die Flüssigkeit in Graf Draculas Teetasse wirklich Tee war. Als er sie dann packte und seine langen Zähne in ihren Hals graben wollte, entwischte sie in letzter Sekunde. Sie behielt zwei kleine, schlecht heilende Narben am Hals und eine schneeweiße Haarsträhne zurück.

Lorelei Laurents Neugierde war immer größer gewesen als ihre Angst. Und doch schreckte sie davor zurück, die Kinder in die bösen Geschichten zu schicken. Aber sie hatte keine andere Wahl. Es musste sein.

10

Hinter ihnen krachte etwas fürchterlich. Alles schien plötzlich voller Rauch zu sein. Ein Geruch, den Galina inzwischen kannte. Es roch nach Schwefel und verbranntem Horn. Sie hörte das meckernde Lachen, dann riss sie der Sog des Spiegels fort. Sie wurde durch Zeit und Raum geschleudert und landete schmerzhaft auf dem Bauch in einem Zimmer, das nur von Kerzen erleuchtet war. Sie lagen auf einem großen, abgetretenen Perserteppich. Vor ihnen stand ein alter, dunkler Schreibtisch. Ihr Aufprall hatte die Aufzeichnungen darauf durcheinandergewirbelt, einige der vergilbten Blätter waren zu Boden geglitten. Direkt vor ihr, auf den Zeichnungen, saß Rosalie. Sie schüttelte ihre Federn und sah sich um. Beim Anblick der gruseligen Bilder kippte sie einfach nach hinten um.

»O Gott!«, flüsterte Galina. »Rosalie ist ohnmächtig!«

Gänsehaut lief über ihren ganzen Körper, und sie spürte, wie sich tief in ihrem Bauch etwas verkrampfte. Ein eiskaltes Kribbeln. Sie stupste die Eule sanft an, die langsam wieder zu sich kam.

»Mary Shelleys *Frankenstein!*«, keuchte Jadis neben ihr.

»Was bedeutet das?«, wollte Galina wissen.

»Es bedeutet, dass hier irgendwo ein Monster herumläuft!«, wisperte Rosalie. »Ein grässliches, riesiges Monster!«

»Wo sind Serafina und Mrs Merlowski?«, fragte Domingo alarmiert.

»Nicht da!«, bemerkte Galina tonlos.

»Und Lovec?« Domingos Stimme hörte sich dünn an.

»Verdammt, verdammt, verdammt!« Jadis zog sie beide nach oben. »Wir verschwinden von hier. Das ist kein guter Ort! Das ist ein ganz, ganz, schlechter Ort!«

Galinas Hände fühlten sich klamm an. Rosalie krallte sich wieder an ihre Schulter. Unter den Füßen der Kinder rutschten die Zeichnungen weg. Jadis öffnete die Tür. Sie führte auf einen dunklen Gang. Galina spürte, wie ihr Bauch immer mehr kribbelte. Sie legte ihre Hand darauf.

»Victor Frankenstein wollte Leben erschaffen. Aber er machte seine Sache nicht gut. Er gab sich nicht richtig Mühe, und das Ding, das er erschuf, wurde hässlich und böse.«

»Warum hat er sich keine Mühe gegeben?«, wollte Domingo wissen.

»Wahrscheinlich wollte er schnell fertig werden«, überlegte Rosalie. »Dann hat er geschludert. Es ist nie gut zu schludern. Gut Ding will Weile haben! Merkt euch das, Kinder!«

Am Ende des Ganges hing ein roter Samtvorhang. Sie

schoben ihn zur Seite. Dahinter befand sich eine hölzerne Empore. Gaslampen erleuchteten den Raum darunter. Seltsame Gerätschaften standen herum. Alles war weiß gefliest, an einem Haken hing ein weißer Kittel, wie Ärzte ihn tragen.

»Hoffentlich ist Frankenstein nicht in der Nähe«, sagte Rosalie leise, während die Gruppe wieder auf den Gang hinaustrat. »Ich kann mir nicht vorstellen, dass ihn unser Besuch sehr freuen würde.«

»Sei still, Rosalie!«, fauchte Jadis die Eule an.

»Ich habe gehört ...«

»Still!«

»Ich habe gehört, dass er äußerst unangenehm ist ...«

Jadis warf der Eule einen so bösen Blick zu, dass sie den Schnabel einmal auf- und dann, ohne etwas zu sagen, wieder zuklappte.

»Denk an etwas anderes!«, befahl Jadis ihr.

»Ich kann an nichts anderes denken!«, jammerte Rosalie. »Wenn ich vor etwas Angst habe, dann kann ich nur noch daran denken.«

Galina ging es genauso. Sie strich der Eule über das Gefieder. »Denk an die Eier«, schlug sie vor. »Wenn du wieder zurück bist in deinem Märchen, wirst du ein Nest bauen und vier Eier haben.«

»Ja, das werde ich.« Rosalie nickte. »Vier wunderschöne, grün gesprenkelte Eier. Das wird wunderbar.«

Jadis öffnete eine weitere Tür. Sie befanden sich jetzt in einer Bibliothek. Die Wände waren mit Bücherregalen gesäumt, die an einer Stelle von einer großen schwarzen Tür unterbrochen wurden. In der Mitte des Raumes stand ein großer Tisch, auf dem sich Bücher stapelten. Darauf stand eine kleine Laterne, die nicht brannte.

»Nach was suchen wir denn?«, fragte Domingo flüsternd.

»Irgendwo muss es einen Spiegel geben, der aus dieser Geschichte herausführt. In eine bessere Geschichte.«

Jadis versuchte, die kleine Laterne anzumachen, was ihr aber nicht gelang.

»Oder in eine schlechtere«, sagte Rosalie mit lauter, klarer Stimme. »Sehr wahrscheinlicher ist eine schlechtere Geschichte. Bei dem Glück, das wir gerade haben.«

»Pscht«, machten alle drei Kinder gleichzeitg.

»Ist doch wahr«, murmelte Rosalie. »Wieso sind wir überhaupt in diese Geschichte gesprungen? Hättet ihr nicht aufpassen können? Es gab so viele Spiegel, und ihr springt in den dunkelsten davon!«

»Pscht«, sagten sie alle drei noch einmal.

»Habt ihr nicht gelernt, die Spiegel zu unterscheiden?«, fragte Rosalie, während Jadis langsam auf Tür zwischen den Bücherregalen zuging. »Das kommt davon, wenn man im Unterricht nicht aufpasst. Nicht lernt. Und seine Hausaufgaben vernachlässigt.«

Jadis warf ihr einen drohenden Blick zu und blieb dann vor der Tür stehen. Sie war mit Eisenstreben verstärkt und wirkte daher sehr stabil. »Vielleicht führt diese Tür nach draußen«, sagte sie und streckte die Hand aus.

Domingo schüttelte den Kopf. »Niemals führt eine Tür von der Bibliothek direkt nach draußen.«

Trotzdem drückte Jadis vorsichtig die Klinke hinunter. Die Tür schwang fast lautlos nach innen. Jadis hob die rechte Hand, um den anderen anzuzeigen, dass sie warten sollten. Über ihre Schulter konnte Galina erkennen, dass es in dem Raum stockfinster war, er schien überhaupt keine Fenster zu haben. Jadis bedeutete ihnen, still zu sein, und sie lauschten. Das wilde Gebrüll des Teufels war nicht mehr zu hören. War er vielleicht durch einen anderen Spiegel gesprungen und gar nicht in diese Geschichte? Galina hatte trotzdem ein ungutes Gefühl, irgendetwas sagte ihr, dass das nicht stimmte.

»Ich höre etwas«, murmelte Jadis sehr leise.

»Ich auch«, stimmte Rosalie zu. »Ich höre etwas atmen.«

Galina verschluckte sich fast vor Aufregung. Aber sosehr sie auch lauschte, sie hörte eigentlich gar nichts.

»Hat jemand ein Feuerzeug dabei?«, flüsterte Jadis. »Dann könnten wir uns Licht machen?«

»Macht vor allen Dingen schnell«, murmelte Galina.

»Da ist noch etwas viel näher«, behauptete Rosalie. »Ich spüre den warmen Atem in meinem Federkleid.«

»Das kannst du doch gar nicht fühlen«, zischte Jadis ihr zu.

»Meine Sinne sind sehr viel besser als die von euch Menschenkindern«, flüsterte Rosalie beleidigt. »Wenn ich meine Augen weit öffne, kann ich bis in den letzten Winkel dieses Raumes sehen.«

»Und wieso öffnest du dann nicht deine Augen?«, fragte Jadis.

»Weil man manchmal gar nicht alles sehen will, was es zu sehen gibt«, wisperte Rosalie noch beleidigter. »Ist doch wohl klar!«

Domingo nahm die Laterne vom Tisch und kramte ein Feuerzeug aus der Hosentasche. Kurz darauf erhellte flackerndes Laternenlicht den finsteren Raum.

Galina kreischte entsetzt auf, und gleichzeitig brüllte etwas so wild und ungestüm los, dass die Kinder vor Schreck gegeneinanderstießen und übereinanderfielen. Galina kam es vor, als bräuchte sie Stunden, um sich aufzuraffen und davonzulaufen. So etwas Schreckliches hatte sie noch nie gesehen! Ein riesiger Mann hatte direkt vor ihnen gestanden. Er war bestimmt über zwei Meter groß und breit wie ein Schrank! Sein Kopf war so riesig, dass er damit an die Decke zu stoßen schien. Die Stirn war viel zu hoch, und ganz oben, dort, wo sein Kopf endete, schien dieser unnatürlich flach zu sein!

»Hier lang!«, schrie Jadis und lief zurück in den Gang.

Rosalie flog über ihnen. Im Gegensatz zu den Kindern schien sie jetzt ganz ruhig zu sein.

»Hab ich es euch nicht gesagt!«, rief sie begeistert. »Man will einfach nicht alles sehen!«

»Klappe!«, zischte Jadis und riss eine weitere Tür auf.

Eine steile Treppe führte tief hinunter in ein schwarzes Loch. Es roch muffig und abgestanden.

Domingo hielt die Laterne in den Treppenniedergang. Die unregelmäßigen Stufen, die in die Tiefe führten, sahen gespenstisch aus.

»Der Keller!«, sagte Domingo tonlos. »Wir dürfen nicht in den Keller, das ist immer eine Falle … da kommen wir bestimmt nicht mehr raus!«

Sie hörten die eiligen, ungelenken Schritte einer schweren Person, und ihnen wurde sofort klar, dass sie nicht mehr umkehren konnten.

Dann ging alles sehr schnell. Die Tür zum Gang wurde aufgerissen, und das Monster trat hinaus. Galina taumelte rückwärts und stieß dabei Domingo an. Das Monster brüllte los, als es die Kinder sah, und dann spürte Galina Jadis' Hand, die sie einfach mit sich zog, in den Keller hinein. Sie stolperten die Stufen hinunter, ganz unten gerieten sie ins Taumeln, und Galina fiel mit den Knien auf den Boden. Domingo riss sie hoch, und sie hasteten weiter, die Decke des Kellers wurde niedriger und niedriger, bis schließlich …

Bis sie schließlich vor einer unverputzten Mauer standen.

Hier ging es nicht mehr weiter!

Ängstlich kauerten sie sich in die Ecke. Galina kniff ganz fest die Augen zusammen und hörte die Schritte näher kommen. Es klang ein bisschen so, als würde das schwere Monster taumeln und sich gegen die Wand stützen. Dabei ächzte es, als hätte es sich wehgetan.

Schließlich verstummten die Geräusche.

Eine ganze Weile hörte man gar nichts mehr. Nicht einmal das Rascheln von Rosalies Federn. Vorsichtig öffnete Galina die Augen. Domingo hatte vergessen, die Lampe auszumachen, deswegen wurde der kleine Raum von dem gespenstischen Licht erfüllt. Zu dritt kauerten sie in einer Ecke, Rosalie hatte sich in Galinas Schoß geschmiegt. Und direkt ihnen gegenüber, in der anderen Ecke, kauerte das schreckliche Monster und sah mit schreckensbleichem Gesicht die drei Kinder an.

»Der Gehörnte ist hier«, flüsterte es.

Die Stimme hörte sich an, als hätte das Monster noch nie gesprochen. Irgendwie rau und nicht richtig menschlich.

»Ja«, antwortete Galina, weil sie nicht wollte, dass sich das Monster aufregte.

»Hat jemand die Tür zugemacht?«, fragte ihr Gegenüber.

»Nein. Die sind alle total panisch hier runtergelaufen«, erklärte Rosalie und schüttelte ihre Federn. »Absolut schwachsinnig.«

»Ich konnte auch nicht mehr denken«, sagte das Monster. »Wir hätten umkehren sollen, vom Zimmer davor kommt man in den Garten.«

»Wieso hast du denn nichts gesagt?«, fragte Rosalie.

»Ich hatte solche Angst«, flüsterte das Monster.

»Du hattest Angst?«, fragte Domingo.

»Ich wusste nicht, dass Monster sich fürchten können«, sagte Rosalie.

Galina sah, wie sich die Augen des Monsters weiteten,

und sie meinte, ihr Herz würde stehen bleiben. Im nächsten Moment fing es bitterlich an zu weinen. Betreten schwiegen die Kinder, bis schließlich Rosalie hochflatterte und sich auf die Schulter des Monsters setzte.

»Du darfst natürlich Angst haben«, sagte sie freundlich, und rieb ihre Wange ein wenig am Gesicht der Schreckensgestalt. »Das ist doch ganz normal!«

»Ihr seid vor *mir* davongelaufen!«, jammerte es weinend. »Ihr seid gar nicht vor dem Gehörnten geflohen!«

»Natürlich sind wir vor dem Gehörnten geflohen«, widersprach Jadis. »Glasklar. Wir würden nie auf die Idee kommen, vor dir davonzulaufen.«

»Alle laufen vor mir davon«, sagte das Monster niedergeschlagen. »Alle haben Angst vor mir!«

»Vielleicht würde eine Perücke helfen«, meinte Rosalie hilfsbereit. »Das könnte deine hohe Stirn kaschieren.«

Das Monster tastete zögernd nach seiner Stirn.

»Es gibt auch richtig gutes Make-up für …« Rosalie räusperte sich und sah panisch in die Runde.

»Für was?«, wollte das Monster wissen.

»Für Narben!«, erklärte Rosalie widerstrebend. »Heutzutage muss niemand mehr so herumlaufen. Es gibt für alles eine Lösung. Auch die richtige Kleidung kann helfen. Du solltest diese scheußlichen Verbände loswerden. Damit siehst du wirklich gruselig aus. Dann ein nettes geblümtes Hemd und eine saubere Hose …« Sie verstummte.

Das Monster ließ seinen Kopf auf die Knie sinken und

versteckte ihn zwischen den Armen. Grässliches Gebrüll von oben ließ alle zusammenzucken.

»Der Gehörnte war schon einmal hier«, flüsterte das Monster. »Kurz nachdem mich Dr. Frankenstein erschaffen hat. Ich habe Angst vor ihm!«

»Das musst du nicht«, versuchte Galina ihn zu beruhigen. »Er ist hinter uns her. Dir wird er nichts tun!«

»So wie ich ihn kenne, wird er auch die schrecklichen Geschichten nicht zerstören!«, sagte Rosalie beherzt. »Es gibt also keinen Grund, sich zu fürchten!«

»Kannst du uns zu einem Spiegel bringen?«, fragte Jadis. »Einem, der nicht in die Akademie führt?«

Das Monster nickte langsam. »Kommt!«, sagte es.

Im schummrigen Licht der kleinen Laterne liefen sie hinter dem Monster her. Es ging die Treppe wieder nach oben. Die Tür stand tatsächlich noch offen. Ein leiser Luftzug schien von draußen zu kommen. Es roch schwach nach verblühten Rosen und einer toten Maus, die die Katze unter dem Schrank vergessen hatte. Jadis hatte recht gehabt. Dies war kein guter Ort. Es war ein sehr, sehr böser Ort. Galina hatte Mitleid mit dem Monster, das hierbleiben musste.

Es war still. Unnatürlich still.

Wo war der Gehörnte? Lauerte er ihnen auf?

Hintereinander stiegen sie langsam die Treppe hinauf, zurück in den langen Flur. Dort angekommen, legte das Monster den Finger auf seine wulstigen Lippen. »Ich weiß, dass er da ist!«, flüsterte es. »Er versteckt sich nur. Damit er uns unbemerkt erwischen kann.«

Galina schauderte. Sie blickte sich zögernd um. Dort, der lange Schatten hinter der nächsten Ecke, konnte das der Gehörnte sein? Wieder breitete sich Gänsehaut auf Galinas Armen aus, und sie wünschte sich, sie könnte ihre Furcht einfach abschütteln, wie Rosalie, wenn sie ihre Federn neu sortierte.

»Genau meine Befürchtung!«, zwitscherte Rosalie. »Dieses Scheusal sitzt irgendwo und wartet darauf, dass wir ihm geradewegs in die Arme laufen.«

Mit einer schnellen Bewegung hielt Galina Rosalie den Schnabel zu.

»Du musst leiser sein!«, fuhr Jadis die Eule an.

»Entschuldigt! Das vergesse ich immer«, flüsterte Rosalie.

»Kommt!«, sagte das Monster erneut und wandte sich in Richtung des anderen Ende des Flurs. »Ich bringe euch zu den Spiegeln. Eigentlich darf ich nicht in ihre Nähe! Das hat Frankenstein mir verboten. Er hat gesagt, ich werde furchtbar bestraft, wenn ich mich nicht daran halte!«

»Warum das?«, wollte Domingo wissen.

»Ich bin zu ungeschickt!« Schon wieder ließ das Monster den Kopf hängen. »Kaum berühre ich etwas, schon ist es zerbrochen! Mein Meister sagt, aus mir wird nie ein anständiger Mensch, so dumm, wie ich mich mit allem anstelle.«

Kein Wunder, dass alles kaputtgeht, dachte Galina mitfühlend. *Bei den riesigen Händen!*

»Mach dir nichts draus!«, sagte sie und tätschelte den Arm des Monsters. »Domingo ist auch sehr ungeschickt. Ihm fällt ständig etwas runter. Gläser. Teller. Alles!«

»So schlimm ist es nun auch wieder nicht!«, widersprach Domingo säuerlich.

Aber ein bisschen recht hatte Galina natürlich schon. »Doch!«, sagte sie und zwinkerte ihrem Bruder zu. »Es ist schrecklich! Er muss immer noch aus einem Plastikbecher trinken, damit unsere Gläser heil bleiben. Er hat zwei linke Hände.«

»Ist das wahr?«

»Natürlich ist das wahr«, bekräftigte Jadis, obwohl sie keine Ahnung hatte. »Domingo muss nur etwas ansehen, und es geht kaputt. Zudem ist er eine diebische Elster. Der Typ ist eine wandelnde Katastrophe!«

Das Monster lächelte. »Das ist das Schönste, was ich je gehört habe!«, sagte es.

»Hör zu«, ergänzte nun Galina und nahm die großen Hände des Monsters in die ihren. »Dein Meister hat unrecht. Du bist ein sehr anständiger … großer …« – sie suchte nach dem richtigen Wort – »… Gigant. Der beste, den ich je gesehen habe!«

Sie verschwieg dem Monster natürlich, dass sie noch nie zuvor ein Wesen wie dieses gesehen hatte.

»Du musst nicht versuchen, ein Mensch zu sein. Du bist das, was du bist, und in dem, was du bist, bist du ziemlich gut. Darauf kannst du stolz sein.«

»Meinst du wirklich?«, fragte das Monster.

»Absolut!«, bestätigte Galina inbrünstig, und Jadis, Domingo und Rosalie nickten dazu.

»Jetzt aber schnell!«, mahnte Jadis. »Wo ist nun ein Spiegel?«

Das Monster lächelte. Alleine durch das Lächeln sah es schon viel freundlicher aus.

»Wir haben ein Spiegelkabinett«, berichtete es eifrig.

»Dann los!«, drängte Galina.

Das Monster drehte sich um, und Jadis konnte es gerade noch davon abhalten, einfach um die nächste Ecke zu laufen.

»Lass mich vorausgehen!«, bat sie. Sie blieb eine Weile stehen und lauschte.

Es war nichts zu hören außer dem leisen Knacken der Heizungsrohre und dem etwas rauen Atem des Monsters.

»Dahinter ist die große Diele«, erklärte es leise. »Man kommt von dort aus in den ersten Stock. Über eine breite Treppe.«

Mit einem unguten Gefühl beobachtete Galina, wie Jadis um die Ecke lugte.

»Die Luft ist rein«, flüsterte sie.

Alle huschten hinter ihr hinaus in die weitläufige Diele. Sie wirkte düster und unheimlich, und Galina hörte ihren eigenen Atem im Ohr, als sie hinter Jadis zu der großen Freitreppe rannte, die hinauf in den ersten Stock führte. Der dunkle Teppich, der auf der Treppe verlegt war, dämpfte ihre Schritte, lautlos und schweigend flog Rosalie direkt über ihnen und setzte sich dann auf das Treppengeländer im ersten Stock.

»Die dritte Tür links«, flüsterte das Monster.

Wieder standen sie eine Weile ganz ruhig und lauschten. Es war unheimlich, dass man nichts hören konnte. Vorher hatte der Gehörnte gebrüllt und gegen Wände geschlagen, und jetzt war plötzlich Stille? War das ein Trick? Oder hatte er die Geschichte bereits verlassen?

Langsam drückte Jadis die Türklinke nach unten, schob die Tür ein wenig nach innen auf und lugte durch den schmalen Schlitz. Atemlos und angespannt wartete Galina auf ihre Reaktion.

»Leer«, flüsterte Jadis und machte nun die Tür ganz auf.

Alle huschten in das große Zimmer. Darin stand ein dunkler deckenhoher Schrank mit aufwendigen Schnitzereien und an der Wand hingen zwei Bilder direkt nebeneinander. Sie zeigten eine Frau in einem schulterfreien dunklen Kleid mit zartem Gesicht und einen Mann mit weißem Hemd unter einer dunklen Jacke. *Mary und Percy Shelley*, stand darunter in geschwungener Schrift.

Rechts und links davon waren zwei Spiegel angebracht, beide oval und dunkel, die Oberfläche schimmerte matt. Wenn man hineinsah, sah man nur sein seltsam verzerrtes Ebenbild.

»Wohin führen die Spiegel?«, wollte Rosalie mit Schaudern wissen.

»Der rechte in die Hölle«, sagte das Monster.

Sie schwiegen eine Weile.

»Und der linke?«, fragte Galina zaghaft.

»Auch in die Hölle.«

»Aha«, machte Jadis. »Und das ist alles, was ihr hier an Spiegeln habt?«

»Nein«, erklärte das Monster stolz. »Der ganze Raum ist voller Spiegel.«

Er holte mit dem Arm aus und drehte sich im Kreis. Es begann zu klirren und zu scheppern, Scherben rieselten auf den Boden, und das Monster hielt erschrocken inne. Die Kinder schrien auf. Anscheinend befanden sich in diesem Raum unsichtbare Spiegel.

»Oje«, sagte es bedrückt. »Frankenstein hatte recht. Ich bin so ungeschickt. Jetzt habe ich einen kaputtgemacht ...«

»Mist«, stöhnte Jadis.

»Ich bin so ungeschickt«, jammerte das Monster. »Aber es gibt noch mehr, ich glaube ...«

»Nicht bewegen!«, schrien alle durcheinander.

Aber schon hatte es sich wieder umgedreht und stieß gegen etwas. Scherben klirrten auf den Boden, und das Monster blieb ganz starr stehen. »Oh nein, oh nein! Und ich hab's versprochen! Hab versprochen, dass ich nicht in dieses Zimmer gehe!«

»Vielleicht gehst du einfach wieder raus«, schlug Jadis vor. »Lass uns das machen!«

»Okay. Dann viel Glück!«, sagte das Monster bedrückt und drehte sich um. »Au«, machte es und rieb sich die Stirn, während der nächste Spiegel als Scherbenhaufen nach unten rieselte.

»Kriech am besten am Boden nach draußen!«, kreischte Rosalie auf. »Das kann doch nicht wahr sein!«

»Meine Stirn ist einfach zu hoch«, jammerte das Monster. »Ich bin zu groß. Ich bin zu ungeschickt.«

»Nein, bist du nicht!« Galina tätschelte den Arm des Monsters.

»Keiner hat mich lieb. Weil ich so ungeschickt bin.«

»Natürlich haben wir dich lieb!«, sagte Galina.

»Aber bleib, wo du bist«, befahl Jadis. »Wir lieben dich, aber beweg dich jetzt einfach mal gar nicht mehr!«

»Okay.« Das Monster nickte und legte die Arme ganz eng an seinen Körper.

Plötzlich drückte ein Luftzug die Tür zum Gang auf. Als hätte eine Sturmböe die Tür erfasst, schlug sie nach innen gegen die Wand, die Fenster hinter ihnen schepperten, und der Geruch von Pech und Schwefel erfüllte den kleinen Raum.

»Waaah!«, schrie das Monster und versuchte, hinter Galina in Deckung zu gehen. Der nächste Spiegel zersplitterte, die langen dunklen Vorhänge flatterten. Ängstlich klammerte sich Galina an Domingo.

Wildes Gelächter ertönte im Gang, und im nächsten Moment tauchte der Gehörnte auf, die zwei Afghanen hinter sich herzerrend. Die beiden sträubten sich, so gut sie konnten, und versuchten ihn in die Gegenrichtung zu ziehen.

»Hahaha«, meckerte der Gehörnte triumphierend.

»Springt in den Spiegel«, flüsterte Jadis neben Galina.

»In welchen?«, flüsterte Galina zurück, die vor Panik wie blind war. »Ich sehe keinen.«

»Ich auch nicht«, wisperte Jadis.

Wahrscheinlich waren sie inzwischen alle kaputtgegangen!

Mit ein paar Schritten stand der Gehörnte direkt vor ihnen. Die Kinder kreischten auf und wichen zurück, bis sie direkt an den riesigen Schrank stießen. Wieder lachte der Gehörnte dröhnend.

»Geht nicht mit ihm«, flüsterte es in Galinas Kopf. »Geht nicht mit ihm.«

Mit einem Brüllen stürzte das Monster nach vorne und schnitt dem Gehörnten den Weg ab. Dabei ging vermutlich der letzte Spiegel zu Bruch, der sich in diesem Zimmer befunden hatte.

»Lauft!«, schrie es. »Lauft! Durch den Schrank!«

Wieder brauste Wind auf und schlug den Kindern heißen Staub ins Gesicht, und der Gehörnte fauchte vor Ärger und Zorn. Domingo riss die Schranktür auf, und zu dritt stolperten sie hinein. Mit einem Klappern schloss sich die Tür hinter ihnen. Es wurde stockfinster.

»Lauft, so schnell ihr könnt!«, kreischte Rosalie, es klang so, als wäre sie weit entfernt. »Schnell!«

Galina spürte Jadis' Hand links, Domingos rechts, und gemeinsam rannten sie in die Dunkelheit hinein, die sich mit jedem Schritt mehr lichtete. Es war ein schmaler, gerader Tunnel, und je weiter sie rannten, desto besser erkannten sie, worauf sie zurannten.

Es war ein Spiegel. Ein goldener Spiegel, der mitten im Raum schwebte wie eine Verheißung auf Rettung. Galinas Herz trommelte in ihrer Brust, es dröhnte in ihren Ohren, und je näher sie dem Spiegel kam, desto mehr hatte sie das Gefühl, die Beine nicht mehr bewegen zu können. Kurz bevor sie ihn erreicht hatten, blieb Jadis keuchend stehen.

»Wartet!« Sie schnappte nach Luft. »Wartet, wir müssen erst kontrollieren …«

Was sie kontrollieren musste, konnte sie nicht sagen, weil sie nach Luft rang und gleichzeitig hinter ihnen eine Explosion ertönte. Schranktrümmer flogen durch den Gang, und sie konnten von Glück reden, dass niemand davon getroffen wurde. Das Gebrüll des Gehörnten war ohrenbetäubend, und es kam Galina so vor, als würde er nur lachen, so laut und siegesgewiss, als hätte er schon längst gewonnen.

»Springt!«, schrie Domingo und riss an Galinas Hand.

»Wartet, nicht in den …«, kreischte Jadis und zog in die andere Richtung.

Aber es war zu spät.

Der Spiegel entfaltete seine Macht und erfasste wie ein reißender Strom die drei Kinder und Rosalie, und ganz entfernt hörte Galina Jadis' Worte.

»… nicht in den Akademiespiegel …«

11

»Und schon habe ich euch dort, wo ich euch haben wollte! Und ich freue mich wirklich, hier mit euch das Ende der letzten aller Bannwochen feiern zu können.«

Als Galina aufblickte, sah sie zuerst Hosenbeine. Schwarze Hosenbeine und schwarze Lackschuhe. Die Beine waren entspannt übereinandergeschlagen. Zwischen Hosenbein und Schuhen war ein kleiner Spalt, und dort konnte Galina die haarigen Ziegenbeine des Teufels erkennen, obwohl der Gehörnte nun wieder seine menschliche Gestalt angenommen hatte. Er saß in einem Lehnsessel in der Bibliothek der Akademie, dort, wo ihre wilde Flucht begonnen hatte. Sie befanden sich genau vor dem runden Raum mit dem *Buch der Geschichten!* Links und rechts zu den Füßen des Gehörnten lagen die beiden Windhunde. Ihre Augen blickten unfassbar traurig. An der Wand hinter dem Gehörnten lehnte Lovec und schnarchte.

»Nichtsnutz!«, zischte Rosalie Galina ins Ohr. »Ich wusste schon immer, dass Lovec ein Nichtsnutz ist! Nichts kann er, außer schlafen und Trockenfleisch in sich hineinstopfen!«

»Die letzte Bannwoche!«, freute sich derweil der Gehörnte. »Die allerletzte Bannwoche!«

Er zog eine goldene Taschenuhr aus seiner Westentasche und klappte sie auf.

»In nicht einmal fünfzehn Minuten ist sie vorbei. Danach werdet ihr mich nie wieder bannen können! Denn dann habe ich das *Buch der Geschichten* verändert, die Energien werden sich der dunklen Seite zuwenden, und ich werde über die Geschichten herrschen! Bannwoche! Dieses Wort gehört der Vergangenheit an. Genauso wie das Wort ›Pudel‹!« Der Gehörnte atmete tief durch. »Pudel! Ich werde nie wieder ein Pudel sein müssen!«

»Diese Sorgen möchte ich haben«, murrte Rosalie. »Pudel! Pudel! Pudel!«

»Schnauze!«, brüllte der Gehörnte sie so laut an, dass alle zusammenzuckten.

»Man kann seinem Schicksal nicht entrinnen«, fuhr er dann fort. Er beugte sich zu den Hunden hinunter und löste deren Halsbänder. Mit einem Klicken sprangen sie auf und fielen samt Leinen zu Boden. Im selben Moment verwandelten sich die Hunde zurück in ihre menschliche Gestalt.

»Mama! Papa!« Galina sprang auf und warf sich in die Arme ihrer Eltern. Sie war trotz allem unendlich froh, sie lebend zu sehen. Lebend und nicht als Windhunde. Sie spürte den festen Griff ihrer Mutter und ihr lockiges Haar, das an ihrer Wange kitzelte. »Ich bin so froh …«

Auch Domingo war aufgesprungen, doch der Gehörnte

hatte ihn, bevor er seine Eltern erreichen konnte, am Nacken gepackt. Domingo heulte auf vor Schmerz. »Nicht so schnell, junger Mann!«

»Lass den Jungen los«, sagte Galinas Vater. »Wir tun, was du willst, doch lass den Jungen los!«

»Es ist immer besser, eine Versicherung zu haben«, erwiderte der Gehörnte mit eisiger Stimme. »Nun öffne die Tür.«

»Tu es nicht, Mathaios!«, wisperte Galinas Mutter.

»Er wird Domingo töten«, erwiderte Galinas Vater leise. »Ich weiß es. Und dann wird er Galina töten!«

»Du bist ein kluger Mann«, stellte der Gehörnte erfreut fest. »Und ich sage euch noch etwas. Auch wenn ich mich wiederhole: Niemand kann den Teufel besiegen. Der Teufel ist immer klüger. Ist immer schneller. Immer ein kleines Stückchen voraus!«

»Da habe ich aber ganz andere Geschichten gehört!«, tönte Rosalie empört auf Galinas Schulter.

»Es gibt keine anderen Geschichten!«, fuhr der Gehörnte die Eule an. »Keine einzige!«

»Lügner! Mir fallen jede Menge Geschichten ein. Auf Anhieb! Da brauche ich gar nicht lange zu überlegen. In so gut wie jeder Geschichte wird der Teufel überlistet!«

»Halt den Schnabel!«, kreischte der Gehörnte erbost.

»Es gibt sogar eine Geschichte, die heißt *Der überlistete Teufel!*«, versetzte Rosalie.

»Noch ein Wort, und ich dreh dir den Hals um!«, drohte der Gehörnte.

»Versuch es doch!« Rosalie stieß sich von Galinas Schulter ab und kreiste flatternd um den Kopf des Gehörnten. »Bevor ich dir noch mal auf den Kopf kacke!«

Doch dieses Mal fiel der Gehörnte nicht auf die Eule herein. Er schnipste mit den Fingern, und ein Funkenregen prasselte auf Rosalies Gefieder nieder. Es qualmte und stank nach verbrannten Federn, und Rosalie flüchtete hinter Galinas Rücken.

»Und du, du öffnest besser die Tür!«, herrschte der Gehörnte Galinas Vater an.

Dieser nickte ergeben. So hatte Galina ihn noch nie gesehen. Der Gehörnte schien seinen Willen gebrochen zu haben. Er stellte sich vor die Tür, die zum *Buch der Geschichten* führte, und legte eine Hand auf die Klinke. Sobald er das Metall berührte, sprang die Tür geräuschlos auf.

»Nein!«, hörte Galina Jadis tonlos sagen. »Nun hat er gewonnen! Nun wird alles zerstört!«

Noch immer saß Meister Wu bewegungslos im Schneidersitz mit dem Rücken zu ihnen vor dem Tisch, auf dem das Buch lag. Er hatte den Kopf gesenkt. Über seine Schultern floss das lange schwarze Haar. Er schien sich nicht bewegt zu haben, seit Galina den letzten Blick auf ihn erhascht hatte. Über ihm kreisten die sieben Vögel, und nun erkannte Galina, dass es die sieben Schwäne waren. Ihr Gefieder glänzte leuchtend weiß, und ihre Schwingen wühlten die Luft in dem hohen Raum auf, als würde ein sanfter Wind das Rondell erfüllen. Gleichzeitig lag das ebenmäßige Ticken der Uhr in der Luft, die wie schwebend im Raum hing.

»Haltet die Uhren an. Vergesst die Zeit. Ich will euch Geschichten erzählen«, sagte Meister Wu, ohne sich umzudrehen, und im selben Augenblick verstummte das Ticken.

Über ihnen wurde das Rascheln von Federn laut, und ein warmer Wind fuhr ihnen durchs Haar. Mit einem leisen Zischen landeten die Schwäne zwischen ihnen, legten elegant die Hälse auf ihre Rücken und steckten die Köpfe zwischen die Federn. Ängstlich blickte Galina von einem zum anderen. Alle schienen im Stehen eingeschlafen zu sein. Selbst der Teufel schien zu schlafen. Seine Augen waren geschlossen. Rosalie war in Galinas Arme gesunken, ein kleines, leichtes Federbündel. Nur Meister Wu nicht, der sagte nämlich, ohne sich zu bewegen: »Diese Sätze hat uns James Krüss geschenkt. Als er sie geschrieben hat, wusste er, wie wichtig es ist, sich voll und ganz auf die Geschichte einzulassen, die erzählt wird. Die Zeit zu vergessen. Bestimmt hat er nicht geahnt, dass er uns damit einen kleinen Aufschub gönnt.«

»Hilfe«, murmelte Jadis. »Aufschub!«

»Euch betrifft das Anhalten der Zeit nicht. Ihr seid noch Kinder und könnt auch schlafend die Welt bewegen. Ihr könnt mit offenen Augen träumen und den Geschichten so viel Raum geben, dass die Zeit stehen bleibt«, erklärte Meister Wu. »Nur wer sich das Kindliche bewahrt, ist auch später noch dazu in der Lage.«

Eine Weile war es totenstill. So still, dass Galina meinte, ihren eigenen Herzschlag zu hören.

»Können wir den Teufel nicht jetzt bannen?«, fragte Domingo und versuchte, sich aus dem eisernen Griff des Gehörnten zu befreien.

»Nein. Das wird euch nicht gelingen. Aber ihr könnt nachdenken, einen Plan fassen und euch dafür wappnen, was passieren wird. Weglaufen könnt ihr auch nicht, nur in Träumen versinken ...«

»Und was wird passieren?«, fragte Galina ängstlich.

»Er wird euch zwingen, das Buch für ihn zu öffnen. Er selbst kann es nicht, aber ihr könnt es.«

»Wir machen es einfach nicht!«, sagte Galina sehr bestimmt.

»Wie einfach erscheint es doch, nichts zu tun«, sagte Meister Wu freundlich. Galina sah auf seine glänzenden schwarzen Haare hinab. Eine große innere Ruhe hatte sie erfasst, und sie fühlte in ihrem Bauch das Klopfen des Herzens, als würde in ihr selbst eine Uhr ticken.

»Aber es wird dir nicht leichtfallen. Denn er wird drohen, deine Familie zu töten. Und danach dich. Und es wird nicht bei der Drohung bleiben.«

»Du darfst es nicht öffnen«, flüsterte Domingo. »Wir dürfen es nicht tun.«

»Gibt es nicht einen anderen Weg?«, fragte Galina flehentlich. »Es muss einen Ausweg geben!«

Das große Pendel der Uhr machte ein seltsam knarrendes

Geräusch. So, als würde es sich kraftvoll aus der auferlegten Pause reißen und wieder hin und her schwingen wollen.

»Wenn es euch gelingt zu fliehen«, erklärte Meister Wu. »Sobald die Uhren weiterlaufen, könnt ihr vielleicht den Moment des Erwachens nutzen und schneller sein als der Teufel. Aber ihr müsst hinter euch die Türen verschließen. Für den Teufel ein undurchdringliches Dickicht spannen. Ihn in die falsche Richtung leiten. Oder ihr …«

»Aber wie soll das gehen?«, fragte Galina.

Der Kopf von Meister Wu sank nach vorne, und sie hörten, dass er plötzlich schnarchte.

»Er ist eingeschlafen«, stöhnte Jadis. »Weshalb denn das? Hätte er uns nicht schneller erzählen können, was zu tun ist? Ein paar Tipps mehr geben? Ein paar coole Sprüche, die wir ablassen können?«

»Wir müssen aus diesem Raum fliehen«, beschloss Galina. »Zu dritt. Wir schlagen die Tür hinter uns zu und laufen weg! Kannst du dich nicht von seinem Griff befreien? Dann hätten wir einen Vorsprung!«

Domingo wackelte mit dem Kopf und versuchte seinen Nacken freizubekommen. Wieder knarzte das große Pendel der Uhr und schien losschwingen zu wollen.

»Nun beeil dich schon!«, flehte Galina.

»Es geht nicht! Seine Hand ist wie festgefroren!«, jammerte Domingo. Er versuchte die Klauen des Teufels mit den Händen aufzubiegen. »Keine Chance, es ist wie eine starke Fessel!«

»Gut, dann nutze das Überraschungsmoment, sobald die Uhr wieder tickt!«, schlug Jadis vor. »Wir rennen alle gleichzeitig los! Passt auf, dass ihr nicht über die Schwäne stolpert!«

Das Pendel knarzte und ächzte. Hin und wieder fuhr ein leichter Windhauch in die Federn der schneeweißen Schwäne, die dort friedlich saßen, die Köpfe unter den Flügeln verborgen.

»Die sieben Schwäne«, sagte Jadis. »Vielleicht erwachen sie und helfen uns. Schwäne sind ziemlich wehrhaft.«

»›*In einem fernen Land lebte ein junger Rittersmann, der war reich und schön von Gestalt und hatte eine prächtige Burg*‹«, begann Galina ganz in Gedanken zu erzählen und beobachtete dabei Domingo, der noch immer bemüht war, sich zu befreien. Ihre Beine fühlten sich so müde an, als könnte sie nie wieder laufen, aber sie wusste, sobald die Uhr wieder schlug, könnte sie rennen, so schnell es ging.

»›*Einmal ritt er mit seinen Hunden in den Wald*‹«, fuhr Jadis fort. »›*Er wollte jagen und fand eine Hirschkuh, die weißer war als Schnee. Sie sprang auf und flüchtete durch das wilde, finstere Tal. Er jagte ihr nach und vergaß die Zeit und vergaß den Ort, wo er war. Schließlich kam er zu einem mächtigen, reißenden Strom und erblickte eine wunderschöne Jungfrau, die sich in diesem Flusse wusch.*‹« Das Pendel der Uhr machte einmal klack, und ein Rascheln fuhr durch die Federn der Schwäne. »›*Sie trug ein goldenes Kettlein in der zarten Hand. Da ihm das Mädchen so gefiel, nahm der Rittersmann ihr das Kettlein.*‹«

»›*In dem besondere Kraft ruhte*‹«, flüsterte Galina. »›*Und Planetenzauber.*‹« Sie hob den Blick zur Decke des Raumes.

»›*Er gedachte, sie als seine Gemahlin heimzuführen*‹«, setzte Jadis wieder ein, und eine starke Kraft schien sich in dem Raum aufzubauen. »›*Doch die Mutter des Rittersmannes hasste das Mädchen und wollte Zwietracht zwischen den beiden säen.*‹«

Galina sah plötzlich an den Schwänen die goldenen Kettchen glitzern, die sie seit ihrer Geburt trugen. Die armen Schwäne, die Kinder des Rittersmannes, die ausgesetzt worden waren! Wie gerne hätte sie sich nun vorgebeugt und den Schwänen tröstende Worte zugeflüstert. Aber die Müdigkeit in ihrem Körper hielt sie davon ab.

»Wir können nicht davonlaufen! Wir können nicht aus diesem Raum fliehen!«, erkannte Galina plötzlich. Jadis starrte sie ungläubig an. »Wir müssen den Gehörnten bannen.«

»›*Nun kam die Zeit, da das Mädchen ins Kindbett kam. Sie gebar sechs Söhne und eine Tochter*‹«, sprach Jadis weiter, denn das Pendel begann, jedes Mal zu zittern, wenn sie aufhörten, die Geschichte weiterzuerzählen.

»Je länger wir die Uhr anhalten, desto wahrscheinlicher ist es, dass er sich in einen Pudel verwandelt, wenn die Zeit weiterläuft. So muss es sein«, sagte Galina aufgeregt.

»›*Die trugen alle goldene Ringe um ihre Hälse*‹«, fuhr nun Domingo gepresst fort, weil ihm der Griff des Gehörnten langsam die Luft abschnürte.

»Du hast recht!« Jadis legte sich die Finger an die Schläfen, um sich zu konzentrieren. »›*Sofort kam das alte böse Weib, die Mutter des jungen Herrn, und nahm die sieben Kinderchen, während die Mutter schlief, trug sie hinweg und legte sieben junge Hündlein, die in derselben Nacht geworfen worden, an deren Stelle*‹«, sagte sie dann.

Das Pendel machte einen kleinen Ruck und hielt dann wieder an.

»Wir brauchen etwas Goldenes! Ein goldenes Halsband und eine goldene Leine, um ihn zu bannen!«, überlegte Jadis. »Die Halsbänder, die eure Eltern getragen haben, werden nicht reichen.«

»›*Nun hatte dieses falsche und ungetreue Weib einen vertrauten Knecht, dem überantwortete sie die sieben Kinder und verpflichtete ihn bei Treuen und Eide, dass er sie in den wilden Wald tragen, sie töten und begraben sollte in der Erde oder im Wasser ertränken*‹«, machte Galina eilig weiter, bevor das Pendel sich bewegen konnte.

Ängstlich starrten die Kinder zu der riesigen Uhr hinauf. Wie eine Drohung hing sie dort oben, der Schwerkraft trotzend und nur durch den Klang der Stimmen der Kinder aufgehalten. Galinas Mutter murmelte im Schlaf etwas vor sich hin. Einer der Schwäne schnatterte, und Rosalie stieß einen tiefen Seufzer aus.

»In meinem Sweatshirt! Vorne in der Tasche!« Domingos Stimme klang inzwischen weinerlich.

»Was?«, fuhr Galina ihn ungeduldig an.

»Ich habe im Schloss ein paar … goldene Dinge …!«, ächzte er.

»›*Das gelobte der Knecht zu tun, trug die Kindlein in den Wald, legte sie unter einen Baum und bereitete sich, sie zu erwürgen* …‹ Du hast schon wieder Sachen aus fremden Häusern mitgenommen?« Galina stemmte die Fäuste in die Hüften, während Jadis in Domingos Tasche griff.

Ein goldenes Tellerchen, ein Löffelchen, ein Halsband und eine Leine kamen zutage. Sie gehörte eindeutig zu den Afghanen.

»Ist doch egal! Ich nehme auch immer etwas mit!«, sagte Jadis. »›*Da kam ihn aber ein Grauen an vor dem Mord, und er schauderte zurück vor solch ungetreuer Tat und ließ die Kindlein leben, ging und sagte der Frau, dass er ihr Gebot vollbracht habe.*‹«

»Du musst damit aufhören, Domingo!«

»Spiegelspringer können nicht anders!«, behauptete Domingo. »Das weiß doch jeder. Sie sind wie Elstern!«

Wieder erzitterte das Pendel, es knarzte und ächzte, und die Schwäne schienen im Schlaf aufzuschrecken, als hätten sie schlecht geträumt.

»Schnell, erzähl weiter!«, sagte Galina zu Jadis. Ihr Gehirn war plötzlich wie leer gefegt. Sie konnte sich nicht mehr erinnern, wie das Märchen weiterging.

»›*Als jenes böse Weib die Kinder weggebracht hatte von der Mutter, führte sie ihren Sohn zu der jungen Frau, zeigte ihm die Hündlein und sprach* …‹« Jadis zögerte. »›*Und sprach* …‹«

Sie kratzte sich am Kopf und sah Domingo und Galina fragend an. Ein Kreischen, als würden die Zahnräder der Uhr langsam wieder ineinandergreifen, ließ die Kinder zusammenzucken.

»›*Und sprach: Sieh an, deine Frau ...*‹« Jadis stockte wieder.

»Irgendetwas mit den Hunden!«, sagte Galina. »›*Sieh an, deine Frau hat dir sieben Hunde geboren!*‹«

»Das ist nicht der genaue Wortlaut!« Jadis deutete nach oben.

Das Kreischen wurde lauter.

»›*Sieh an, deine Frau hat sieben kleine Welpen ...!*‹«

»›*Süße kleine Welpen!*‹«, versuchte es Galina.

Doch es war zu spät. Das Pendel ruckte, und dann löste es sich endgültig aus seiner Starre. Es fiel mit einem bedächtigen Schlag auf die andere Seite, und genauso bedächtig hob der erste Schwan seinen Kopf. Plötzlich konnte Domingo die nur noch leicht starren Klauen des Gehörnten lösen und sein Genick daraus befreien.

»Wir müssen das Buch beschützen«, flüsterte Jadis, und plötzlich kam es Galina vor, als würde mit jedem Pendelschlag die Energie zurück in ihren Körper fließen.

Während die Erwachsenen noch wie Statuen dastanden, rannte Galina als Erste los. Sie lief zu dem Tisch, auf dem das Buch lag, legte die schlafende Rosalie auf das geschlossene Buch, stellte sich davor und breitete die Arme aus. Jadis tat es ihr nach.

Mit hoch aufgereckten Hälsen standen nun die Schwäne

hinter Meister Wu. Der hatte sich noch immer nicht bewegt. Die Schwäne breiteten nun die Flügel aus und schlugen damit. Der Wind dieser Flügelschläge riss an Galinas Kleidung, sie spürte Jadis' Hand an ihrem Handgelenk.

Auch Domingo stand mit einem Satz neben Galina und Jadis.

Der Gehörnte schüttelte sich kurz, dann lachte er dröhnend. »Was für ein lustiges Volk ihr doch seid! Die Zeit anhalten, Besprechungen machen, Pläne schmieden!« Dann fügte er drohend hinzu: »Nichts davon wird euch etwas nützen!«

Gleichzeitig wurde hinter dem Gehörnten die Tür aufgerissen, und Madame Laurent, Tante Serafina und Mrs Merlowski stürzten herein. Madame Laurent saß immer noch in ihrem Rollstuhl. Eilig rollte sie nun ebenfalls zwischen das Buch und den Gehörnten. Tante Serafina und Mrs Merlowski taten es ihr nach, und auch Galinas Eltern waren erwacht und traten links und rechts neben die alten Damen.

»Wie putzig!«, sagte der Gehörnte. »Drei alte Frauen. Drei Kinder. Zwei Spiegelspringer und ein verstaubter Meister Wu. Eine Eule und sieben Schwäne. Himmel, was für ein Verteidigungswall! Wo sind eure Truppen? Wo sind sie denn alle?«

Mrs Merlowski räusperte sich unbehaglich. »Geflohen«, zischte sie Galinas Mutter zu.

»Wie bitte?« Der Gehörnte legte sich die Hand ans Ohr.

»Ich habe nicht ganz verstanden. Aber mir war so, als hätte ich ›geflohen‹ gehört!« Er kicherte in sich hinein.

»Es kommt nicht auf die Masse an«, erwiderte Meister Wu ruhig, »sondern auf die Unbeugsamkeit des Einzelnen!«

Der Gehörnte brach in schallendes Gelächter aus. »Unbeugsam ist nur, wer nichts und niemanden zu verlieren hat!«, sagte er dann. Mit einer schnellen Bewegung riss er Galinas Mutter an sich. Sie stieß einen erstickten Schrei aus.

»Scheusal!«, brach es aus Mrs Merlowski heraus.

»Wer keine Mutter hat, kann keine Mutter verlieren!«, sagte der Gehörnte. »Wer aber eine Mutter hat, wird alles tun, um sie nicht zu verlieren. Nicht wahr, Galina, Domingo?«

Galina schluckte schwer. Ihre Beine zitterten, und sie spürte, dass es Domingo genauso ging. Sie sah zu der großen Uhr hinauf. Die Zeiger standen auf drei Minuten vor Mitternacht. Wie sollte es noch gelingen, den Gehörnten zu bannen? Es war unmöglich.

»Öffnet das Buch für mich!«, befahl dieser.

»Tu es nicht, Galina«, sagte ihr Vater. Seine Stimme war rau. »Der schlimmste Fall ist nun eingetreten. Eure Mutter und ich haben geschworen, das Buch mit unserem Leben zu verteidigen. Bleibt standhaft!«

Galina traten Tränen in die Augen. Was würde der Gehörnte tun, wenn sie das Buch nicht öffneten?

»So ist es besprochen, und so steht es geschrieben!«, sagte Madame Laurent düster. »›*Die Zeit wird kommen, in der die*

Spiegelspringer ihr Schicksal erfüllen und ihr Leben für die Geschichten opfern.‹«

»*›Denn ein Leben ist nicht viel wert, wenn wir die Geschichten verlieren‹*«, sagte Tante Serafina.

»*›Ohne Geschichten ist die Welt düster und grau. Ein freudloser Ort.‹*« Mrs Merlowski warf dem Gehörnten einen bitterbösen Blick zu.

»*›Und deswegen gibt es keine Wahl zwischen Gut und Böse, zwischen Richtig und Falsch‹*«, sagte Meister Wu.

»*›Es gibt keine Wahl, keine Entscheidung, keinen Weg, den wir beschreiten.‹*« Jadis' Stimme zitterte bei diesen Worten.

»*›Denn wir opfern ohne zu zögern unser Leben‹*«, flüsterte Galinas Mutter.

Tränen schwammen in ihren Augen, als sie Galina und Domingo zunickte.

Alle zuckten zusammen, als ein lauter Knall den Raum erschütterte. Rosalie flog entsetzt auf und kreischte. Ein Blitz zuckte wie ein gleißender Ball über die Schwäne hinweg, prallte an der einen Wand ab, um dann quer durch den Raum direkt auf Galinas Mutter zuzurasen. Diese schrie schmerzerfüllt auf.

Galina sah, dass die Wange ihrer Mutter blutete.

»Schau nicht her!«, befahl ihre Mutter streng. »Konzentrier dich!«

Wie sollte sich Galina so konzentrieren! Meister Wu hatte ihr eine Hand auf die Schulter gelegt und schob sie etwas zur Seite. Danach breitete er die Arme weit aus. »Du wirst nicht an uns vorbeikommen, das Gute wird obsiegen!«

Der Teufel lachte so gewaltig, dass das Pendel der Uhr aus dem Takt geriet.

»Immer diese schönen Worte, Meister Wu! Das Gute wird obsiegen! Was soll das für ein Quatsch sein! Hier wird nur einer siegen, und das wird gut sein! Und zwar für mich, für mich ganz allein!«

Mit einem Knarren öffnete sich die kleine, unscheinbare Tür ein weiteres Mal, und ein Kopf streckte sich hindurch.

»Da seid ihr ja!« Lovec strahlte. »Was hab ich euch alle gesucht! Hier und da und da und hier!«

Madame Laurent stöhnte auf.

»Ich wusste am Ende schon gar nicht mehr, wen ich gesucht habe! Aber euch natürlich! Jetzt fällt es mir wieder ein!«

Lovec, dachte Galina ein bisschen erleichtert, auch wenn sich an seinem Geisteszustand nichts geändert hatte.

»Oh, Hilfe naht!« Der Teufel kreischte fast vor Lachen. »Kinder, alte Weiber und vollkommen verblödete Männer schützen das Buch der Bücher!« Er hörte abrupt zu lachen auf. »Na dann, Lovec, du wolltest noch etwas sagen. Ich wollte dich nicht unterbrechen!«

»Ich könnte 'ne Runde Trockenfleisch schmeißen!«, sagte Lovec freundlich, denn er verstand den Ernst der Lage ganz offensichtlich überhaupt nicht.

»Trockenfleisch!«, kicherte der Teufel begeistert.

»Nichts ist schöner, als mit Freunden zusammenzusitzen und zu essen«, stimmte Lovec mit einem Lächeln zu. »Und ich hab' schon die ganze Zeit so einen Kohldampf – weiß nicht, wie es euch geht!«

»Nun, wenn das Buch geöffnet ist, könnt ihr gerne zusammen ...«, sagte der Teufel, und seine Nase begann ein klein wenig zu zucken, »... essen ...«

»Gerne, hab noch einen ganzen Beutel!« Lovec freute sich und merkte gar nicht, dass Madame Laurent mit den Armen wedelte und Meister Wu mit dem Kopf seltsame Bewegungen zum Teufel hin machte.

»Schluss jetzt mit dem Unsinn!«, fuhr der Teufel ihn an. »Öffnet sofort das Buch! Ich halte es nicht mehr aus!«

Mit diesen Worten packte er Galinas Mutter so fest um den Hals, dass sie nach Luft schnappte und krächzend hervorbrachte: »Nicht. Öffnen. Es. Geht. Mir. Gut!«

Galina wusste, dass sie das nicht durchhalten würden. Ihr Kopf schien zu platzen vor Angst um ihre Mutter.

»Nun mach doch was!«, schrie sie Lovec an.

»Ja, was denn?«, fragte Lovec erstaunt.

Bevor jemand antworten konnte, zuckte wieder ein Kugelblitz durch den Raum, Rosalie quietschte auf. »Hilfe!«

Ein Teil ihrer Kopffedern stand in Flammen, und Galina sprang mit Jadis nach vorne und warf die Schleppe ihres Kleides darüber, um die Flammen zu ersticken.

»Ich werde sowieso gewinnen! Also schlagt das Buch auf!«, brüllte der Teufel wütend. Gleichzeitig hatten sich seine Nasenlöcher so stark gebläht, dass sie rot schimmerten. Irgendetwas schien ihn magisch zu Lovec zu ziehen.

Dann passierten mehrere Dinge gleichzeitig. Lovec, der den Ernst der Lage immer noch nicht verstanden hatte, trat in die Mitte des Raumes und hielt seinen offenen Beutel Trockenfleisch in die Runde. Rosalie kämpfte sich aus Galinas Kleid heraus und jammerte über ihre verkohlten Federn. Und gleichzeitig sprang der Teufel wutentbrannt nach vorne, auf das Buch zu. Dabei packte er Galinas Hand mit starkem Griff, und alle fingen zu schreien an.

Wer dann letztendlich Lovecs Hand weggestoßen hatte, konnte hinterher niemand mehr sagen. Er hatte die Hand mit dem Beutel einfach in den Raum gestreckt und gesagt: »Wer will noch mal, wer hat noch nicht?«

Dann war ihm der Beutel aus der Hand geschlagen worden, und das Trockenfleisch prasselte auf den Boden.

»Hey!«, beschwerte er sich, und obwohl er bis eben noch der nette, dumme Kerl gewesen war, merkte man ihm seinen Ärger deutlich an. »Könnt ihr nicht aufpassen?«

Galinas Mutter wehrte sich mit letzter Kraft gegen den Griff des Teufels, sie versuchte verzweifelt, Luft zu bekommen. Und Galina tat alles, um ihre Hand loszureißen.

Im nächsten Moment war Galinas Mutter frei, taumelte nach Luft ringend nach hinten und wurde von ihrem Mann aufgefangen. Der Gehörnte lockerte irritiert den Griff um Galinas Hand, und sie konnte sich herauswinden.

»Sagt mal! Trampelt nicht auf dem Trockenfleisch herum!«, jaulte Lovec auf. »Das ist das beste Trockenfleisch, das ich jemals gegessen habe! Da will man euch was Gutes …«

Der Teufel fiel auf alle viere, die Nasenflügel gebläht, und versuchte hektisch, eines der Trockenfleischstückchen zu ergattern. Er schnappte so hektisch zu, dass man die Zähne zusammenknallen hörte, und im nächsten Moment war er ein Pudel.

»Oh nein!«, schrie Lovec. »Du wirst jetzt nicht als Pudel herumrasen und all meine Trockenfleischvorräte vernichten!« Erbost stürzte er sich auf den Pudel, der mit einem Jaulen zurücksprang.

»Wir brauchen das Halsband!«, schrie Jadis, die als Erste begriffen hatte, dass dies ihre Chance war. »Los!«

»Wirst du wohl aufhören!«, schrie Lovec dazwischen. »Kusch, weg mit dir, du Hundevieh!«

Domingo warf Jadis das goldene Halsband zu. Es fiel zwischen ihr und dem Pudel auf den Boden. Jadis schnappte sich das Halsband und versuchte, den Pudel am Schwanz zu erwischen. Doch der war schneller.

»Wir haben nur noch ein paar Sekunden!«, rief Meister Wu, und alle stürzten sich auf den Pudel, um ihn festzuhalten.

Doch im nächsten Moment war der Pudel wieder zum Teufel geworden. Mit größter Willensanstrengung ignorierte er das Fleisch, seine Hände zitterten.

»Nein!«, grollte er böse. »Ihr braucht kein Halsband!

So werdet ihr mich nicht überlisten! Niemand überlistet den …« Er ächzte ein wenig, bevor er herausbrachte: »Niemand überlistet den Teufel!«

Domingo bückte sich nach einem Stück Trockenfleisch und bewarf damit den Teufel. Entsetzt sprang dieser zurück. Seine Nase zuckte wieder wie die eines Hundes, der etwas Leckeres erschnuppert hatte.

»Das ist die Lösung!«, schrie Domingo, und auch Galina hatte es begriffen. Sie ging auf alle viere und raffte Trockenfleisch an sich, um damit den Teufel zu bewerfen.

Dieser wehrte sich, so gut er konnte, aber gegen den Geruch des Fleisches hatte er keine Chance. Noch bevor die Uhr anfing, sieben Mal zu schlagen, war er wieder zum Pudel geworden. Galina und Domingo packten ihn, und Jadis versuchte, ihm das Hundehalsband um den schlanken, dunklen Pudelhals zu legen. Der Pudel wand sich und schnappte um sich. Er zwickte Galina in die Hand und Domingo ins Ohr.

»Willst du wohl mein Trockenfleisch in Ruhe lassen!«, schrie Lovec erbost und packte den Hund mit starkem Griff. Da war Widerstand zwecklos! »Aus. Pfui! Lass das! Sitz! Platz!«, schimpfte Lovec und schüttelte den Pudel, damit dem auch noch das letzte Stückchen Fleisch aus dem Maul fiel. Schnell griff Galina das Halsband, zog es dem Pudel über den Kopf und hakte die Leine daran.

»Sitz!«, fauchte sie den Pudel an. »Platz!« Der Pudel setzte sich artig auf die Hinterbeine. »Braver Junge!«

Die Uhr begann zu schlagen, die Schwäne reckten die Hälse und zischten. Gleichzeitig sah Lovec erstaunt in die Runde. Sieben lange Schläge erklangen. Dann hielt die Uhr mit einem Knarren an. Das Pendel rastete ein, das Ticken verklang.

»Streite ich mich gerade mit einem Pudel um ein Beutelchen Trockenfleisch?«, fragte er nach dem letzten Ticken etwas verlegen. »Was tue ich denn hier? Bin ich verrückt geworden?«

»Sieht so aus«, stellte Madame Laurent trocken fest und fuhr in ihrem Rollstuhl nach vorne, um Galina die Hundeleine aus der Hand zu nehmen. »Du warst großartig!«

»Ihr wart alle großartig!«, bestätigte Meister Wu lächelnd.

Eine seltsame, etwas mitgenommen aussehende Karawane kehrte vom Raum des *Buches der Geschichten* zurück in die große Halle. Die Schwäne waren wieder in die Lüfte aufgestiegen, und Meister Wu hatte die Tür hinter ihnen geschlossen. Nun hörte man nur noch das leise Sirren ihrer Flügelschläge, während die Vögel hoch oben über dem Buch kreisten.

Madame Laurent rollte ihnen voraus, mit dem schwarzen Pudel an der goldenen Leine. Dahinter kamen Tante Serafina und Mrs Merlowski, die darüber stritten, wer den Rollstuhl schieben durfte. Galinas Eltern gingen Arm in Arm, ihre Mutter humpelte etwas, und ihr Vater stützte sie. Lovec konnte nicht fassen, was passiert war, und redete mit sich selbst, wobei er ständig ungläubig den Kopf schüttelte. Und dann kamen Galina mit Rosalie auf der Schulter, Jadis und schließlich Domingo im Gänsemarsch. Ihre Aschenbrödelkleider waren zerfetzt, ihre Gesichter schmutzig und ihre Haare zerzaust. Tante Serafina würde die drei zu Hause erst einmal in die Badewanne stecken.

In der großen Halle warteten die Grimms und Jane Austen. Ihre Gesichter hellten sich auf, als sie den Pudel an der Leine erblickten.

»Es ist geglückt!«, rief Mrs Austen erfreut und tätschelte dem Pudel den Kopf. Dabei ignorierte sie, dass er knurrte und die Zähne fletschte.

»Er braucht noch etwas Erziehung!«, sagte Mrs Merlowski entschuldigend und nahm Madame Laurent die Leine aus der Hand. »Ich kenne mich mit Hunden aus. Sie müssen wissen, wo ihr Platz im Rudel ist. Dieser hier leidet an einem viel zu großen Selbstbewusstsein! Aber das kriegen wir hin, nicht wahr, mein Kleiner?«

»Da haben Sie sicher recht, Mrs Merlowski«, sagte Mrs Austen freundlich.

»Ich werde als Allererstes eine gute Hundeschule mit ihm besuchen«, überlegte Mrs Merlowski.

»Du willst diesen Köter behalten?«, fragte Tante Serafina entsetzt und sprach damit aus, was alle anderen dachten.

»Natürlich!« Mrs Merlowski ruckte an der Leine, und der Pudel legte sich zu ihren Füßen ab. »Gibt es denn eine Alternative? Schließlich muss sichergestellt sein, dass keine

Gefahr von ihm ausgeht. Ein Maulkorb wäre auch nicht schlecht!«

»Wir könnten ihn in eine weit entfernte Geschichte bringen«, schlug Meister Wu vor.

»In eine der bösen Geschichten«, warf einer der Grimms ein. »Er könnte der Hund von Graf Dracula werden. Die beiden würden sich bestimmt prächtig verstehen!«

»Transsilvanien ist viel zu kalt für einen Pudel«, wehrte Mrs Merlowski ab. »Dort wird er erfrieren!«

»Was ist mit Jack? Vielleicht würde der sich über Gesellschaft freuen?«, sagte der andere Grimm. »Er schien mir recht einsam, als ich ihn zuletzt gesehen habe.«

»Um Gottes willen, nein! Jack the Ripper ist ein Schussel und trinkt zu viel Whisky. Sobald er betrunken ist, würde er vergessen, dass der Hund das goldene Halsband tragen muss, und schon wäre der Gehörnte wieder frei!« Rosalie schlug mit den Flügeln. »Ich habe ihn einmal getroffen, als ich mich verflogen habe. Auf Jack the Ripper ist kein Verlass!«

»Saruman?«, fragte Domingo, der erst vor Kurzem *Herr der Ringe* gelesen hatte.

»Zu beschäftigt!«, meinte Meister Wu.

»Lord Voldemort?«, schlug Jadis zögernd vor.

»Himmel, nein!« Mrs Merlowski schüttelte den Kopf. »Niemand spricht mit Lord Voldemort. Seit Jahren schon nicht. Seit er seine Nase verloren hat und so gruselig aussieht, hat niemand mehr so richtig Lust auf ihn! Außerdem ist er kein Tierfreund. Er ist nur nett zu Schlangen. Am Ende würde er dieses kleine Kerlchen hier an diese widerliche Schlange verfüttern.«

Madame Laurent legte die Stirn in Falten. »Vielleicht ist es wirklich das Beste, wenn er mit in die Menschenwelt kommt. Dann hätten wir immer einen Blick auf ihn.«

»Und ich könnte ab und zu mit ihm spazieren gehen!«, schlug Galina vor, die sich nach wie vor ein Hündchen wünschte.

»Dann ist es also beschlossen!«, sagte Meister Wu. »Der Pudel geht mit Mrs Merlowski nach Hause.«

Alle nickten.

Langsam fanden sich immer mehr Leute in der großen Halle ein. Verletzte Spiegelspringer und ängstliche Spiegelspringerkinder. Sie alle nahmen auf den dicken Teppichen Platz. Einer der Grimms machte ein großes Feuer im Kamin, und Jane Austen verteilte heiße Suppe. Und der Pudel? Ja, der Pudel wurde an Madame Laurents Rollstuhl festgebunden, und die Kinder steckten ihm ab und zu Trockenfleisch zu.

Galina und Domingo hatten sich zwischen ihre Mutter und ihren Vater gesetzt. Galina ließ die Hand ihrer Mutter nicht mehr los, so froh war sie, wieder bei ihren Eltern zu sein. Nach der Suppe machte sich eine unendliche Müdigkeit in ihr breit. Vielleicht kam dies aber auch von der Gewissheit, dass jetzt alle in Sicherheit waren, die sie liebte, und dass sie es tatsächlich geschafft hatten, das *Buch der Ge-*

schichten zu retten. Rosalie hatte den Schnabel zwischen ihre Federn gesteckt und war auf ihrer Schulter eingeschlafen. Sobald der Teufel gebannt worden war, war sie wieder eine ganz normale Eule geworden, die nicht mehr ständig gackernd lachte und Unsinn redete.

Galinas Mutter streichelte ihren Kinder sanft über das Haar.

Einige Wochen später

Der Teufel hatte viele Geschichten bei seiner wilden Jagd durch die Spiegelwelt verändert, zerstört und verstümmelt. Meister Wu hatte angeordnet, dass Galina, Domingo und Jadis das wieder in Ordnung bringen sollten, und sie dazu eingeteilt, in ihren Schulferien diese wichtige Arbeit zu übernehmen.

Am Anfang war Galina furchtbar stolz darauf gewesen, das machen zu dürfen. Mit viel Freude hatten sie das *Buch der Geschichten* durchgeblättert und die halben Sätze vervollständigt sowie Wörter eingefügt, dic fchlten.

Sie hatten großen Spaß daran, den Geschichten neue Hauptpersonen zu geben. Nicht Gevatter, sondern Gemutter zu schreiben. Im *Rotkäppchen* aus dem Wolf einen Tiger zu machen und aus dem gestiefelten Kater einen gestiefelten Berner Sennenhund. Erst als einer der Grimms vorbeikam und ein wenig schimpfte – nicht allzu viel, denn auch die Grimms waren heilfroh, dass alles gut geendet hatte –, gaben sie sich größte Mühe, wirklich alles richtig zu machen.

Manchmal träumte Galina auch vor sich hin. Musste an

Rosalie denken, die wieder brav in der alten Scheune saß und die kleine Schatulle von Aschenbrödel bewachte. Und wenn sie sich nicht irrte, hatte Rosalie jetzt ein kleines Nest. Im Frühling würde sie vier schöne, ebenmäßige Eier legen.

Sie schreckte auf, als Jadis ein wenig stöhnte, weil sie ein Buch gefunden hatten, das hauptsächlich auf Servietten geschrieben war. Es waren die unterschiedlichsten Servietten, von schlicht weißen bis solchen, die den Aufdruck eines Cafés hatten.

»Sogar *Harry Potter* wollte er vernichten«, stellte Jadis fest und blätterte behutsam die Servietten von einer auf die nächste Seite.

»Da fehlt was«, sagte Domingo und gähnte.

»›*Harry schaffte es gerade noch, einen Aufschrei zu unterdrücken. Das kleine Geschöpf* …‹« fing der Satz an.

»Ah. Da trifft Harry Potter das erste Mal auf den Hauself Dobby«, erinnerte sich Galina.

Sie stupste Domingo an, der den Stift in der Hand hielt. »Na los!«

Domingo lachte, während er hinschrieb: *»Das kleine Geschöpf auf dem Bett war ein kleiner, bissiger Drache!«*

»Domingo!«, schimpfte Galina.

Domingo lachte sich halb schief über die Beschreibung und fügte noch hinzu: »*… er hatte Zähne so groß wie … wie …*«

»Lass den Unsinn!«, schimpfte Galina weiter, während Jadis fast vom Stuhl kippte vor Lachen.

»Ihr seid albern«, sagte Galina sehr streng. »Ihr werdet jetzt hinschreiben …«

Hinter ihnen donnerte eine Stimme los – einer der Grimms, wahrscheinlich derjenige, der keinen Spaß verstand, rief: »Was macht ihr denn da?«

Domingo legte hastig die Servietten aufeinander.

»›*Das kleine Geschöpf auf dem Bett hatte große, fledermausähnliche Ohren und hervorquellende grüne Augäpfel …*‹«, flüsterte Galina, und Domingo schrieb hastig auf, was Galina ihm zuwisperte.

»Wir haben nur die fehlenden Sätze in eine gelungene Geschichte wieder eingefügt«, antwortete er dann mit artiger Stimme.

Der Mann stand mit gerunzelter Stirn hinter ihnen und stemmte die Hände in die Seiten.

Er schien nicht weggehen zu wollen, sondern beobachtete, wie sie brav und in ihrer schönsten Schrift den richtigen Schluss unter eine weitere Geschichte setzten. Den schönsten Schluss für die schönsten Geschichten, etwas, das der Teufel niemals ertragen kann. Das, was er immer als Allerallererstes zerstören will.

Dass schon der Funken eines Sonnenstrahles die tiefste Winternacht erleuchten kann.

Dass schon ein einziges liebevolles Wort den Traurigsten zu trösten vermag.

Und die beruhigende Gewissheit, dass das Gute über das Böse siegt.

Und sorgfältig wie noch nie, langsam und bedächtig schrieben sie: »Und wenn sie nicht gestorben sind, dann leben sie noch heute.«

Mona Herbst hat bereits Kinder-, Jugendbücher und auch belletristische Romane veröffentlicht. Die beiden Bücher rund um Cassandra Carper waren ihr Kinderbuchdebüt bei Boje. Mit »Die Spiegelspringer« legt sie einen weiteren spannenden Roman vor.

Mona Herbst lebt mit ihrer Familie, Pferden und Hunden auf dem bayrischen Land, wo sie ihre Liebe für dicke Bücher und wunderbare Geschichten ungestört ausleben kann.